名づけられないもの

サミュエル・ベケット
宇野邦一 訳

河出書房新社

目次

名づけられないもの

カバー袖写真
―
ブラッサイ

装画
―
三井田盛一郎

装丁
―
小池俊起

01

どこなのか、いまは？　いつなのか、いまは？　誰なのか、いまは？　自分にそれを尋ねるのではなく。私と言うばかり。考えるのはやめて。これらを質問、仮説と呼ぶ。前に進む、これを進むと呼ぶ、前と呼ぶ。ある日一歩踏み出したのに、ただそこに留まっているなんてことがあるか、いつもの習慣どおりに出かけて家からできるだけ遠くで昼夜をすごしたのではなく、そこは遠くではなかった。始まりはこんなふうだったかもしれない。もう自分に尋ねるのはやめよう。ただ休もうと思うだけだ、あとで用事がうまくこなせるように、あれこれ考えることもなく、ところがあっというまに、もう何も手につかなくなっている。どういうわけでそんなことになったのか、ささいなことだ。それ、それよ、と言ってみる、それが何かわからずに。たぶん私は昔から実際にしてきたことを了承したにすぎなかった。しかし何もしたわけではない。私は喋ってるみたいに見えるが、喋っているのは私じゃないし、私のことじゃない、それは私のことじゃない。はじめにこういうふうに一般化してみている。どうするか、どうするつもりか、何をすべきか、私の現状で、どういうふうにとりかかるか。まぎれもない難題、でなければ徐々に、または遅かれ早かれ怪しくなってくる肯定や否定。これが全般的傾向というやつだ。他に抜け道があるにちがいない。そうじゃなければまったく絶望的だ。現に絶望的なんだ。言っておくが、さらに前進する前に、難題が何のことかわからないまま私は難題と言った。自覚していないわけではないのに懐疑主義者になっているなんてありうることか。知らない。はいといいえ、二つは別のことなんだ。私が進むにつれて、はいといいえが戻ってくるだろう、遅かれ早かれ、鳥のようにそれらに糞をたれるくせもいっしょに、どれ一つ忘れずに。人はそう言う。事実はどうやら、私の状況で事実を語ることができるとして、私は語れないことについて語らなければならないだろうし、しかももっと面白いことに私は、もっと面白いことに私は、いやもうわからない、どうでもいい。それでも私は語らざるをえない。決して黙らないだろう。決して。

始めるときは、ひとりではないだろう。もちろんいまはひとりだ。素早く言ってしまう。素早く言うべきである。こんな真っ暗闇では、わかるわけもないが、伴侶がいるはずだ。始めるために。思いどおりに操れる連中が。すぐにおさらばするだろう。

できるなら。それから物たち、物たちを前にして、どんな態度をとるべきか。そもそも物なんて必要か。何という質問だ。しかし物たちのことを予想しておかなくてはならない、ということは隠しようもない。一番いいのは、あらかじめこんな話題を全部無視することだ。何かの理由で物が一つ姿を見せたら、そのことをよく考えること。人がいるところには、物がある、というではないか。つまりそれは、人々を認めたら、物たちも認めなくてはならないということではないか。考えてみよう。とにかく避けるべきもの、理由はわからないが、避けるべきものは、体系的精神というやつである。物とともにある人々、物とともにはない人々、人間なしの物、どうでもいい。そんなものはあっというまに全部ご破算にして見せる。どうやるかは知らない。一番簡単なのは、始めないことかもしれぬ。しかし始めるしかない。つまり続けるしかない。たぶん最後には、イエスが説教したあの場所で、人々にとりまかれているだろう。たえまない往来、バザールの雰囲気。私は落ち着いている、さて。

　マロウンがここにいる。[02]死ぬほどの生命力だったのに、いまは見る影もない。彼はどうやら規則的に間をおいて、私の前を通り過ぎていく。私のほうが彼の前を通り過ぎているのでなければ。いや、こんどこそ私はもう動かない。彼は通り過ぎる、動かないいまま。しかし問題はマロウンではない。彼に期待することなんかもう何もない。

私としては退屈したくない。彼のことを見て私は思ったのだ。われわれは影を投影しているのではないか。それを知ることは不可能である。彼は私の近く、数フィートしか離れていないところを、ゆっくりと、常に同じ方向に通り過ぎていく。確かにそれは彼だと思う。あの鍔《つば》のない帽子を見ればまちがいないと思う。彼は両手で顎を支えている。私に何か言うこともなく通り過ぎる。たぶん私が目に入らないのだ。ある日私は呼び止めて言うだろう、何を言えばいいかわからないが、そのときがくれば見つかるだろう。ここには日にちというものがないが、ある日、と普通の言い方をすることにしよう。彼の姿が頭から腰まで見えている。私には腰までしか見えない。上体はまっすぐだ。しかし立っているのか、膝をついているのかわからない。たぶん彼は座っている。横顔が見えている。ときどき自分に言い聞かせる。こいつはむしろモロイではないのか。マロウンの帽子をかぶっているが、たぶんモロイだ。しかしそこにいるのは自分の帽子をかぶったマロウンだと考えたほうが腑に落ちる。ほら、最初の品物、マロウンの帽子だ。彼の他の衣類は見えない。モロイはといえば、彼はたぶんここにいない。私が気づかないうちにここにいるかもしれない？　この場所はおそらく広大である。かすかな光は、ときどき遠くから射してくるように感じられる。実をいえば、彼らみんながここにいると思う。少なくともマーフィーをはじめとして、私たち全員がここにそろっていると思うが、いまのところマロウンしか目に入らない。別の仮説。彼らはここにいたが、いまはもういない。自分なりのやり方で調べてみよう。他にもっと深いところがあるのか。ここを通ればそこに行けるのか。深いところに対する愚かな執着というもの。私たちには、予定された別の場所があって、いま私がマロウンといる場所は、聖堂の入口にある拝廊にすぎないのか。私としてはもういろんな下準備は終わったと思っていたのだが。いやいや、私たちみんながここに、ずっと前から、いつまでもここにせいぞろいしていることはわかっている。

私はもう自分に尋ねたりしない。むしろこの場所で、私たちは離れ離れになるのを思いとどまるのではないか。マロウンがもう私の居場所の前を通らない、そんな日がくるのか。私がいたところの前方を別の誰かが通る、そんな日がくるのか。私に意見はない。

もし私が鈍感でなければ、彼の顎鬚を哀れに思っただろう。その鬚は、顎の両側に長さが不揃いな二つの細い撚《よ》り房《ふさ》になって垂れている。私もあんなふうにぐるぐる回っていたことがあったのか。いや、私はいつもこの同じ場所に座って膝に両手をおき、鳥小屋のなかのミミズクのように前方を見つめていた。頬を伝って涙が流れるが、目をしばたく必要はない。何が理由でこんなに泣くのか。ときどき。ここには悲しみの種なんか何もないのに。たぶん脳味噌が溶け出した。とにかく過去の幸福は、そんなものがあったとしても、全部私の記憶から消えてしまった。仮に別の自然な動作を私が遂行しているとすれば、それは気づかないでやっていることだ。何も気に障ることはない。それでも気がかりだ。ここに来てから何も変化はないが、だからといって何も変わらないだろうと結論しようとは思わない。こういう考えがどこに行き着くか、ちょっと見てみよう。ここに来てから、ずっとここにいるわけだが、別のところに出没したときは第三者たちの世話になっていた。そのあいだは、すべてがまったく平穏にすぎていき、秩序は完全に保たれていた。ときどき例外的な事態はあったが、私にはその意味がわからなかった。いや、それらの意味がわからなかったのではない。なにしろ私自身の意味だってわからないのだから。ここのすべては、いや、言うのはよそう、そんなことはできない。私が存在しているのは誰のおかげでもない。この明るみは、照明したり燃焼したりする明るみではない。どこへ行くわけでも、どこから来るわけでもなく、マロウンが通りすぎる。あの祖先という通念や、夜になると明かりの灯る家の通念、他のいろんな通念はどこから私に吹き込まれるのか。私はいたるところを探してみた。そしてあらゆることを自問してみたが、これは好奇心でやったことではない。私は黙っていることができない。自分のことは何も知る必要がない。この点はまったく明らかだ。いや、すべてが明らかというわけではない。しかし話を続けなくちゃならない。そこで暗闇をでっちあげる。言葉の技巧というやつだ。いったいこれらの光に奇妙なところがあるとしたらそれは何か。光に何か意味など求めてはいない。ほとんど場違いな意味だとしても。それらの不規則性、不安定性、ときにまぶしく、ときにかすかなそれらの輝き、一つか二つの蠟燭くらいの明るさしかない。マロウン、彼は機械的な正確性とともに出現し消滅し、私との距離はいつも同じ、速度、方向、姿勢も同じだ。しかし光の戯れはほんとうに予測できない。私ほど目敏くなければ、おそらくまったく見過ごしてしまうところだと言わねばならない。それに私だってときには見過ごしてしまうのではないか。これらの光はたぶん途絶えることがなく一定していて、それを私は動揺しながら断続的に知覚している。この問題にはまた戻ろう。しかしいますぐ念のために言っておくが、私はこれらの光に大いに期待している。そもそも同じようなもっともらしい不確実性のあらゆる要素に期待して、何とか続け、場合によっては結論を下そうとしている。つまり私は続けているし、それを必要としているのだ。そう、何を言っていたのか、この場所がいままで完璧に維持されていたからといって、これからもずっとこんなふうだと結論していいものか。確かにそう結論してもいい。しかしいまこのことを自分に問うだけで、私は考え込んでしまう。この問いは単に、いつか話が尽きかけたとき話の種にするということ以外に目的をもたない、と私はつぶやくが、こんな気の利いた説明では満足しない。私が本格的な関心の、つまり知る必要の餌食になっているなんて、ありうることか。わからない。他のことを試してみよう。もしある日何かの変化が介入すべきだとすれば、それがすでにその場を占めている、あるいはその場を占めつつある無秩序の原則から出たものだとすれば？　それはいったい何か？　これは当の変化の本質に左右されるようだ。いやちがう、ここではあらゆる変化が不吉なので、即刻ゲテ通り[03]に私は戻ってしまうだろう。もうひとつ。私がここに来てからほんとうに何も変化はなかったのか。胸に手をあてて率直に言うが、待ってくれ、私の知るかぎり何もない。しかしすでに指摘したことだが、この場所はたぶんわりに広く、直径が十二フィートくらいあるかもしれない。境界を識別することができる人物ならそう思うだろう。二つのケースはどちらも可能性がある。つまり私は中心を占めていると信じたいが、これはまったく不確実だ。ある意味で私が縁に座っているとしたらそのほうがいいのだ。なぜなら私はいつも同じ方角を見ているからだ。しかし確かにこれは事実ではない。なにしろその場合マロウンは、彼が実際にやっているように私のまわりを回っていれば、周回するたびにこの区域の外に出てしまうはずだが、明らかにそんなことは起きていない。しかし実際に、彼はまさに周回しているのか、それとも私の前を、まっすぐに通っていくだけなのか。いや、私の勘では、太陽のまわりを惑星が回るように、彼は私のまわりを回っている。彼が音を立てるなら、右側に、背後に、左側に、彼が姿を見せるまでたえまなくそれが聞こえるはずだ。しかし彼は全然音を立てない。私はつんぼじゃない、確かなんだ、つまりほとんど確かなんだ。結局のところ、中心と周縁のあいだには余白があって、私が二つのあいだのどこかに座っているということもやはり十分ありうることだ。隠さないでおくが、マロウンといっしょに私もたえまない運動を強いられていることだって、やはりありうることだ。地球が月といっしょに動くように。だから光の乱調を、理由なく嘆いていたわけではなかった。光がいつも同じで、同じ視点から見えていると考えようとするのは、単に私が依怙地なせいだ。すべてありうることなのだ。あるいはほとんどが。しかしほんとうに一番単純なのは、私がじっとしていて、この場の形状や面積がどんなふうであろうと、その中心に位置しているとみなすことだ。おそらくそれが私にとって一番快適でもある。結局、私がここに来てから、どうやら何も変化は起きていない、光の乱調はたぶん幻覚で、変化を憂慮するなんて、みんな謂れのない気苦労にすぎない。

私がまったくつんぼではないことは、雑音が耳に入ってくることからはっきりわかる。なにしろここをほとんど沈黙が占めているとしても、それは完璧ではない。この場所ではじめて聞いた騒音を思い出すし、それからも頻繁にそれを聞いた。なにしろ、話の段取りのためにすぎないにしても、ここに滞在し始めたのがいつのことだったか、まがりなりにも知っておかなくてはならない。地獄だって、確かに永遠に続くとしても、ルシフェル[04]の反抗から始まっているのだ。そういうわけで、この遠い連想の仄めかしによって、私は永遠にここにいると信じても許されるだろうが、ずっと前からここにいるわけではない。これで私の説明はまったく容易になる。とりわけ記憶力は、私はこれを使うのを自分に禁じなければならないと思っていたが、場合によっては言うべきことがあるだろう。最低に見積もって千語ぐらいで、あてにしてはいなかったが、たぶんそれが必要になるだろう。そんなわけで完璧な沈黙の時期のあと、かすかな叫び声が聞こえた。マロウンにもそれが聞こえたか知らない。私は驚いた、誇張してはいない。あれほど長い沈黙のあとのかすかな叫び声、すぐ押し殺された。どんな種類の生き物がそれを発したのか、いまも発しているのか、ときには同じ叫びなのか、知ろうとしても不可能だ。とにかく人間はひとりもいない、ここに人間存在はいない。たとえいるとしても、叫びはやんだ。罪びとはマロウンなのか。私なのか。ただの透かし屁にすぎないにしても、胸を引き裂くような屁だってあるのか。何か起きるとすぐ、それが何か知ろうとする嘆かわしいこのこだわり。ただ私にはそれを大っぴらにする義務なんかないとすれば。それになぜこの叫び声について語るのか。たぶんそれは何かが砕ける音、衝突する二つの物。ここではときどき騒音が響く、それで十分だ。はじめにまずあの叫び、なにせ、それがはじめてだったから。ついで、かなりちがう別の音。私は識別し始める。全部わかるわけではない。ハレー彗星を観賞する機会もないままに、七十歳で死んでしまうことだってある。

これは参考になる。なにしろ私もまた自分の始まりを言わなければならないし、私の住まいの始まりに関しても、それがいつだったか言わなくてはならない。この場所が私を受け入れる準備をしているあいだに、私はどこか他のところで待機していたのか。それともこの場所が、私が住みにやってくるのを待っていたのか。効用という点から考えると、これらの仮説のうち第一のほうがずっと正しいように思えるし、機会があるごとに私はそう主張するだろう。しかし二つとも気に入らない。したがって私たちの始まりは一致して、同じ瞬間に、この場所は私のためにあり、私はここのためにあったということにする。まだ何だかわからない雑音は、そもそも聞こえていなかった。しかし雑音に変化はないだろう。叫び声は全然変化しなかった。最初のときも。そして私の驚きは？　私はこれを予想しておくべきだった。

おそらく、マロウンに仲間を見つけてやるときかもしれない。しかしとりあえず、いままでたった一度しか起きたことのない出来事について語っておこう。私はそれがまた起きるのを待つでもなく待っている。つまり人間みたいな縦長の二つの形が、目の前で衝突したのだ。二つとも倒れて、もう目に入らなかった。私は当然メルシエとカミエという偽の二人組のことを考えた。次に二人が視野に入ってきたときは、一方が他方にゆっくり近づいて、ぶつかり、倒れ、消えるということを私はわかっているだろう。だからたぶんもっと細かく観察できるだろう。いやちがう。マロウンだって、最初と同じでよく見えない。つまりいつも同じ方角を見ているので、はっきり、とは言わないが、しかし見通しがきく程度にはっきり見ることができて、私の目の前で起きることだけは見える。この場合それは衝突であり、落下と消滅がそのあとに続くのだ。それらが生起しようとしていることを、私は、目の片隅で、それもどっちの目だったか、混乱のうちに見るしかない。なにしろそれらもまた曲線に沿って、もちろん私のすぐそばで生起したことにちがいないからだ。なぜなら見通しがきく範囲では、それが私の視力のせいなら別だが、とにかく私のすぐ近くにあるものしか見ることは許されない。付け加えておくが、私の座っているところはまわりの床から、それが床だとして、少し高くなっているようだった。床ではなくたぶん水、あるいは他の液体だったかもしれない。したがって、自分のすぐ前で起きている当のことを最良の状態で見るには、少し目を下げなければならないはずだ。しかし私はもう目を下げたりしない。つまるところ、自分の真ん前に現れることしか見ない。自分のすぐ近くに現れることしか見ない。一番よく見えるものが、よく見えない。

どうして私は人びとのあいだの明るいところに代表をたてたりしたのか。他にどうしようもないようだった。どうでもいい。私にはまだ彼らが見える、私の代理人たち。彼らが人びとについて、光について私に語ったのだ。そんなことを信じたくはなかった。それでも頭に残っている。しかしどこで、いつ、どんなやり方で、私はこの面々と会話したのか。彼らはここにわざわざ侵入してきたのか。いやここには誰も侵入してこなかった。それなら他のところだ。しかし他のところにいたことなんかない。それにしても私が人びとについて、人びとの処世術について知っていることは、彼らに教わったとしか考えられない。ささいなことだ。知らなくてもよかった。決して何の役にも立たないとは言わない。必要なら使い道を覚えよう。もう使ってみたこともある。当惑するのは、そういう知識を私に授けてくれたのが、全然出会ったこともない連中だったということだ。要するに事実はこうだ。それが善悪に関する知識のように先天的知識だとすれば別だ。それはありそうもないことだ。たとえば、私の母に関する先天的知識なんて想像できるか。私にはできない。彼女のことを私に語ったのは、この面々なのだ。彼らの好みの話題のひとつだった。彼らの神のことだって教えてくれた。彼らが言うには、最後の分析によれば、私は神の支配下にあるのだ。彼らはこれをバリー[05]にいる神の代理人たちから聞いたのだ。バリーが何だったかもう覚えていない。彼らの言うことを信じるなら、あそこは生まれるという劫罰《ごうばつ》を私に与えた場所だ。そしてこれは素晴らしい贈り物だと彼らは頑固に言い張った。しかし彼らがとりわけ私におしつけようとしたのは、私の同類たちだった。このことには信じられないほど熱心に執拗にとりくんだ。こういったやり取りについては何も覚えていない。ほとんど理解できなかったはずだ。それでもいくつかの描写が記憶に残った。彼らは愛について、知性について、実に貴重な授業をしてくれた。ずいぶん昔のことにちがいない。計算し推理することを教えてくれたのも彼らだった。こうしたことが役に立ったこともある。否定はしない。私を静かに放っておいてくれたら、そんなことも必要なかっただろうが。まだ役に立っている。それでどこかを掻けばいい。汚い連中だ。ポケットのなかには毒薬や、怪しげな道具がいっぱい。たぶんあれは通信教育だった。それなのに彼らに会ったような気がする。たぶん写真を見たのだ。あの詰め込み教育は、いつ終わったのか。ほんとうに終わったのか。まだ質問がある。これで最後だ。これは単なる小康状態なのか。彼らは四人か五人かで、報告するという口実で、私を苛つかせた。特にそのなかの一人には、名前はバジルだったと思うが、ひどく嫌悪を覚えた。口を開くこともなく、あまり見つめすぎて生気を失ってしまった目で私を睨みつけるだけで、毎回、前より以上に思うままに私を操るのだった。暗闇に潜んで、彼はまだ私を睨みつけているのか。彼はまだ私の名前を騙《かた》っているのか。彼らの時代に性懲りもなく、どんな季節でも彼らが私に押しつけてきたあの名前だ。いやいや、ここなら私は安全で、こんな無意味な傷を私に負わせることができたのは誰なのか詮索して面白がっている。

もう一人がまっすぐ私のほうにやってくる。彼はまるで重たい緞帳をすり抜けるように入ってきて、さらに何歩か進み、私を見つめ、後ずさりして引き下がる。体をかがめて、腕の先に何かわからないが重たい物でももっているようだ。すぐ目に入ってきたのは帽子だ。天辺《てっぺん》は古い靴底のように擦り切れて、灰色の髪が少しのぞいている。しばし私のほうにあげた眼差しは、まるで私が彼のために何かできるかのように懇願している感じだ。もうひとつの印象、やはりまちがっているかもしれないが、彼は私への贈り物をもっているがわたそうとしない。彼はもっていってしまう、あるいは放り投げ、消えてしまう。彼はめったにやってこない、これ以上詳しいことは言えないが、確かに規則的にやってくる。いままで彼は、マロウンが通りかかるときにやってきたことは一度もない。しかしたぶんそのうちいっしょになるだろう。そうしても決してここを支配する秩序に違反しているわけではなかろう。なにしろマロウンが、確かではないが私から三フィートのところを移動するとして、その動線を何インチかの単位で計算するとすれば、反対にもう一人の道筋については、実に混乱した想像しか浮かばない。私は時間を計ることができず、それだけでもうこの件についてはどんな計算をすることも不可能で、しかもそれぞれの移動の速度を比較することさえできないからである。だから彼らを二人いっしょに見るという特権に浴することがあるかどうかもわからないのだ。しかしそんなこともありうると信じるほうに傾いている。なにしろもし決して彼らがいっしょにいるところを見るはずがないのなら、私の前をマロウンがもう一人のあとに通り、あるいは先に通り、その時間差はいつもぴったり同じになるはずだろう。いやまちがえた。時間差は確かに変化しうるからだ（この場合はそのようだ）、決してゼロになることはなく。この変動する間隔を考慮して、それでも私は思わざるをえない。私のなじみの二人はある日出くわし、衝突し、たぶん転ぶことになると。私は言った、ここではすべてが遅かれ早かれ反復される、いや、そう言おうとして考えなおした。しかし出会いは、ここの規則にとって例外ではないか。たった一度の出会いを私は目撃したことがあるが、それはずいぶん前のことで、それ以降は見ていない。それはたぶん何かの終わりだった。そして彼らに迷惑しているわけではないが、彼らがいっしょのところ、そして衝突するのを見る際には、たぶんマロウンにも、もう一人にも私はけりをつけるだろう。不幸なことに、ここを通りかかるのは二人だけではない。別の人間たちが私のほうにやってきて、前を通り、まわりを回っていく。おそらくみんなを知っているわけではない。彼らに迷惑しているわけではないし、これは何度繰り返しても足りないくらいだ。しかし長く続けばうんざりすることもある。どんなふうにかわからない。しかし予想しておかねばならない。何か始めるときに、人はそれをやめる方法など配慮しないものだ。肝心なのは話すことだ。やめたいときにはいつだってやめられるかのように話し始める。それでいい。物事を中止させ、黙らせる手段を見つけられるからこそ、話を続けることもできる。いや、私は考えようとすべきではない。ただありのままを言うこと、そのほうがいい。私は話したくてうずうずし、卑怯にもこの場所を、物事や形態や物音や光でかざりつけている。とにかく手順の問題はまったく別にして、そんなかざりを締め出さなくてはならない。喋りたくてうずうずしているときには、ただ真実に気を配ることだ。出会いによって厄介払いする可能性の利点は、こういうところにある。しかし落ちつこう。まず汚して、それから掃除することだ。

少し自分のことに注意を傾けたのは、変化するためだ。遅かれ早かれ、そうせざるをえない。最初はそんなことは不可能だと思える。自分を私の被造物たちと同じ荷車に乗せて運ばせるのか。私はこれを見て、これを感じ、憂慮し、希望し、知らないとか、知っているとか自分について言うのか？　いいさ、言ってやろう、私のことだけだ。冷静、不動、無言、下顎を引き締めて、マロウンは回る。私の弱さとは永遠に無縁だ。私はこうでしかないが、彼は私のようなものではありえない。私は動かないが、彼こそは神だ。もう一人には哀願するような目、私のための贈り物、援助の必要を想定した。彼は私を見ることがなく、私を知らず、それで何も欠けてはいない。私だけが人間で、他は神様だ。

空気、空気を。このなつかしい主題が少しでも役に立つか見てみよう。この魔法にかかった円形の外の私のすぐ近くでは、まったく透明な灰色の空気が、浸透しがたい薄い層を重ね、ほんの少しだけ濃い色に染まっている。かすかな光が私の鼻先で起きていることを識別させてくれるのだが、これは私のほうから発する光なのか。いまのところそう仮定する利点が見つからない。底なしの夜は、やがて、ある程度まで明るくなったが、私の聞いたところでは、黒ずんだ空と大地そのものの光の助けだけを借りたのだ。ここに真っ暗闇はない。この灰色はまず闇になり、ついでとにかく不透明になろうとするが、それでもかなり強い明るみを含んでいる。しかし私の視線が、そこになんとか空気を見ようとしてぶつかる障壁は、実はむしろ黒鉛の密度をもつ囲いのようなものではないか。この問題を解明するには、棒と、それを用いるための手段が必要だ。その手段がなければ棒は役立たずだし、反対に棒がなくても同じことだ。ついでに言っておけば、未来形や条件法の分詞だって必要になるだろう。私は槍のように棒を前方にまっすぐ投げ、私をすぐ近くで取り囲んで見晴らしを遮っているものが、あいかわらず空虚なのか充溢なのか、聞こえてくる音で確かめるだろう。あるいは棒を手放すのではなく、それをなくしてしまう危険を冒すことなく、剣のように使い、空気なのか壁なのか先でつついてみるだろう。しかし棒に頼る時代は過ぎた。ここで私は厳密に言うなら自分の体をあてにするしかない。この体にはどんな動きも不可能で、両目さえも昔のように、バジルやその一味の真似をして閉じることができない。目を閉じて見ること、または見ることができないことから休みをとり、あるいは単に眠りやすいようにすることができず、目を背けることも、伏せることも、開いたまま空にあげることもできず、焦点を定め大きく開け、前方の短い廊下をたえまなく見つめることを強いられているが、九十九パーセントの時間はそこで何も起こらない。両目は燃える石炭のように赤いにちがいない。ときどき私は自問するのだ。二つの網膜は向かいあっているのではないかと。そのうえよく考えてみると、あの灰色は、ある種の鳥の羽のようにかすかに薔薇色を帯びている。鸚鵡がそうじゃないかと思う。

すっかり暗くなろうと、すっかり明るくなろうと、すっかり灰色のままだろうと、はじめに目立つのは灰色で、それはあるがまま、できることをするだけ、明るさと暗さからなり、みずからを無にして明るさか、暗さだけになる。しかしたぶん私は灰色について、灰色のなかで錯覚している。

こんな状況で、どうやって書くのか、この苦々しい狂気に、手を動かすという可能性しか見ないというわけか。わからない。わかるかもしれない。しかしわからないだろう。こんどはだめだ。この私が書こうというのだ、膝から手をあげることのできない私が。かろうじて書くためにだけ私は考えている、頭は遠くにあるのに。私はマタイで、私は天使である、十字架の前に、罪の前にやってきた、この世界にやってきた、ここにやってきた。

念のために付け加えておく。私の言うこれらのこと、可能なら言うはずのこと、これらはもはやない。あるいはまだない。あるいは存在したことがない。あるいは存在しないだろう。あるいは存在したとしても、存在しているとしても、存在するだろうとしても、ここに存在したのではなく、ここに存在しているのではなく、ここには存在しないだろう、それは別のところだ。しかし私はここにいる。だからさらにこのことを付け加えておくしかない。この私、ここにいる私、話すことができず、考えることができず、そして話さなければならず、だからたぶん少し考えなければならず、ここにいる私に関してしか、私がいるここに関してしか考えることができず、少し、十分に考えることができ、どうすればいいかわからず、これは問題ではなく、他のところにいた私、他のところにいるであろう私に関しても、私がいた、私がいるであろうあれらの場所に関しても考えることができる。しかし将来のことはわからないが、私は他のところにいたことなんかない。そして一番単純なのはこう言ってしまうことだ、私の言うことと、可能なら言うであろうことは、私のいる場所と、そこにいる私に関わると。それを考えること、それについて話すことが私にとって不可能であるにもかかわらず、それについて話すこと、それゆえたぶん少しそれを考えることが必要だからだ。もうひとつ。私がこの話題、私をめぐる話題、私の居所について言うこと、たぶん言うであろうことは、すでに言ってしまったのだ。というのも、私はずっと前からここにいて、まだここにいるからだ。これこそ私の状況にふさわしく好ましい推理というものだ。だから何も心配することはない。それでも私は心配している。だからわざわざ災難を求めはしないし、どこにも行かず、私の冒険は終わりで、言うべきことは言ったが、そんなことを冒険と呼んでいる。しかしどうもちがう。そして疑っている。なにしろ問題なのは、ただ私とこの場所だから、もう一度私はそれらについて語りながら、けりをつけようとしているのではないか。そうしたところで、何も大変なことになるわけではない。反対だ、ただし一度免れたと思った義務がまたふりかかってくるだろう。どこでもないところ、誰でもない人物、何でもないことからやりなおし、もちろん新しい道を通って、または昔どおりの道を通って、またも行き着くところはいつも見知らぬところだ。つまり話のとば口にそもそも混乱があって、死刑囚を位置につけ、身支度してやらなくてはならない。しかし私はいつか楽になることを諦めてはいない、沈黙はせずに。なぜかわからないが、その日私は黙ることができ、終わることができる、それはわかっている。そう、もう一度、まだ希望は残っている。取り繕うこともなく、自分を見失うこともなく、ここに、ずっと前から私がいると言っているところに現にいるということ。なにしろ素早く何か言わなければならなかった、ここで終わること、素晴らしいだろう。しかしこれは望ましいことか。そう、望むべきことだ、終わることを望むべきで、終わることは素晴らしい、私が誰であろうと、どこにいようと。

この前置きはもうすぐ終わりにして、そろそろ私のことでは決着をつけたいものだ。不幸なことに、いつものように私は一歩踏み出すのが怖い。なにしろ一歩踏み出すとは、ここから出かけること、自分を見出し、見失い、消滅し、再開し、最初は未知のものとして、それからおもむろに、いつものように、別の場所で、私はずっとそこにいたと言うだろうが、実は何も知らないし、知ることができず、見ることも動くことも考えることも話すこともかなわず、それでも少しずつ、こんな障害にもかかわらず、そこがいつもと同じ場所だとわかるのにはちょうど十分なだけわかってきて、そこは私のためにあるようだが、私は望まれず、私のほうは望んでいるようでもあり、望まないようでもあり、思いどおりなのに、そこが私を飲み込むのか、それとも吐き出すのかわからず、たぶん遠くの頭蓋の内部にすぎず、そこをかつて私はさまよっていたが、いまは不動で小さくなって消え、あるいは頭、手、足、背中、胸を壁に押しつけ、あいかわらず自分の昔話や古い話を、まるではじめてのようにつぶやいている。だから怖がることなんかない。しかし怖いのだ、私の言葉のせいで私に、私の隠れ家に何が起きるか、やはり不安なのだ。ほんとうに何か新しいことをやってみる余地はないのか。希望を仄めかしたこともある。しかし本気じゃなかった。そして私が何も言わないために喋っているとしたら？　ほんとうに何も言わないためか？　こうしていれば、たぶん満腹した老いぼれネズミなんかにかじられる恐れはないし、私のちっぽけな天蓋付きベッド、揺りかごがついているのだが、あるいはこの古びた揺りかごのなかで、かじられるにしても少しゆっくりで、カウカーソス山[06]の話のように、食いちぎられた肉が、またかじられる前に癒着する時間だってあるかもしれない。しかし何も言わないために喋るのは不可能なようで、うまくやれそうでも、いつも何かを、ささいな肯定、ささいな否定を忘れてしまう。これで竜騎兵の連隊だってうちまかすことができるのに。しかしこんどこそは絶望しない。私は誰か、どこにいるか言いながら、自分を見失うことはなく、出発しないまま、ここで終わるのだ。奇蹟を阻んでいるのは方法的精神で、たぶん私は少しこれに忠実すぎたのだ。プロメテウスが二万九千九百七十年かけて罪を償ってから解放されたことは、もちろん私にとってどうでもいいことだ。なぜなら神を愚弄し、火を発明し、粘土から人間を作り、一言で言えば人間に恩恵をもたらしたあの哀れな存在と私とのあいだに何か共通点があることなんか、私は望まないからだ。しかしこれは言っておかなければならない。結局、私は私について、この場所について、われわれを抹消することなく、語りうるのだろうか。私は沈黙することができるのだろうか。この二つの問いには関連があるのだろうか。目標があるのは好ましいことだ。確かにいくつか、たぶんたった一つ、目標があるのだ。

あのマーフィー、モロイ、他にもマロウンの一味、私は騙されない。彼らのせいで時間を失い、無駄な骨折りをした。もう黙っていられるように私のことだけ喋るべきだったのに彼らの話にうつつをぬかしてしまった。しかし私について喋ったと、私について喋っているところだと、そう私は言ったばかりだ。言ったばかりのことなんか私にはどうでもいい。いまこそ私について、はじめて喋ろうとしている。あの嬲《なぶ》りものたちのなかに私も入れて、これで良しと思っていた。まちがっていた。彼らは私の苦痛を苦しんだわけではない。私の苦痛に比べれば彼らの苦痛はなんでもなく、私の苦痛のちっぽけな部分にすぎず、私はそれから距離をとって眺めることができると思っていた。もう彼らには消えてもらいたい。彼らも他の連中も、私が世話になった連中、待っている連中、私が彼らに押しつけたことを私に返してもらいたい、そしてわが人生から消えてもらいたい、私の思い出、私の恥、私の憂慮から。やっとのことで、もうここには私しかいない、誰も私のまわりを回らないし、私のほうにやってこないし、私の前で誰も、誰かに出会ったりしなかった。この連中は決して存在したことがなく、私とこの不透明な空虚にすぎなかった。それなら騒音は？　それもない、すべて静かだ。それなら光は？　ずいぶんそれをあてにしてきたものだが、消してしまうべきか。そうだ、そうすべきだ、ここに光はない。灰色もない、闇と言うべきだった。彼らは私でしかなく、その私について私は何も知らず、知っているのはただ私について喋ったことがないということだけだ。そしてこの闇についても、ただそれが闇で空虚であること以外には何も知らない。だからこれこそが話すべきことなので、私はこのことを話し、もう話すことがなくなるまで続けるだろう。なるようになるだろう。そしてバジルとその一味は？　彼らは実在せず、私には何だかわからないことを説明するために私がでっちあげただけだ。そうなんだ。みんな嘘ばっかりだ。神と人間、光と自然、心の高揚そして理解の手段なんかを、誰の助けも借りずに、卑怯にもでっちあげた。私のことを話すときを先に延ばそうとしても、誰もいないからだ。もうそれは問題外だ。

自分のことは何も知らないが、私が目を開けていることはわかっている。そこからとめどなく涙が流れ出すからだ。腰掛けていて、両手は膝の上においていることもわかっている。尻にも、両足の裏にも、両手にも、両膝にも圧力がかかっているからだ。両手に対しては両膝が、両膝に対しては両手が圧力をかけている。しかし尻に対して、両足の裏に対して圧力をかけているのは何か。わからない。背中には支えがない。こんなこまごまとしたことばかり伝えている。私は仰向けになっているのではなく、両足を組んでぶらぶらさせており、目は閉じている。後でもっと重要なことに取り掛かる前に、最初から体の姿勢を確かめておくのはいいことだ。しかし私はまっすぐ前方を見ているとさっき言ったが、その証拠が何かあるのか。まっすぐな背中、ねじれてはいないまっすぐな首、その上に落ち着いている頭を感じる。ヨーヨーの球が小さな棒の上に乗っかっているようなものだ。この比喩は場違いだ。そこから涙がどんなふうに流れるかを言わなくては。それが目から顎まで顔じゅうを濡らし、首まで滴っているが、これは頭を傾《かし》げるか、ひっくり返すかしていたらありえないことだ。しかし頭がまっすぐであることと、視線がまっすぐなこと、垂直と水平を私は混同してはならない。この問題はとにかく二次的なものだ。私には何も見えないからだ。私は何か着ているのか。しばしばこのことを自問したが、すみやかにマロウンの帽子や、モロイのオーヴァーや、マーフィーの背広に話題を移すことにしていた。私が何か着ているとしたら、ほんの薄着にすぎない。なにしろ胸や横腹や背中に流れる涙を感じるからだ。そうなんだ、ほんとうに涙に濡れそぼっている。顎鬚にもたまり、そこからあふれ出ると、いや私には顎鬚なんかないし髪もない、肩の上にあるのは滑らかな大きい球だけで、眼窩しか残っていない目をのぞいてもう形がない。まだ遠くに明白にあって、なくなってはいない掌や足の裏がなければ、私は喜んで、どこでもいいから二つの穴があるだけの卵の形態を自分に与えるところだ。これで卵ほど頑丈ではなくても、崩壊は防げる。なにしろその粘り気からして、これはむしろ粘液といえる。しかしゆっくり、急がずに進もう、そうしなければ決してうまくいかない。だから身に着けているものとしては、さしあたってゲートルくらいしか思いつかない。たぶんそれに加えてあちこちのぼろ布くらいだ。これ以上猥褻な話はしない。鼻がないのに、どうして一物があるんだ。こんなものはみんななくなってしまった、余分なものはみんな、目も髪もいっしょに、あとかたもなく、遠く下のほうに落ちて何も聞こえなかった、まだ落ちているところかもしれない、髪も煤《すす》みたいにゆっくり、ひっきりなしに落ち、耳も落ちて何も聞こえない。よけいなもの、あいかわらずちっぽけな魂、愛なんてものをでっちあげた、音楽、野生のスグリの香り、自分を遠ざけるためだ。もろもろの器官、ある外部、想像するのはやさしい、他のもの、一つの神、仕方がない、そんなものを想像してみる、簡単だ、それは大事なことを宥めてくれる、眠らせてくれる、ちょっとのあいだ。そう、神、信じたことはない、静寂をもたらす者、ちょっとのあいだ。私はもう休まない。したがって、私が隠れていたあいだ、私の哀れな思考を引き受け、私の発言の下でうちひしがれていたものから、もう私には何も残らないのか。濡れそぼった眼窩も乾かし、充塡し、これでよし、もう流れない、私はお喋りを続ける大きな球体で、存在しないこと、あるいはたぶん存在することを喋り、どちらかわからず、問題はそれじゃない。そうなんだ、曲目を替えよう。それにつまるところ、どうして球体なんだ、他の形ではなく、それにどうして大きいんだ。なぜ円筒形では、小さな円筒ではないんだ。それとも卵、中くらいの卵か？ いやいや、こんなのは古めかしい馬鹿話、自分がいつだって丸く、固かったのはわかっていた、わざわざ言わないが、でこぼこも穴もなく真ん丸で、たぶん目に見えず、またはおおいぬ座のシリウスのように大きかった。こんな言い方は無意味だ。肝心なのは私が丸く固いことだけで、衝撃が加わるたびにへこんだり膨らんだりして、何か不規則な形をとるよりは丸く固く、これには確かに理由がある。しかし理由はもうたくさんだ。他のことはもうお手上げだ。この滑稽な闇にしても。その黒色には、灰色よりも威厳をもって浸ることができるとしばし思ったのに。この明暗に関する話もわけがわからない。これだって清算した。しかし私は球体というわが本性にしたがって転がっているのだろうか、それともどこか、自分の無数の極の一つの上で均衡を保っているのか。それを知る試みには大いに引きつけられる。一見いかにも正当に見えるこの関心から、どんな言葉の切れ端が出てくるだろうか。しかしあてにしてはいない。いや、沈黙の権利、つまり生きながらの休息と私とのあいだには、いつも同じ暗唱課題があって、私はそれをよく覚えていたが、それを口にしたくなかった、なぜかわからない、たぶん沈黙が怖かった、あるいはなんでもいいから言えばいいと思っていた。だから隠れたままでいるためには嘘でも言ったほうがよかった。どうでもいい。しかしいま思い出せるなら、私の暗唱課題を言ってみることにしよう。空の下、道の上、街のなか、林のなか、部屋のなか、山のなか、平野のなか、海辺で、波の上で、私の小人たちの背後で、私はいつも沈んでいたわけではなく、自分の時間を失い、権利を否定し、骨折り損をし、暗唱課題を忘れた。それから私なりの小さな地獄があり、それほど残酷なのではなかったが、何人か親切な地獄落ちの連中がいて、私は彼らを思って呻き声をあげたりするのだが、何かがときどきため息をつき、私たちが灰になって消えるときを待ちながら、遠くで炎に包まれた慈愛が稲光を放っている。私は喋りに喋る。それが必要なのだ。しかし聞きはしない、暗唱課題を探す、かつてはわかっていると思いながら白状したくはなかった自分の人生、そのせいで、たぶんときどき少し透明性に欠けていた。たぶんこんどだって、私は暗唱課題を探すだけで、それを口に出すことはままならず、私のものではない言語で、私につきそっている。それにしても、私がまちがって言ったこと、もはや言わないこと、もし可能ならたぶん言うであろうこと、そんなことを言うかわりに他のことを言うほうがいいのではないか、たとえそれがまだ必要なことではないとしても。試してみよう、別の現在において試してみることにしよう。たとえそれが休止もなく、涙もなく、目もなく、理性もなく、まだ私の現在ではないとしても。だからささいなことでも、私が固定されているとしよう。固定されている、あるいは空中で、または他の表面と接して転がりながら絶えず場所を変えている、あるいは転がったり止まったりしている。なにしろ私は静けさも変化も何も感じず、このことについて何か意見をもとうとしても出発点になるものが何もない、私が仮に一般的次元のなんらかの知識をもち、ついでに理性を用いることができるなら、これは大したことではないが、このとおり私は何も感じず、何も知らず、思考することに関しては、私はただ黙らないためにだけ思考するのであって、これは思考などと呼べたものではない。それゆえ私が動くとか動かないとか、何も仮定はするまい。そのほうが確かだし、これは重要ではないからだ。だから重要なことに話題を移そう。どんなことに？　このお喋りな声、自分が嘘つきだとわかっていて、自分の言うことに無関心で、たぶん老いすぎて、ついに声を黙らせる殺し文句を言うにはあまりにはにかみ屋で、自分が無駄な存在だとわかっており、役立たずで、自分を聞くことがなく、自分が引き裂く沈黙に注意を傾けるだけ、そこで、たぶんある日、到来と訣別の明瞭な長い溜息がまた声に忍びこんでくるだろう。あれはそんな声だったのか。私はもう問わない。もう問いはない、もう問いを知らない。声は私から出て、私を満たし、私の壁に向けて叫ぶ。それは私の声ではなく、私は止めることができず、それが私を引き裂き、揺さぶり、閉じ込めるのを阻止することもできない。それは私の声ではなく、私にそんなものはなく、声なんかなく、しかも私は喋らなくちゃならない。わかっているのはそれだけで、このことをめぐって堂々巡りしなければならず、私の声ではない声で、私の声でしかない声で、このことを喋らなくてはならない。なにしろ私しかいないし、私以外に誰かいるなら、この声は誰に属するというのか、彼らは私のところまでやってくるわけではなく、それ以上のことを私は言えず、それ以上はわからない。彼らはたぶん遠くから私を見ていて、私には彼らが見えないからには、それが私にとって不都合なわけもなく、私は燃える燠《おき》のあいだの顔のようなもので、どうせ崩れ落ちる定めだと彼らにはわかっている、しかし長すぎる、もう遅い、目を開けていられない、明日は早く起きなくちゃならない。だから喋っているのは私ひとりだけで、これしかできないのだ。いや、私は啞なんだ。ところで、もし私が黙ったら。何が私に起きるのか。いま起きていることより、もっと悪いことか？　しかしまた質問だ。ほら悪い癖だ。質問なんか考えつくはずがないのに、次々口から飛び出てしまう。それが何かわかっていると思い込む。これは言葉を絶やさないためだ、私にとってどうでもいいこの無用な言葉、それは私をたった一音節の沈黙にも近づけてはくれない。しかし予想していたのだ、もうそれには応えない、もう探すふりはしない。涸れてしまわないように、たぶんまた夢物語をでっちあげるしかない。頭で、胴で、腕で、足で、その他いろいろで、不完全な闇といかがわしい光の、どうにも動かしがたい二者択一をくぐりぬけて喋り出す。これまでもそんなことがあった。いや終わりにするという希望だってある。しかし話の種は尽きない。なにしろ私に、あるいは私のふりをした誰かに、最後にそんな機会があったとき、さんざんお道化《どけ》て見せても、私は油断していなかった。そして私は窮地を脱する別の手段を吹き込むささやきを聞いたように思った、別のもっと快適な手段なのだ、彼は言った、彼は独り言《ご》ちた、そして尋ね、そして答えた、と繰り返した、だらだら続く私のお喋りを一時もやめることはなく、実に希望に満ちたある種の表現を発見できたし、私の興奮の連続が静まって、実際に機会があれば、すぐにも試してみる気になっていた。しかしみんな蒸発してしまった。なにしろどんなやり方で話すにせよ、同時に、別のところにあるほんとうの関心の的に注意を向けることは難しい。まるでまだ死んでいないことを謝るかのように、そんなことを、かすかなささやきが断片的に伝えたのだ。そしてそのとき私が聞いたように思ったことは、私がなすべきこと言うべきことにかかわり、それはもう何もなすべきことも言うべきこともないようにするためで、雑音のせいで、それはほとんど聞こえなかったが、これは不可解な劫罰のよくわからない項目にしたがって、私自身がたてていた雑音なのであった。しかしながら私は、私に誓いをたてるある種の表現にすっかりうちのめされた、それは金切り声で決してそれらを忘れないと誓い、そのうえ、それらが別の表現を生み出すようにふるまうと誓い、それらが拒否しがたい全体となって膨れあがり、私の哀れな口からまったく別の言葉を垂れ流すと言うのだ。私の口は空しい作り話に空しく擦り切れて、彼らのとは別の、ついに善良な、ついに最後の言葉を垂れ流すと言うのだ。しかし私はみんな忘れたし、何もしなかった。ただしいまこのとき、何かしている最中だとすれば別で、心底そう願いたいものだ。なにしろ場所を移動し、ぶつかりあい、立ち往生して暴れ、束の間気絶する瀕死の人物たちの深刻な話にまきこまれ、私がもがいているあいだ、そんな音楽が聞こえてきたら、なおさらそれはいまこそ聞こえなければならないはずで、いまの私はいわば自分のことで精いっぱいなのだ。しかしこれもやはり屁理屈というもの。それにほら、私は最果てに到達する前に、もう作り話の救いにすがろうとしている。むしろこの尊い器官のほんとうの使い道がわかるまでは、ババババとでも言っていればいい。問いはもうたくさん、屁理屈も。何年もたってから私はまた始める。だから私は黙ったし、黙ることができるのだ。そこにまたこの雑音だ。これらすべてははっきりしない。私は何年もと言ったが、ここにそんなものはない。持続はどうでもいい。年月なんてものはバジルの考えだ。長いあいだだって、束の間だって、同じことだ。私は沈黙を保った。それだけが重要なことだ。もし重要だとしても、それが確かに重要にちがいないかもう覚えていない。そしてまた忘れてしまっている。しかしなんて静かなんだ、わが友人たち、なにしろ私にもどこかに友人があって、ときどきそれを感じるんだ、いまこの瞬間、何という沈黙、私の哀れな友人たち。そしてほんとは、沈黙を保つことがすべてではない。それがどういう種類の沈黙なのかも考えなくてはならない。私は耳を傾けた。どうせなら話すのもいい。何という自由。私は、相も変わらぬ私の声であるにちがいない音に耳をそばだてた。かすかな、はるかなその声は、海のよう、大地のよう、遠くの静かな海のようで消滅しつつあった。いやそうじゃない、浜辺も岸辺もなく、海だけで十分だ。砂利も砂も、大地も海も、もうたくさんだ。やっぱりバジルが幅をきかせている。だからむしろ彼をマフードと呼ぶことにしよう。そのほうがいい、私は変人だ。私の話を私に聞かせるのは彼で、私に代わって生き、私から出て私に戻り、また私のなかに入り、私は話だらけで死にそうになった。どうしてそんなことになったのかわからない。いつだってわからないほうがよかった。しかしマフードは、それはよくないと私に言ったものだ。彼だって何もわかっていなかったが、それを気にしていた。彼の声はしばしば、いつも、私の声と混じりあって、ときには全部覆いつくすほどで、これは彼が私ときっぱり別れる日まで続いた。あるいは彼がもう別れを望まなくなる日まで続いた。どっちだったかわからない。そう、私はいまこの瞬間彼がここにいるのか、遠くにいるのかわからない。しかし私はもう彼の無礼に苦しめられることはないと言っても過言ではないと思う。彼がいないとき私は気を取りなおそうとし、彼が私について、私の不幸について、滑稽な不幸や突拍子もない苦痛について、私のほんとうの状況に関して私に言ったこと、そのおぞましい言葉を忘れるように努めた。しかし彼の声は自分に関する証言を続けた。その声は私の声のなかに編みこまれているようで、私が誰か、私が何か、私自身が言うことを妨げた。それが言えるなら私は黙ることができ、もはや聞かなくてもいいようになるはずだったのに。そして今日もまた、やはり彼として話すために、彼は私を苦しめることはないが、彼の声がやはり私の声に入り込んでいる。しかし以前ほどじゃない。もはや更新されないなら、その声はいつか私の声から消えてしまうだろう。そう望みたい、すっかり消えてもらいたい。しかしそのために私は喋り、喋らなければならない。同時に私は彼を私自身に隠しておきはしない、彼は戻ってきてもいいし、あるいは出かけて、それからまた戻ってきてもいい。ならば、すべてやりなおしかもしれない。ならば、私の声は、声は言うかもしれない。どれ、私は一休みするためにマフードについて話そうか。そんなことになるかもしれない。声は言うだろう、それから、やる気を取り戻し、私は力を百倍にして再び真実に立ち向かおう。私が思いのままにふるまっていると信じさせてやるために。しかし、これはもはや私の声ではない。その片割れでさえない。そんなふうに事は運ぶだろう。あるいは物語は、ごく穏やかに、気づかぬうちに始まり、些細なことのようでも、あいかわらず私のことみたいだろう。しかし私はすっかり眠り込んでしまったかもしれない。いつものように口をあんぐり開けて、いつもと変わらぬように見えるだろう。そして眠り込んで開いた口からは、私に関する嘘八百が垂れ流しになるだろう。いや、眠ったりするものか、私は泣きながら聞くだろう。しかし実際、このときの話は私に関することなのか。ときにはそのとおりと思える。次にはそうじゃないと思う。できるだけのことをするが、私はまたも暗礁に乗り上げているようだ。暗礁に乗り上げてもどうってことはない。望むところだ。ただ私は黙っていたい。いまさっき黙ったようにではない。もっとよく聞くためだ。粛々と、勝ち誇って、下心なんかなく。それこそまっとうな人生だ。結局これが人生というものだ。休憩中の私の口は唾でいっぱいになり、唾は無尽蔵で、私はうっとりして垂れ流し、生気をむき出しにし、罰ゲームは終わり、黙っている。私は喋った、喋らなければならなかった、暗唱したことを。罰ゲームの文句を言わなくてはならなかった。罰ゲームと暗唱課題を私は混同していた。そう、私は自由になる前に、私の涎から自由になる前に、自由に黙り、もはや聞かないために、罰ゲームをこなさなくてはならないが、どんな罰ゲームだったか覚えていない。そうだ、やっと私の状況がわかってきた。人が私に、たぶん生まれてすぐ罰ゲームを課したのだが、それはたぶん生まれてきたことを罰するためで、あるいはことさら理由はなく、ただ私が好かれなかったからだ。その罰ゲームが何だったか忘れてしまった。しかしそれがはっきり特定されたことがあったのか？　押してみろ、わが友よ、うんと強く押してみろ、ごまかすんじゃない、もうちょっと押してみろ、たぶん問題はおまえのことだ。ときどき私は自分におまえと言う、もし私が喋っているなら。おまえはたぶん的を射ている。一万語費やした後か。つまりひとつの的を射た。そのあとには別の的が数々あるだろう。自分に話しかけるということ、私は自分に、十分話しかけたことがない、十分聞かず、十分答えず、十分慰めず、私はわが支配者のために話し、その言葉を聞くためにに耳をそばだてたが、決してその言葉は届かなかった。それでいい、わが子よ、それでいい、わが息子よ、もうやめてもいい、下がってもいい、立ち去ってもいい、無罪放免、恩赦を受けた。言葉は届かなかった。わが支配者。この脈絡を見失ってはならない。しかしいまのところ、わかってはいる、実際たぶん彼らは複数で、つるみあった暴君たちで、私のことに関してはもうずいぶん前から議論して意見を異にし、ときどき私の声を聞き、それから隠れて、王女に出費させて食事に行き、トランプをし、私の知らないところを堂々とうろついたりするが、わかっているのは罰ゲームのことで、体面をけがさずに私は、どうやらたちまち放棄されてしまった暗唱課題とそれが関係していると言うことができる。この課題はあまりにも性急に放棄されたのだが、私は自分に言い聞かせたのだ。もし私に罰ゲームが課されているのなら、それは私が暗唱課題を言えなかったからで、罰ゲームをやり終えても、まだ私は課題を言わなくてはならず、それを言ってしまったときやっと私は片隅で静かに落ち着き、涎を垂らして生きながら、口をつぐみ、舌を動かさず、何にも妨害されず、騒音からも遠く、良心に疚《やま》しいこともなく、つまりすっかり空っぽになれる。しかしこれで事態がましになるわけではない。なにしろ私が語彙をかき回して、適当な罰ゲームをみつけたとしても、まだ適当な暗唱課題をやりなおすという苦労が待っている。二つが一体にならないかぎりは。確かにそれもありえないことではない。そもそも奇妙な想像で確認を要するが。静かな気分になるには、この義務を実行しなければならない。自分について話さなければならないという奇妙な義務。沈黙と平穏をめざそうとする変てこな希望。私には声しかなく声だけで、義務の観念を飲み下してしまったら、そのときは何でもいいから何か言うことが見つかると、それが当然のように思えた。そしてさらに。手がないのに、たぶん拍手しなければならず、両手を打って給仕を呼ばねばならないなんて、ずいぶん気の利いたことだ、それに足もないのに輪舞を踊るなんて。

しかしまず考えよう、前進することだ、そのあとで別のことを考えよう、もう少しだけ前進することだ、問題は、他に言うべきことがあるということ、いままで言ったことすべてに加えてまだ言ってなかったことがあるということだ。この仮定でみずからを弁護することができるはずだ。しかしだからといって、それが私に関することであるのを願うとしたら、たちまちそれはちょっと不躾に思える。それはむしろ私を許してもらいたくて、わが支配者をほめあげるお世辞なのか。あるいは私は結局マフードだと白状し、マフードが詐称した人物、その声が聞こえないようにしてしまった人物の話は何もかも嘘だと白状してしまうこと。やれやれ、マフードは私の支配者なのか。さしあたって、ここでやめておく。短時間のあいだに、あまりに多くの見方が出てきた。案の定、この段階では、疑問をもつことなしにはやっていけないようだ。約束違反だ。いや私が誓ったのは、ただもう疑問形で語らないということだけだ。あてになるものか。たぶん私は、まもなくうまく折り合いをつけて、私の精神においてもう二度と疑問形が形成されないようにする。精神なんて、衒学的に語るのはやめたいが。なにしろ私のしていることは、精神を欠いてはちゃんと成立しない。それは私の精神であってほしくない、精神にはこだわるし、ここから汲み取りもする。結局私はそんなふりをする。豊かな原料、活用すべき恵み、そのとおり、芯までしゃぶる、悪魔の勢いで、それでも情熱的、どきどきする、お喋り機械、どきどきしながら通り過ぎる、時間はある、もう忘れている、そのとおり、たったいま問題だったこと、重大なこと、消えてしまった、また戻ってくる、後悔しない、まさに真新しい、ひとつの未知のこと、とびきりの難問にも、望みどおりに、うまく対応できるときがくる。しばらく前からわれわれのことを喋りすぎだ。省略しよう。支配者。大して気にかけていなかった。ほんのちょっとだ。「たぶん」、この語も言いすぎた。この手口は擦り切れた。すべてを自分に禁じよう。なんとか切りぬけよう。支配者。あちこちで暴君みたいにその人物のことに触れていた。同情を買おうとして。彼らは私に服を着せ、そっと金をくれた。そんな連中だ。あるいはモランの雇い主、名前を忘れた。そうなんだ、私のやらかした何ごとか、よかれと思ったんだが、疑わしいことだらけで、くたびれて声を嗄らし、私はそれらを思い出す、いつも同じことではない。たとえば従順な人間のように無用な熱情をもって、この話を少しまじめに受けとるなんて、そんなことは夢にも思わなかった。そういう熱情が、私の熱情であり、私の熱情に近く、私の熱情のたどる道であることを期待したのだ。そして、いま頃それを思うのは、私が、ほんとうの私の話にたどりつくことに絶望しているからだ。絶望の一瞬、それをまだ熱いうちに打たねばならない。だからわが支配者は、私のイメージどおりに一人だとすれば、私のためを思い、哀れな人だ、私の幸せを願い、もし裏切られまいとして何も大したことをしているように見えないとしたら、大して何もすることがないからで、いわば何もすることがないからで、でなければ彼は何かしただろうし、そうにちがいない。わがよき師、わが強き支配者、昔のことだ、哀れな人だ。別の仮説。すなわち彼は必要なことをした、私のことでは彼の意志が実現された（なにしろ彼にはたぶん別の子分たちがいる）、しかしそれは私が知らなくてもいいことだ。第一と第二の場合。できるなら、第一のほうが少し好みだが。あとは第二のほうに傾く。まだ私がちゃんと立っていられたら。これはまったくマフードの挿話に似ている。しかしそうじゃない、マフードの話は全部私に関するものだった。しかし、相棒よ、早くはっきりしろ、さもないと忘れてしまうぞ。ほら、だから彼は当惑している、不幸なやつ、この私の過ちのせいだ、私のことはどうしようもない、彼はずいぶんこだわっているのだが。いつも命令を下し、服従させてばかりいた。ほら、だから、私が存在するようになってから、そもそもこれは彼が引き起こすことになった状態だと思うのだが、私は要するに楽々と生きなくてはならぬ、それが彼の要求で、それはまるで無機物に言葉をかけているように功を奏したのだ。もし彼がこの賛辞に不満なら、私はいっそ——首でも括りたいと言おうとしたが、これはいずれにせよ留保（restrictions）なしに望みたいことで——私は拘束（constrictions）なしにと言いかけたが、それでは言葉に詰まってしまう。あいにく私には首がない。私はおまえに幸せであってほしい、わかるか、彼はこうしつこく繰り返す。そして私は、うやうやしい態度で答える。私もです、王様。

彼を喜ばせるためにこう言っている、それほど彼は不幸に見える。私は善良だ、見かけだけは。ちがう、私たちは会話なんかしないし、彼は私に一言も言わない。結局彼はほんとに運が悪いのだ。おそらく彼は私を選んだわけではないし、そもそも望みどおりの奴隷がいつも見つかるわけではない。彼が幸せという言葉、私の幸せという言葉で何を言おうとしていたのか、それはそれで一つの話題だ。私が満足することを彼は望んでもいい。どうやらそれは目に見えていた。あるいは私が何かの役に立つこと、あるいは二つともお望みだ、信じられないごちゃまぜにして。彼は当然率先して行動するわけだが、もうちょっと彼が気さくなら、彼の立場から見ても、そして彼の想定する私の立場から見ても、たぶんそのほうがうまくいくだろう。最後に彼が自分のことを説明すればいい。たとえ彼とどこで落ちあえるかわかっていたとしても、彼に説明するのは私の役目ではない。彼が私に、私のために正確に何を望んでいるのか、すっかりわからせてくれなくてはならない。彼が望んでいることは私の幸せだ、それはわかっている。結局こんなことを言うのは、彼がもっといい気分になるようにと願ってのことだ。彼が存在するとすれば、存在して私の言うことを聞いているとすれば。しかし誰のことだ、何人もいるにちがいないのだ。たぶん一番上の人物だ。いい加減にはっきりさせてくれ。彼に求めることはそれだけだ。少なくとも、私のどこが物足りないのか知って安心したいのだ。もちろん私が幸せになるように私に何か言ってほしいなら、それが何か言ってもらいたい、私はすぐにそれをがなりたてるだろう。確かに彼は、すでにそれをたぶん百回も繰り返した。それならば百一回目に言うとき、こんどこそ私は注意するだろう。しかし、たぶん私のすぐれた支配者にこんなにうるさくつきまとうのはまちがっている。彼は私みたいに一人ではなく、私の立派な支配者は私のように自由ではなく、彼と同じように立派な他の連中と手を組んでいる。彼らも同じく私の幸せを願っているが、支配者については各自異なる見解をもっている。彼ら毎日、あそこで、何日間も、一日に何度も、決まった時間から決まった時間まで、私のことを議論しに彼らは集まる。私に善かれと思えることをのぞいて、すべてが取り決められる。それが合意すべき案件を練り上げることを任された代理人たちだとすれば別だ。このあいだ私はいままでどおりの私であり続ける。確かにそれは絶対多数や、あさましい再投票やなんかの結果によるあやふやな決定よりはましなのだ。彼らもまた、この間に、それぞれ自分の可能性に応じて苦しむのであり、それは私が不調だからだ。このことはもうこれくらいにしておこう。これで彼らの気分を和《やわ》らげられないなら、私にとっては残念だが、まだそれは理解できる。ほら、そのことを考えているあいだに、もっと集中する前に、閃いたことがある。仮に彼らが、いざこざにうんざりして私を解放するとすれば？　たぶん私にとってはいいことだ。どんなふうにか、わからない。たぶん私は、これを最後に沈黙に入る。いや、こんなことはみんな冗談で、私は自由で、見棄てられている。またもや、これですべて台無しだ。マフード自身が私を棄てていった。私は平気だ。果たすべき任務というあの話はみんな私をやめさせるためだ。言うべき言葉、発見すべき真実。真実が言えるように、私をやめさせられるように、というわけだ。強《し》いられ、知られ、無視され、忘れられた任務、見出すべき、免除すべき任務、もう話さなくていいように、もう聞かなくていいようにというわけだ。自分を慰めようとして、自分が続けるのを助けようとして、どこかで、はじめと終わりのあいだで動いている自分を信じようとして、私はそれをでっちあげた。前進することも、後退することも、道をそれることもあるが、結局いつも土地を侵食していた。ご破算だ。何もすることはない、つまり何も特別なことはない。話すことはある、漠然と。何も言いたいことはなく、他人の言葉でしかないが、話すことはある。話し方を知らず、話したいとも思わないが、話すことはある。誰も私に無理強いしてはいないし、誰もいない、これは事故であり、事実なのだ。何もそれから私を自由にしてくれない。何もなく、発見すべきものは何もなく、喋り続けることを減らすものは何もなく、飲み込むべき海が私にはあって、それゆえ一つの海がある。騙されなかったこと、これは私の長所だったし、得意とするところだった。騙されまいとして、騙されていないと信じて、騙されているのを知っていて、騙されていないということには騙されないで、やっぱり騙されていた。なにしろ、でたらめではうまくいかない、うまくいきそうでも、そうじゃない。これは凝りすぎの拷問で、考えることも、明確にすることも、感じることも、それを被ることもできない。そう、そんな拷問は受けることもできないし、たっぷり苦しむこともできない。そんなことさえも、うまくやれない。ひなをいっぱい背負って、鼠に目をつけられ、立ったまま死ぬ老いた七面鳥のように。早く続きを。叫ぶのだけはやめてくれ、都会風に、くたばり方をわきまえて、他の連中がふざけているあいだ、ここで私は聞いている、棘だらけの話、いや、ありえない、自分の長広舌の裏側、その奥で吠えているのは私だ。だからでたらめじゃない。マフードの話だって、でたらめじゃない、やはり縁のない話だが、何に縁がないのか、わからない、私の国に縁がないのか。私は自分の国も別の国も知らないのだ。別の国で、人びとはわざわざ切りひらいた道を往来し、便利だし遠出だってできるし、次々闇に漏れ落ちるたくさんの色とりどりの明かりに照らされて、真っ暗になることも無人になることもない、これはさぞかし不快だろう。まあいい。でたらめじゃなく、何かによく似ている、とそういうわけだ。マフード。彼の前には他の連中が私の名を騙った。見たところ彼らは家族のようだから、父から子へとこんな閑職を引き継いだのかもしれない。マフードは、前任者に比べて不適格というわけではない。しかし彼の立ち姿を素描する前に言っておこう、いまはもう彼には片足しかないが、私が次に描くはずの生きた私の代理人の姿に足はなく、きっと頭に碗をかぶり、尻は土埃のなか、千の乳房をもつ大地の女神にじかにくっつけている。そのほうが快適なんだ。おや、またひとつ考えがわいた。こうやって手足をもいでいけば、いまから十五世代くらいあとになれば、通行人のあいだに、たぶん私そっくりの姿を見せることになるだろう。そのときまでマフードはそのカリカチュアにすぎない。何を言おうとしていたっけ？　あいにく別の話をするだろう。みんな大事な話なんだ。マフード。私が否定しても、彼の思いどおりに、結局われわれは一体だとすれば？　彼の言うとおり、私はここにじっとしていたのではなく、あそこを通過し、彼の留守に乗じて私の懸案を片づけようとしたとすれば？　ここ私の国で、マフードはいったい何をしているのか、なぜここを通るのか。私は空しい話に首を突っ込んだものだ、私たち二人はいま面と向かいあっている、マフードと私、私の言うとおり私たちが二人ならば。私は彼を見なかった、いまも見ていない。彼は私に、彼がどんな人物か、私はどんなふうか教えた。みんなが私にそれを教えてくれた。それが彼らの主な役割だったにちがいない。自分のしていることを知るだけでは十分ではない、自分がどんなふうであるかも知らなければならない。若返ったように見えるが、いまはもう片足しかない。これは予定どおりだ。瀕死の状態になり、老人性の壊疽になり、私は片足をもがれたが、ほら私はまた片足で立ち、若者のように隠れ家を求めて、あちこちを探し回った。一本足と、それからまた別の明白なしるし、確かな人間のしるし、しかし目立ちすぎてはいけない、おじけづかないように、まだやる気になるように。最後に彼は諦めるだろう、白状して終わりだろう、これが合言葉だ。こんどは魚の禿頭でもつけてやるか、たぶんやつの気に入るかもしれない、とそんなことを言っているにちがいない。ほとんど真ん中に一本足、これは彼に微笑みかけるかもしれない。哀れな連中だ。彼らは私の掌に人工肛門だってくっつけてしまうかもしれないが、もう私はそこにいない。彼らのほとんど人間らしい人生を、まさに人間の生、ほんものでありうるには十分な人間の生を、彼らそっくりに生きてやれば、ある日私の化身たちができあがる。それでもときに私はあの罪深い場所にいるようで、私の創造主の特徴におしつぶされそうになり、早まった誓いのせいで病み、快適にざわめくホウレンソウの青に囲まれている。そう、何度も私は自分を他人とまちがえそうになった。他人そっくりに苦しむほどで、それがしばらく続いた。すると彼らはシャンパンの栓を抜いた。これでやつはわれわれの一員だ。苦痛で緑色に染まった。ほんもののちっぽけな地球人。葉緑素づけになった。屠殺場の壁をかすめて通った。それが彼らの胃にもたれたにちがいない。結局みすぼらしい宣教師たちにすぎず、執念深い幻に仕えているだけだ。おいでかわいい子羊ちゃん、いっしょに浮かれましょ、すぐに終わる、すぐにわかるよ、お嬢さん羊と遊んでいればいい、楽しいよ。色恋は誰でもほしがるニンジンだ。私はいつも人を騙してきたにちがいない。この種の厠《かわや》に自分がいると思って、ズボンをおろしたこともあった。マフード当人が、何度も私を騙そうとしてきた。あるとき私は彼で、彼の松葉杖をつき、足を引きずって野山を歩いた。気にかけることではないが、その自然はむしろ不毛で、おまけに、正確に言うなら、最初はほとんど住人の気配がなかった。杖をついては立ち止まり、鎮痛剤を飲み込み、すでに歩んだ距離、これから歩く距離を数える。私の頭もそこにあって、下のほうは幅が広く、斜面は禿げて、天辺の尾根には、ほくろに生える毛のように、そよぐ長い毛がまばらに生えている。どうしようもない、私はべらぼうに情報通なのだ。白状しなさい、誘惑的だったと。あるときと私は言ったが、たぶん何年も続いた。そのあと私は同意を翻したので、事態は珍妙なことになった。すでに十歩くらい歩いていた、それが歩みなどと呼べるものであったとすれば、もちろんまっすぐにではなく急な曲線を描いた。たぶんちょうど出発点に戻りはしなかったが、そのままもう少しでも続けたらすぐ近くに舞い戻ってしまいそうだった。おそらく私はいわば逆さまになった螺旋にはまり込んでいた、つまりその輪がだんだん広がっていくのではなく、狭まっていき、自分がいるらしい空間がどんな種類のものか見えてくると、もはや先に行けなくなるはずだった。その瞬間に、もう進めないという即物的不可能性を前にして、どうやら私は止まるしかなかった。あるいはせいぜいすぐに、あるいは後になって逆方向に再出発し、いわば精いっぱい締め付けたあとで捩子《ねじ》をゆるめるようなものだった。もし私が思わずつぶやいたように、他に仕方がなく、ひどく退屈な道を歩くことになっても、戻るときは行くときに比べて、逆に行くときは戻るときに比べて、まったく異なる外観をもち、まったく異なる退屈さを味わうということがほんとうなら、こうして面白さも新しさもいっぱいの体験ができることになっただろう。あれこれ考えても何もならない。私には豊富な知識だけはあるが、まさにこれこそ難点だ。なにしろもし私がくるくる回り続けて、あの螺旋運動を強行したならば、そんなことはめったにないのだが、回り続けてさらに早く行こうとする甲斐があるならば、回り続けていやおうなく最後には道をふさがれるしかなく、それ以上先に進めなくなり、体の厚みを減らし、文字どおり自分のなかにつぶされてしまう定めなら、したがって立ち往生せざるをえないなら、これは誇張ではなく、別方向に突進したほうが、私は正常に果てしなく自分を前進させることになり、決して何も終わりになるわけではない。私が生まれた空間は球形なのだし、それが地球ではないとしても、大したことじゃない、自分が何を言っているのかわかっている。それにしても実は、どこに難点があるのか。たったいま一つ難点があった、誓ってもいい。私がいつだって、何にだって、壁や木や、または別の障害にぶつかることは確かにありうることは考慮しないにしても。もちろんそれは到底回避できないことで、回避できるなら私は、いましがた私をまき込んだ面倒なことも、私の堂々巡りも、同じように終わりにできるはずなのだ。しかし障害とは、時がたつにつれて除去することができ、私たちは前進することができるようだが、私の場合そうではなく、私が彼らと生きていれば、彼らは望みのときに私をつかまえるのだ。しかしたとえ障害にあわずに赤道を越えられても、前進を続けながら、仕方なく内側に向かって回らなくてはならないようだ。私の想像ではそうなる。私が自分をマフードだとみなして喋っているとき、私は世界一周を終えつつあったはずだ。たぶんあと何世紀か続けるだけでよかった。私の生理的消耗は、この仮説のほうに味方して語るのだ、たぶん私は片足を太平洋に残したままで、たぶん何というか、スマトラ沖に、腐肉の匂いがするラフレシア[07]の赤いジャングルにそれを放っておいた。いや、これはインド洋のことだ、なんて物知りなんだ、結局そのあたりだ。要するに私はすっかり衰弱して故郷に戻り、両親や妻、つまり一族と再会し、私の留守のあいだに生まれた子供たちを両腕に抱いたときには、おそらくもっと弱っていたはずだ。両腕だけは、まだ健在だった。私は高い壁に囲まれた一種の中庭か広場にいて、そこの地面は土と灰をまぜてあり、私が踏破してきた巨大な果てしない流動的な大地に比べれば心地よく思えた。私の過去について人が確かなことを教えてくれたとすればの話だ。私はほとんど安心していられた。中庭の真ん中に小さな円形の建物があり、窓はなかったが銃眼をそなえていた。ずいぶん長く旅をしていたから、よく覚えているか自信がなくて私はつぶやいた。これこそ私の隠れ家で、ここを離れるべきではなかった。ここで我慢強く、姿の見えない家族たちは私を待っている、私も我慢強くしなければ。そのなかには、じいさんばあさん母さんや、八人か九人のはなたれ小僧がいた。隙間に目をくっつけて、彼らは私のあがきを、同情して見つめていた。長いあいだ人気《ひとけ》のなかったこの中庭を、私は賑やかにしてやったのだ。私が外で回っているあいだ、彼らはなかで回っていた。湾曲のちがいを考慮しなければならないが。夜は交替で当直し、投光器を使って彼らは私を見張った。こうして季節はめぐって行った。子供たちは成長し、屍毒の滲出期はあやふやになり、老人たちはこう言いながら、たがいの様子を窺った。私がおまえを埋葬してやる、おまえが私が埋葬してくれる。私がここに着いてから、それは彼らの会話の、そのうえ議論の種になり、それは以前と、つまり私が出発した頃と同じだったが、たぶん人生の椿事にさえなったが、以前と変わらない椿事だった。彼らには時間が前より短く感じられるようになった。彼に何か少し食べ物をやってみたら？　いやいや邪魔しちゃいけない。私が彼らに見せる意欲を、彼らは無視したくなかったのだ。彼はすっかり変わって見違えるほどだよ。確かにそうだけど、それでも見分けはつくわ。私の両親、私の妻、彼女を恋した男は他にもいたのに私を選んだ女、いつもはたがいに返事もしないのに。もう何回か春がめぐってくれば、彼は私たちのもとに戻ってくるわ。彼をどこにおいてやろうか。地下の部屋かしら？とどのつまり私は地下室に行くのか？　どういうわけで、立ち止まってばかりいるんだ？　おお、いつだってこんなふうだったわ、私たちが知りあったときも、彼はこんなふうだった、いつも立ち止まってばかり、そうでしょ、おじいさん？　そのとおり、絶対に落ち着かなかった、いつも立ち止まった。マフードの言うところでは、私は決してたどりつかず、つまり彼らはみんなその前に死んでしまった、十一人か十二人みんな、腐った保存食のせいで、ひどく苦しみぬいた。まず彼らの呻き声に、そして腐敗の臭いに辟易し、私は引き返した。しかし先まわりするのはよそう、でないと決してたどりつけない。それに、もう私のことじゃない。この分だと、彼がたどりつけるかわかったものではない。少なくとも私の片足は彼らの注意を引かなかった。おお、最後の歩みは早まるだろうよ。去年に比べてどうやら彼は遅くなった。たぶん出発したときには、もう片足がなかったのだ。彼にタオルでも投げてやろうか。いやいや、邪魔しちゃいけない。夜、夕食の後、妻が私の様子を窺っているあいだ、じいさんは、うとうとしている子供たちに、私の人生を物語ってやっていた。一家団欒の夕べというところだ。これはマフードにはおなじみの儀式で、私が歴史的に存在することの裏付けとして、いわば外部者による証言を介入させるわけである。楽しみのときは終わり、みんなが賛美を歌った。たとえばイエスの腕に抱かれて安らぎ、あるいはわが魂の恋人イエス様、あなたの胸に私を匿《かくま》ってください、とか。彼らは眠りにつくだろう、見張り番になっているものは別だ。老人たちの私に関する見方はいつも一致していたわけではなかったが、生まれたばかりの二、三週間、私はかわいい赤ん坊だったということでは一致していた。だけどかわいい赤ん坊だった、彼らの話はいつもこれで締めくくられた。しばしば子供たちのひとりが、話のあいまに私の両親が思い出にひたっているときを利用して、終わりの合図として、あの決まり文句を言った、だけどかわいい赤ん坊だった。まだ眠気に負けていなかった子供らが巻き起こした明るい無邪気な笑いが、この早すぎる合図に応えた。そして語り部たち自身が、突然悲愴な思いから覚めて微笑まざるをえなかった。それから、立ったままでくたびれていた私の母をのぞいて、みんなが立ち上がり、たとえば、穏やかにして甘美なる優しきイエス様とか、あるいは、イエス様、あなただけ、あなたがすべて、私の呼び声を聞き届けてくださいと歌い出した。イエスもかわいい赤ん坊だったにちがいない。そこで私の妻が最後に話をして、みんながそれを聞きながら眠りについた。あの人はまたあとずさりし、でなければ体を掻き始める、十分以上も蟹のように横歩きする、でなければ、早く来て見て、あの人は跪《ひざまず》いている。確かにそれは見ものだった。彼女に聞かなくてはならなかった、私はそれでも近づいていたのか、結局私はやはり前進していたのかと。まだ眠っていなかった彼らは私が立てないのではないかと心配でベッドに行こうとしなかった。プトトが彼らを宥めた。私が動き始めたので、事態は明らかになった。私が接近し始めてから、その場にじっとしているのをやめたときからはもう心配することはなかった。私は勢いをつけていた、突然遠のき始めるなんてありえなかった、そんなことをするたちではなかった。そこでみんながキスしあって、お休みを言い、元気を回復する睡眠を祈り、寝床に引きこもったが、見張り番はやはり別だった。呼んでみようか。可哀そうなパパ、彼はしっかりした声で私を励まそうとしたのだろう。しっかりしろ息子よ、これで冬も終わりだ。しかし私の苦しみを見て、私の骨折りを見て、みんなパパが声をかけるのをやめさせた。私を刺激するのはよくないと。しかしこのあいだの私自身の気分はどんなものだったのか。私は何を考えていたのか。他には何を。私はいかなる精神状態で、もがいていたのか。こんなふうに私には何も欠けたものはなかった、自分の気がかりにまかせてマフードをだしにして、正確には、それに大体のところでは、その気がかりの中身が何かわかろうとさえしていなかった。私が覚え込まされたこの運動は他にどうしようもなく、私にとっては、衰えつつある力の及ぶだけ、それを持続することが大切だった。この義務と、それを免れることがほとんど不可能であるという事実は、特に知性と感受性の自由な働きを阻害し、機械的に私の頭をいっぱいにして、私は馬車馬や輓馬《ばんば》などの老いぼれ馬にそっくりになり、馬小屋のことさえ夢にも思わず、自分がそこに近づいているのか遠ざかっているのか、本能も観察力も、もはや教えてはくれないのだ。いろんな問いのなかで、自分のこんな境遇がどうしてありうるのかという問いは、ずっと前からもう私の関心を引かなくなっていた。私の状況のこの感動的な描写は、自分でうんざりするためにやっていたのではなく、これを思い出しながら、まだ私は自問している。実はあの中庭をぐるぐる回っていたのは、マフードが認めたとおり、私ではなかったのか。確かに鎮痛剤をもっていて、大いにそれを利用したが、致死量まで飲んで自分の任務を中断しようとまでは思わなかった。その任務が何であろうとも。それでもわが家を見分け、まだ覚えていると思いながら、私はもはやわが家のことも、家族のことも考えていなかったが、彼らはだんだん期待で興奮し、家はそれではちきれそうになっていた。すぐ近くにいて、ひとつ飛びで行けるのに、凍りついたままで、私は急ごうとしなかった。おそらく急ぐことができたのだが、家に入ろうとすれば、それなりの準備がいった。その気になるには口実がいる。それを考える暇がまったくなかったのだ。前進すること、私はそれを前と呼ぶわけだ、いつだって前進してきた、まっしぐらにではなくても、少なくとも私にあてがわれた人物の言うとおりに。私の人生に、他に余地はなかった。いつだって喋るのはマフードだ。私は休止したことがなかった。わざわざ休止したことは数に入れない。これはただ続けるためだった。休止を利用して自分の状態について瞑想したりするのではなく、たとえばせいぜい鎮静効果のあるバルサムでも体にすりこんだり、あるいは阿片チンキを注射したり、片足しかない人間には難しい処置をやってもらった。しばしば言われたものだ、彼が卒倒した、ところが実際はわざと倒れて杖を放り出し、両手を自由にして体を楽にするためだった。確かに片足しかないものにとって、文字どおり地面に体を安めることは容易ではない。特に頭が弱いのに事態が切迫しており、もう使っていないので残った足にも力がないときには。一番簡単なのは松葉杖を放り出して倒れることだった。まさに私はそうした。だから私が卒倒したという彼らの言い分は正しく、それほどまちがっていなかった。望みもしないのに卒倒することもあった。しかしめったにあることではない。私のような老兵には。考えてもみたまえ、望みもしないのに卒倒するなんて、めったにあることじゃなく、彼はちょうどいいときを見計らって倒れるのだ。結局、立っていようと地面に転がっていようと、必要な配慮はして、苦痛が静まるのを待ち、動き始めていいときを窺い、彼らがそう言いたいなら、私は休止していたが、しかし彼らがこう言ったとき考えていたこととはちがっている。また彼は休止した、彼は絶対にたどりつかない。この家に入るときも、そんなことがありうるとして、また私はますます早く、便秘になったか虫がついたかした犬のようにますます緊張してぐるぐる回り、家具をひっくり返し、私を抱こうとする家族の真ん中で、極端なねじれのせいで、別方向に投げ出され、お休みという間もなく、また出発することになる。やっぱり私はもう少しのあいだこの話につきあうことにしよう。そのなかにも真実が含まれていないともかぎらない。おそらく私が半信半疑でいるのを見てマフードは、まるでついでのことのように、私には片足ばかりか片腕もないことを無視した。そのための松葉杖に関しては、どうやら私にはまだ脇の下がそれを支えて操るために十分使えて、私の一本足で必要なときにはいつも少し進むことができた。しかしそもそも前にマフードが私にそんな疑いを抱かせたように、打ち消しがたい疑いを抱くほど私を心底から驚かせたのはこういう示唆だった。つまり私の家族を襲った災い、まず彼らの最期の呻き声によって、ついで彼らの死体の臭いによって私が認識することになった災いのせいで、私は引き返すことになったというのだ。このときからもう私は彼についていくことができなかった。理由を説明しよう。そうすれば私は他のことが考えられるようになり、まず第一に、私が自分を待っている地点で、私と合流する手段を考えられるようになる。決してそれは私の望むところではないが、これは唯一の機会であり、少なくともそう思うし、私が沈黙する機会になり、やっと嘘を言わずに少し喋る機会になるはずだ。もしそれが彼らの望みならば、もう喋らなくてもいいように。私の理屈。三つか四つあげられる。それで私には十分だろう。まず私の家族、家族をもっているという事実そのものがすでに疑いを抱かせるが、私の善意というものはときどき、そして短いあいだにせよ、微々たるものにせよ、最初の原生動物から最近の人間にいたる大いなる生の激流において闘ってきたと思いたい私の願望は、いや挿入句が途切れた。言いなおそう。私の家族。まずそれは私のしていることにとっては何の意味ももたなかった。この場所から出発したのだから、私の旅程が正しいなら、そこに戻るのはあたりまえだ。そして私が私の目まぐるしい旋回からほとんど遠ざかることがないあいだ、家族は私の留守中に引っ越して、ここから遠く離れたところに落ち着いたかもしれなかった。苦痛の叫びと腐敗の臭いについては、私がそれらを察知しえたと仮定して、それらはまったく私が教わり認識してきた自然の秩序のなかにあることと感じられた。このような現象を前にするたびに、そのたびに私が迂回しなければならなかったとしても、私は遠くに逃げてしまったわけではなかった。雨が私を濡らすにしても、それは表面だけのことで、口でなければ頭が、その呪いでいっぱいになり、まず私は私自身から離れなければならなかった。結局たぶんそれこそまさに私がやっていることだった。この呪いれが私の漠とした周期的なふるまいの理由かもしれない。嘘ばっかり、私には知るべきことも、判断すべきこともなく、ただ進むしかなかった。たとえボツリヌス菌が私の家族全員の命を奪ったとしても、私はこのまま繰り返して飽きないだろうし、私は積極的にそれを認めていたが、私の行動はそれに影響されてはならないはずだった。もしマフードがほんとうのことを言っているのなら、むしろ実際はどのようにことが運んだか見てみよう。しかし彼はどうして私に嘘をついたりしたのか、彼はあんなに私の同意を確信したがっていたのに。実は何に同意をというのか。たぶん彼が私を認識する仕方に同意するということだ。たぶん彼は私に辛い思いをさ

062

せまいとしていた。しかし辛い思いをするために私はここにいる。私の誘惑者たちにはこのことがわからなかった。彼らはみんな、あえて言うなら、我慢の限界についてのかなり多様な発想にもとづきながら、私にはただひとつの心痛だけをかかえて存在してほしかった。その心痛は抑制されたものでなくても、少なくとも制限されたものでなければならなかった。彼らは私を殺しさえした、もうどうしようもなく、蒸発する以外に望みはないことをわからせながら。もうどうしようもなく！　ほんの一瞬だけ私は我慢するしかなかった、そのあと私はいつまでだって、指を鼻の穴に入れて、もちこたえたはずだ。彼らはなんという痛手を与えようとしたことか。しかし花束、それはマフードのあの話のことで、そのなかで私はたくさんの血族と実にきっぱりと縁を切ることができたという事実に呆然としている、そんな状態で思い浮かべられる。二つの女陰のことは語るまい。ひとつは私をこの時代に放り出した、いまいましいあれ、もうひとつは漏斗の形をしていて、私は生きながらえて復讐しようとしたのだ。少なくとも率直でありたいのでほんとうのことを言うと、もうしばらく私は自分が何を言っているのかわからない。私の精神はどこかよそにある。というわけで私の無実は証明された。どこかに精神を保っているなら、すべては許される。だから続けよう、心配せずに、何ごともなかったかのように。そして現実には物事がいかに運んだか、ちょっと見てみよう、もしマフードが、私をみなしご、やもめ、後継ぎなしということにし、いっぺんにあれこれ言ったことがほんとうだとすれば。私にはこのごたごたをすっかりご破算にする余裕がある、窒息する権利を手に入れるにはここで呼吸するだけで十分なのだ、きっと切り抜けてみせる、いままでとはちがう。しかし私を誹謗中傷した人物にも不正なことはしたくない。なにしろ私が振り向いて別の方向に再出発したときも、自分が踏み込んだ方向の可能性を無にしたわけではなく、私はそんなことを仄めかしているように見えたかもしれないが、彼は私に何ら精神的衰弱を見たことなんかなく、単に肉体的な動揺を見ただけで、それは不承不承、吐気を催すガスに屈服しつつあった家族の呻き声に対応するもので、同じ種類の嫌悪がそれに続き、このガスのせいで私は遠ざかるしかなく、さもなければ気絶してしまうところだった。出来事のこのような報告を聞くと、それは他の報告よりも貴重なわけではなく、もしかすると私が採用されていたなら私であったかもしれない被造物をも、その報告が見誤っているということに私は気づくしかなかった。さて実際はいかに物事が運んだか見てみよう。最後に駆け足で、私は家のなかにいた。それが円形で、一階には闘技場と地続きに向かいあっている一室しかなかったことを忘れないように。そこで私は旋回を終え、ばらばらになった家族たちの顔も腹も誰のものか見分けのつかなくなった遺骸をふみつけながら、私の松葉杖の先をそこに潜り込ませた。到着したときも出発したときも同じだった。それで私が満足したと言うなら、真実を歪めることになる。

なにしろ最後の痙攣のために、堅固で平らな地面が必要だったちょうどそのときに、こんなに不安定な地面に立っているなんて、まったく気乗りがしなかった。確信はないが、私は母さんの下腹のなかで私の毎日続いた長旅を終え、そして次の旅に出発したと思いたいのだ。いや、どうだっていい。イゾルデの胸だってよかったし、父さんの体の部分、父なし子の心臓だっていい。それにしても確かなのか。私はむしろ自立へと飛躍しようとするときに、致命的なコンビーフの残りを貪《むさぼ》ったのではないか。何度私は旅の途中で、雨風を避けて足止めを食ったことか。しかしこんなことはどうでもいい。私はここ以外のところにいたことはなく、誰も私をここから外に出そうとはしなかった。キャベツ畑で見つかったと聞かされて、ついには畑のどこで見つかったか、生まれる前はどんな毎日を送っていたか思い出す子供の真似をするなんてたくさんだ。私はもう物体や軌道について天と地について語りはしないし、それが何かもわからない。こうしたものがみんなどんなものか、何の役に立つのか、千回でも入れかわり立ちかわり、実に様々な話題に関して、全員がまったく同じことを私に教え説明し描写した。だから私はほんとうにそれらのことを熟知しているみたいに見えるほどだ。もし私の言うことを聞けば、私は何も見たことがなく、彼らの声以外に何も聞いたことがないなんて、誰が言うだろう。人間たちについても、私を人間たちと同一視しようとする前に、彼らは私に何を説教できただろうか。私が喋っていること、喋るための手段、私はみんな彼らからそれを引き出している。私の望むところなのだ。しかしこれは何の役にも立たないし、きりがないのだ。いまは自分のことを喋らなくちゃならない。彼らの言葉を使ってもそうしなくては。それは始まりであり、沈黙への、狂気の終わりへの一歩、話さねばならず、話すことができないという狂気、話せるのは私に関係ないこと、どうでもいいこと、私が信じないことだけなのだ。彼らはそんなことを私に詰め込んで、私が誰か、どこにいるか言うことも、私がなすべきことを終わりにするための唯一の手段としてそれをなすことも、なすべきことをなすことも妨害しようとした。彼らは私が好きではないにちがいない。ああ、彼らはうまく私を片づけた。しかし私は騙されなかった。すっかり騙されはしなかったし、まだ騙されていない。私がくたばるまで彼らに有利な証言をすること、こんな駆け引きで人がくたばってしまうことがあるかのように。彼らが私にしてほしいのはこれなのだ。彼らのことを同族と宣言しなければ、私は口を開くことができない。彼らは私をそこまで貶めたと信じたのだ。私に一つの言語を貼りつけ、私が彼らの同族であると認めなければ私はこの言語を使えないだろうと彼らは想像する。巧妙な手口だ。彼らのちんぷんかんぷん語をやりくりしてやろう。そもそも私にはそれがまったく理解できず、それが伝える物語だって、くたばった犬のようなもので理解できなかった。私の呑み込みの悪さ、健忘症を、彼らは過小評価していたのだ。親愛なる無理解よ、結局私が私であるのは、おまえのおかげだろう。彼らの誇大妄想からは、やがて、もう何も残らないだろう。そのとき飢えたものの無臭のげっぷを響かせながら、私はついに私自身を吐き出し昏睡に陥る。長い甘美な昏睡だ。しかし彼らは誰なのだ。私のいかさまな手口で、それを調べてみる価値がほんとうにあるのか。いや、しかしそれは理由にならない。彼ら自身の土地で、彼ら自身の武器で、私は彼らを一掃する、ついでに彼らのできそこないの操り人形も。同じ機会に、たぶん私の痕跡も見つかるだろう。これは決まったことだ。しかしどの断片から始めようか。奇妙なことに、しばらく前から、もう彼らをうるさくは思わない、そう、時間の観念、彼らはこれも私に押しつけたのだ。彼らの方法にしたがえば、これからどんな結論を引き出すべきか。マフードは黙った、つまり彼の声は継続しているが、もはや更新はされない。人はすでに私がたっぷり駄弁で塗り固められて、もう決してそれを剝がすことができず、固まった石膏に生気を吹き込む身振りをすることもできないと思っているのか。しかしその内部で、動かなくても私は生きられるだろうし、私だけに聞こえることをまくしたてることができるだろう。彼らの属性で彼らは私をいっぱいにし、私はカーニバルの飛び道具の下をかいくぐって、そんな属性を引きずって歩いた。いま死人のふりをするのは私だ。彼らは私を生まれさせることができず、私を覆う怪物の殻は腐ってしまうだろう。しかしこれは全体として声の問題であり、別の隠喩は全部不適当だ。彼らは、彼らの声で、風船のように私を膨らませた。私が自分を空にしても、聞こえるのはあいかわらず彼らの声なのだ。彼らは誰？　それに、しばらく前からもう何もないのはどうしてか、了解、何も引き出せることはない、しつこく言うのはよそう、彼は無害だ、などと言いながら、彼らが私を見棄ててしまったなんて、ありうることか。ああ、それにしても自分の人間性が押し殺すものをあえてつぶやこうとする、強制状態のか細い人間の声、忘れられ、縛られ、秘密にされ、責苦を受け、生きるべく断罪されたもののかすかなあえぎは、流刑を褒め称えねばならないとはなんたることかと言おうとして口ごもるのだ、注意せよ。ぷはあ、彼らは静かで、私は彼らのわめき声に閉じ込められ、誰も私が何か知らず、たとえ私がそれを口にしても、誰もそれを聞きはせず、それに私はそれを言わないだろうし、言えないだろうし、私がもっているのは彼らの言葉だけ、そうなんだ。たとえ彼らの言葉を使うとしても、私だけのために使って、たぶんそう言うだろう、空しく生きなかったのではないから、そして私が沈黙しうるように。もしこのことが沈黙の権利を与えるならば。これは全然確実ではない。沈黙を自分のものにして、沈黙を決定しているのは彼らで、いつも同じ連中、ぐるなんだ。仕方がない、沈黙はどうでもいい。私は自分が何か言うだろう、無駄に生まれなかったわけではないのだから、彼らのちんぷんかんぷん語をやりくりしてやり、そのあと私はでたらめを言い、彼らの望むことは全部言う、喜んで、永久に、ついには哲学とのだ。彼らはこんなふうにやれと教えたのだ。手を組んで。まず私が何でないか言うだろう、彼らはこんなふうにやれと教えたのだ。ついで私が何か言うだろうが、それはもう始めたことだ。怖気づいたところで、またやりなおせばいい。言う必要があるかどうか、私はマーフィーでもワットでもメルシエでもない、ちがう、もう私は彼らを名づけたくない、名前さえ忘れてしまった他の連中も同じことだ。私とは彼らであると彼らは私に言い、強いられて、恐れのせいで、自分を認知しないために、何の関係もないように、私は彼らであろうとしたにちがいないと言う。私は決して欲望したことがなく、求めることも、耐え忍ぶこともしたことがなく、こんなことは全部何も知らず、物を所有したことがなく、敵も、意味も、頭も知ったことではない。しかしこんなことはみんな放っておこう。私がよく知っていること、実に簡単に言えることを否定するなんて、突き返すなんて無駄だ。それは結局あいかわらず彼らの望みどおりに喋ることでしかなく、つまり彼らを呪っても、否定しても、彼らについて喋ることでしかない。あたかも私にそうして欲しくてたまらないかのように、彼らが存在していること、それはありうることだが、私はそれを知らなくてもよく、意見もなく、もし彼らが私に願望するということを教えてくれたとすれば、私は肯定を願望するだろう。彼らを名づけることなく切り抜けることは不可能だ。彼らと彼らのからくり、これこそ考慮すべきことだ。いっそ、あっさりとマフードの話をすればいい、私が受け取ったとおりに、それを私の話とみなして。そうだ、いい考えがある。もうちょっと興ざめなやつ。私はそれを朗唱しよう。そのあいだに私は、私が強いられ、恐れのため、不慣れのため中断せざるをえなかった場所から再出発して、私自身の関心事の続きを考えよう。これが最後になる。私は進んで実行しているように見えるだろう。その場合彼らは、あそこの島の、私の同国人や、同じ宗教の信者や、同時代人、そして仲間たちのあいだにいるときの私のふるまいの作法について、私の記憶を呼び覚まそうとするそのとき、きっと眠気を催すだろう。このあいだに私は姿を現すために、どうするか考えるだろう。彼らには炎しか目に入らない。しかし神と自称する誰かが私に善かれと思って送ってくれる彼ら、この猛り狂った連中はいったい誰なのか、まずはちょっと見てみよう。真実を言えば、——いや話を先にのばそう。私の嘔吐がきわまるように。島だ、私は島にいて、ここから離れたことがない、情けないことに。私は螺旋を描きながら世界を一周して人生をすごしていると思い込んでいた。それはまちがいで、私は島のなかをぐるぐる回っているにすぎない。島だけで、他には何も知らない。島のことだって、それをよく見てみる余裕がなくて、わかっていないのだ。沿岸に到着すると、私は内陸のほうに引き返す。私のゆく道は螺旋ではなく、それも私は勘違いしていたのであり、ごつごつして途切れがちで、不規則に揺れる円にすぎず、泥炭層をまるごと収めているなだらかな放物線にすぎないか、あるいはどこか、二つのあいだの中間で、その時々の混乱にしたがって、あいかわらずでたらめに進んでいるにすぎないのだ。しかし私がいま問題にしている時代に、そんな活動的な生活は終わり、私は動かず、もう二度と動かないはずだ、第三者から衝撃を受けたりしないかぎりは。実際私は、猛烈な旅人だったのに、最後には膝をついていたし、それからはもう這いまわるだけで、もはや上半身しかなく(惨めな状態で)、おなじみの頭がそこに乗っかっていて、確かにそれは私の一部分で、その描写なら一番よく理解できたし、よく記憶している。花束みたいにして深い甕のなかにさしこんであり、その縁が私の口のところにある。屠殺場の近くの人通りの少ない道のわきで、やっと私はくつろぐ。頭を回すというより、ひとりでに回転する能力をもつ目のほうを回すと、馬肉の宣伝のための彫像が、その胸像が目に入る。瞳のない石の目が私のほうを睨んでいる。遍在するわが創造主の二つの目を足せば全部で四つ、自分が特別あつかいされていると思っているなんて、考えないでくれ。なにからなにまで合法的というわけではないが、警察は私のことを大目に見てくれる。はっきりものが言えないので、私は不正に自分の状況を利用して、人が詰めかける時間に過激な言葉で、支配者に反抗するように民衆を扇動したり、夜遅くにやってくる酔っぱらった通行人に革命的な話題をささやいたりはできないことを、警察はわかっている。もう役に立たない一物以外には手足もなくて、施しをねだっているとわかる身振りをすることもできない。それもわかっている。そんなことをすれば禁錮労働にあたる軽犯罪なのだ。事実私は誰にも迷惑をかけていないのだ。どこにでも醜聞や義憤の機会をみつける過敏な種類の連中のことは知らない。しかしそんな機会はほとんどない。この種の連中は、ほとんどみんなはじめて都会にやってきて、すぐ鉈《なた》で殺されてしまう動物たちの見世物に気分を損ねるのを恐れ、この地区にはやってこない。この点では、この場所は私から見るとよく選んだものだ。しかし私を見て衝撃を受け、かなりうろたえた、つまり一時的に自分の仕事の能力や、幸福になる素質を乱され害された連中さえも、もう一度私を見るだけでいいのだ。決心してそうすれば、すぐに落ち着くはずだ。なにしろ私の顔は、自分にふさわしい休息を味わう人間の満足を反映していただけなのだ。確かに私の口はほとんどいつも隠され、瞼は閉じていた。そうなんだ、私の話は過去だったり現在だったりする。そしておそらく疣《いぼ》だらけで、ここらへんにはどうしても群生しがちな青蠅がたかっている頭のせいで、私は誰にもねたまれはしなかったし、不平不満のきっかけにもならなかった。これで私の状況がわかってもらえるといいのだが。週に一度、器を空にするために私は外に出された。この役目は、向かいの食堂の女主人に任されていたが、彼女はいやがりもせずにそれを引き受け、私のことをときどき馴れ馴れしく、ちょっと不潔な人とからかった。なにしろ彼女には野菜畑があった。本気で好かれたわけではないが、彼女は私に無関心ではなく、それはあからさまだった。そして私をもとの位置に戻す前に、私の口が露わになったのに乗じて、肉の切れ端や骨の髄などを放り込んだ。そして吹雪のときは、体のあちこちを防水シートで覆ってくれた。そのせいで暖まり雨風を避けることができ、どういうわけか訝しく思いながらも、私は涙の効用に気づいた。なにしろ感動していたわけではなかった。これは一度かぎりのことではなく、シートをかけてくれるたびに、つまり毎年何度か私は気づいたのだ。そう、運命だった。シートをかけてもらって、私の恩人のあわただしい足音が止むと、すぐに涙が流れ出したのだ。感謝の表現とみなすべきなのか、みなすべきだったのか。しかしそれなら私は、感謝している自分を感じたはずではないか。そもそも私は、うすうす気づいていたのだ。彼女がこんなふうに世話をしてくれるのは、ただ善意のせいではないと。もっとも私はそのとき、人が説明してくれても、善意とは何か誤解していた。実際私は彼女にとって否定しがたい価値をもっていたことを忘れてはならない。なにしろ私は彼女の野菜に奉仕していたばかりか、彼女の店にとって、私は目印であり、また広告塔でさえあって、たとえば、横から見ると腹の出た、正面から見ると哀れなほどやせているボール紙のおじさんよりはるかに目立ったのだ。彼女はまちがっていなかった。それは彼女が気を配って、夕方にはランプで私の住まいを飾りつけてきれいに見せ、夜にはいっそうきれいにしたことでもわかる。そこに貼ってある品書きを通行人が楽に読めるように、彼女は自分で金を出して、私の住まいを台の上に据え付けた。こんなわけで、肉汁で煮たカブは以前ほどおいしくなく、反対にニンジンの煮たのは一頃よりもおいしいということが私にはわかった。肉汁には変わりがなかった。こういう言葉なら私には大体わかるし、こういう明晰で単純な観念なら、私はそのうえに何かでっちあげることもできるので、私にとって他の知的な糧は必要ない。カブのことなら、私はそれが何に似ているか、ほぼわかっている。ニンジンだって、特に中くらいの長さのものやナントのニンジンは知っている。ときにはまずいものと、それほどまずくないものとの区別もつくと思う。昨日と今日という単語の示す範囲がちょっと不明でも、根本的なことを理解する歓びが損なわれるわけではない。たとえば彼女の野菜については、いい評判しか耳にしたことはない。そう、私は彼女にとって、ちょっとした資本で、もし私が死んだら、彼女はほんとうに困るだろうと私は確信している。私にとっては貴重な助けになるにちがいない人物だ。私は想像して悦に入る。運命のときには、自然に対する私の借りはご破算になるが、いま古い入れものがある場所からそれを片づけてしまうことに彼女は反対するだろう。そのなかで私は私の無常のときを費やすはずだったのだ。そしていまは私の頭の一部がのぞいているところに、彼女はたぶんメロンかカボチャ、あるいは小さな毛の房のついた大きなパイナップル、あるいはもっといいのは、理由はないが、スウェーデンカブなんかをおいて、私の記念にするだろう。そうすれば、埋葬された人間がたいてい跡形もなくなるように、私の全部が消えてしまうことにはならない。しかし私がまたも嘘を並べ始めたのは、彼女について喋るためではない。「我々はみずからについては語らぬ[08]（De nobis ipsis silemus）」、結局これこそ私のモットーにすべき文句だった。そうなのだ。彼らは豚小屋のラテン語も私に教えてくれたが、うまいことに、それは偽りの誓いにはぴったりだ。ちなみに雪が降り、しかも大雪になったとき、はじめて私はシートをかけてもらえる。他にはどんな悪天候でも、彼女の母性本能が私に有利に働くことはない。雪がまばらになって彼女が気づいたときには、私は憤慨して頭を器の壁にぶつけ、もっとこまめにシートをかけてもらいたがっていることをわからせようとした。同時に不満のしるしに、涎をぶちまけた。彼女は何もわからなかった。このふるまいを彼女がどう理解したのか私は自問する。たぶん彼女は夫と話したにちがいなく、おそらく私はただ息を詰まらせていただけだということになったのだが、これとは逆の判断をすべきだった。私たちはたがいに誤解していたのだ。私はサインを送り、彼女はそれを判断したが、公平でなくちゃならない。この話は何の役にも立たない。私はほとんどそう信じそうになっている。最後に彼女はどうすることになるのか、それを見れば私の考えもはっきりするだろう。困ったことに、この続きを私は忘れてしまった。しかし私に続きがわかったことなんてあったか。私の話はこれで終わりではないか、マフードはここで終わりにしたのではないかと私は自問する。自分にこう言いながら。わかるもんか、おまえはここにいる、おまえはもう私を必要としない。ほんとのことを言えば、彼らはいつもこういうやり方を好み、私のほうに少しでも同意のしるしがあれば突然中止し、彼らが私に負わせた人生の他には再開する見込みもないままに、私を宙ぶらりんにして放っておくのだ。そして私が行き詰まっているのを見てやっと彼らは私の不運の筋書きをまた再開するのだが、私がひとりで筋書きどおりにやりとげるには、まだ十分な精力を欠いていると判断しているのだ。しかし話をつなぐかわりに、私はたびたび気づいたのだが、彼らは私を下ろした場所でまた拾い上げるかわりに、そこから遠いところで姿を変えた私をつかまえ、たぶん私がこう思いこむのを待ち望んでいた。私はひとりで中断を引き受け、誰の助けもなしにしばらく生きのび、どうすればいいかわからず、どんな状況なのかも思い出せず、たった一人で死んでしまい、本物の赤ん坊のようにヴァギナを通って地上に戻り、成年に達し、ついで老衰するが、少しも彼らの世話になることもなく、それはただ私にくだされた指示のおかげなのだと。私に一つの人生を負わせること、おそらく彼らにとってこれでは不十分だった。私はいくつかの世代を体験しなければならないのだ。しかし確かではない。彼らが私に語ったことはすべてたぶん唯一の存在に行きつくのであって、同一性の混乱は見かけだけのことで、それが私によく身につかないせいにすぎないのだ。私が自力で死ねたなら、そのとき彼らは、私は別の時代を生きて見せたほうがふさわしいとか、あるいはもっと賢くなっていまの時代をやりなおすのがいいとか、ずっとまともに判断できるだろう。したがって私はこう考えることもできるわけだ。さきほどの片腕片足の男も、いまは休業中の魚頭の胴体も、ただひとつの同じ肉に包まれた二つの姿を形づくるものにすぎない。魂だけは、明らかに切除や破損をまぬかれているわけだ。すでに片足を失っているのだから、もう一方もおき忘れるということだって大いにありうる。腕だって同じことだ。結局、そんななりゆきには何の不思議もない。しかしもし私の記憶が確かならば、彼らが恵んでくれたこの別の老化現象についてはどう言おうか、そしてあの別の壮年期については？　これには腕も足も欠けているわけではないが、それを活用する能力が欠けている。それに、この青春というやつ、彼らは私をそこに死人のように放置しておかなければ気がすまなかった。おそらく彼らは私にとって快適なようにと思って、どんな口実、どんな手段を用いても私をここから出そうとして、できるだけのことをしたのだ。私が彼らを責めるのは、ただしつこすぎたことだけだ。なにしろ彼らの遠く向こうには、私を役立たずとして見放し、勝手にさせておくことにしたあとで、やっと私を免除してやるという連中だっているからだ。そうなれば、ようやく私は、この失われた時のあいだに、自分が何であったか、どこにいたか話すことに集中できるだろう。しかし仮に私が正しい判断を下したとしても、このことを私に期待するのはいったい誰なのか。それにまったく異なる望みをもつあの別の人物たちは誰なのか。

そもそもこんな質問をすれば彼らの思う壺なのだ。しかしながら。私は甕のなかでそんな疑問をもっていただろうか。闘技場では、しばしばまだ立ちながら、そして歩きながら、私は自問していたのだろうか。私は縮みつつあった。いまも縮んでいる。かつては、まるで叱られたように肩をすくめて消えかけていた。もうすぐ、このまま小さくなっていけば、もはやあの苦しみを味わう必要もない。そして目は、もう光を見ないですむようにわざわざ閉じる必要もない。なにしろ甕が、少し下にある目をふさいでくれるからだ。額を壁にくっつけるだけで、天からくる光は、夜なら月明かりは、小さな青いきれいな鏡にもう射しこんでは来ない。私はときどきそこに自分の姿を見たが、それは鏡たちを喜ばせてやるためだった。いや、まちがった。この苦しみとこの面倒、いつまでもそれは続くだろう。なにしろ女主人は、私がますます下にもぐっていくのを見て不機嫌で、甕の底におがくずを詰めて私を上にあげ、毎週私の汚物を掃除するたびに、おがくずを入れ替えた。それは砂岩ほど固くなかったが体に障った。それに砂岩なら私は慣れていたのだ。いまはおがくずに慣れている。これは暇つぶしになるのだ。私は何もしないことには我慢できなかった。人間力がなまってしまうじゃないか。目を閉じては開き、閉じては開く、あいかわらず昔と同じように。頭はひっこめては出し、ひっこめては出す、以前と同じように。特に明け方には、夜じゅう外に出しておいたあとで、たいてい私は頭をひっこめている、それは確固たる意図があってのことで、私は女主人に悪態をついてあわてさせたいのだ。なにしろ彼女はやかましい音をたててカーテンを開け、まだ眠気と安楽に粘ついた最初の一瞥を私に向けるのだ。すると私の姿が見えないので、あわててやってくる。つまり私が夜のあいだに失踪したか、またはもっと縮んでしまったか、二つに一つというわけだ。しかし彼女が私のところにたどりつく直前に、ここぞとばかり私は頭をあげ、勢いづいた悪魔のように眼《まなこ》を剝いて睨みつける。なにしろ私は大きく目を見開くこともできるし、閉じたり開いたりして、思う存分大きく、または小さくすることもできる。それほど老いないうちに首が硬くなってしまったので、頭を回すことができなくても、だからといっていつも同じほうを向いているわけではない。なにしろ体をゆすれば、私の胴体を思いどおりに、どっちの方向にも回転させられる。この悪戯は、無邪気なものにすぎないと思っていたが、私には高くついた。自分のことは弁済不可能だと思っていたのだが。ほんとうに自分の富は失ってみてはじめてわかるものだ。おそらく別の富がまだ残っているかもしれず、泥棒にでも盗まれないと私はそれに気づかない。そしていまでも昔のように目を開いては閉じることができるとしても、私の悪戯な性格が犯した過失のせいで、もはやあの懐かしい昔のように頭を引っ込めては出すことができない。なにしろ甕の縁のところにつけた首輪で、いま私の首は、顎のすぐ下でしめつけられている。前は見えなかった口は、私はそれをひんやりした石の壁にくっつけたものだが、いまは誰にも見える。しかし、この変化はある利点によって緩和されたということも言っておかねばならない。特にそれは蝿をつかまえられるようになったということで、前にはできなかったことだ。私は蝿をくわえる。ぱくっ。つまり私にはまだ歯があるのか。手足を失ったのにまだ歯が残っているなんて、笑い話にもならない。しかしありえない。蝿なんて。たぶんあまり栄養はないし、味もいまいちだが、問題はそのことではなく、役に立つかおいしいかは関係なく別のところにある。私は他に、明かりをめざしてやってくる蛾だってつかまえるが、このほうが難しい。しかしこの新しい訓練はまだ始まったばかりで、まだ私に伸びしろはある。いまはこの件の嘆かわしい面に戻ると、このセメント製の首輪、あるいは輪っかは、首を回すのには大いに邪魔になると言っておこう。これを利用して私は静かにじっとしているのに慣れるようにしている。目を開けるといつも正確に同じ一《ひと》そろいの幻覚が目の前にあって、確かに他のものはほとんど見えない。この首枷のおかげで嬉しい気分になっているようだ。結局私の気に障るのはたったひとつ、これ以上は短縮しようというわけで首を吊るという想像だ。窒息！　私はいつだって呼吸が得意だった。その証拠には胸郭が腹といっしょに残っているではないか。息を吸うたびにそれを思って私はつぶやいたものだ。ほら酸素が入ってくる。そして息を吐きながら、ほら汚れた空気が出て行って血液が真っ赤になる。青みがかった顔色。舌がみだらに突き出ている。ペニスの腫物。おやペニスだって、もうそのことは考えていなかった。腕がないのはなんと残念なことか。たぶんそれで楽しめるんじゃないか。いや、これでいいのだ。この年でまた自慰を始めるなんて、慎みがなさすぎる。それに何の効きめもない。それに私に何がわかっているのか。全力でペニスを奮い立たせている馬の尻でも想像し、リズムをつけて引っ張ってみればもしかしたら、ちょっといいことがあるかもしれない。天地が揺れるとでもいうか。つまり私の一物は切り落とされていなかったのか。しかし確かに切り落とされたような気がしたのだ。たぶん私は他のところと混同しているのだ。しかもあれはもう揺れはしないのだ。もう一度集中してみよう。頑健な輓馬、種馬。いけ、いけ、うまくやれ、ほらな、死ぬのはやめだ、苦労に苦労が続いた後では大して何も苦ではない、生き返るんだ。最悪の事態は終わった。もう十分彼らはおまえを殺し、自殺させ、おまえは大人として一人で切り抜けるしかなかった。こう私は自分に言って聞かせる。そして抑えがきかずに付け加える。この永遠の停滞を終わりにしてくれ、このあたりじゃこんなことは通らない。しかし彼らが何もかもやれるわけではない。彼らはおまえを正道に導き、深淵の縁にいても手をさしのべ、いまこそおまえは誰の助けも借りずに最後の一歩を踏み出し、彼らに感謝を表すときなのだ。この色彩豊かな言語、率直なニュアンスに富む頓呼法[09]は私の好むところだ。壮麗な自然のなかに、彼らは一人の麻痺した男をさまよわせ、いまはもう何も見るべきことがないので、私は飛び降りてやらなくちゃならない。そうすれば彼らは言えるわけだ。おや、またひとり人生を生き終えた。彼らは私が存在しなかったなんて、このひきつった両目、ぽかんと開いた口、口角の涎が、ナポリ湾やオーベルヴィリエに何の借りもないなんて想像する様子はない。最後の一歩？　どうすればいいんだ。最初の一歩をどうやって踏み出すかもわかったことがないのに。しかし私はただ風が一押ししてくれるのを待っていればいい、たぶん彼らは、私がそれで満足すると思っているのだ。これは望むところで、私の思う壺だ。ただし、まず彼らが我慢しなければならない。つまりそんな風が吹かなければ、崖が崩れなければならないわけだ。それでも私が生きていたとすれば、心臓麻痺かちょっとした心筋梗塞でも期待すればいいだろう。普通なら、彼らは棒で打ちのめし、私をくたばらせて、出資者にも観客にも、私の人生に始まりがあり、終わりもあったと証明して見せるわけだ。それから私の胸を足で踏みつけるが、野次馬たちにとっては何も新しいことはない。これが五十年前なら、みんなが囃し立てたところだ。すべてが繰り返されるとわかっていても。しかし私はたぶん、彼らを必要とするということを誇張している。自分は動かないと決めつけているが、現に動いているし、少なくとも動いていた。好機を逃しただけなのか。頭を見てみればいい。ときどき何か動いていると思うだろう。だから脳卒中の心配はないわけだ。他には？　消化や排泄の器官は、怠けものでもときにはさかんに働くのであって、その証拠に私はそれらの世話になっている。私には励みになる。命があるかぎり希望はある。蠅は外界の代表みたいなものだが、記憶として語っているにすぎない。チフスをもってくるかもしれない。いやそれは鼠の話だ。私は気づいたのだが、彼らは他にも猫を飼っていて、鞭でたたいたりしている。ちっぽけな寄生虫も？　どうでもいい。なんにせよ、私はなんでもないことで意気阻喪しすぎるようだ。私には彼らに満足を与える何かがある。しかしすでに私は、彼らが十分見せつけてくれたこの惨憺たる通りを離れつつある。私はそれを描写できようし、まるでいまさっきそこにいたように描写できただろう。確かに彼らの望みどおりに私は小さくなって、もう先がないほどになっているが、目にはまだ印象が刻まれているし、耳もまあ聞こえ、頭もなんとか言うことを聞いて、空虚と沈黙が訪れるように、少なくともこの光景から除去すべきだったものの漠たる観念を獲得することもできる。いつだってこんなふうだったのだ。世界が自分の場所におさまって、私がそこを去る手段をかいま見たと思う瞬間に、すべてが蒸発してしまう。色とりどりの明かりで飾りつけた私の嚢が台の上に立っているこの場所、私はそのなかにいるが、もうそこを見ることはないだろうし、私はそこにしがみついてはいられなかった。私のことでたぶん変化を求め、彼らは雷を落とし、斧でめった打ちにし、祭りの夜に屍衣をまとわせ、汗をかいた証拠さえも、あとかたもなくしてしまう。あるいは彼らは私を生きたまま誘拐させ、変化をつけるためにここから運び出し、いきあたりばったりに他のところにおく。だから私の次の外出では、まだ外に出られるとしての話だが、すべてが新しく、すべてがまったく未知であろう。それでも彼らの助けを借りて、その場所に、私というものに少しずつ慣れていき、昔からの問題が、つまり若くても老いても、助けもなしに、案内もなしに、たった一秒をいかに生きるかという彼らの人生の問題が少しずつ浮上してくるだろう。それは別の状況における別の試みを思い出させ、私は彼らに助けられ、彼らに吹き込まれ、自分に問いをつきつける、さっきも問いをつきつけたように、私について、彼らについて、あれこれの時間の飛躍について、年齢の変化について、やっと成功するために用いるべき手段について、私がいつも失敗してきたところで、彼らが満ち足りるように、ついに私を静かに放っておいて、私が自分なりのやり方で集中できるように、他人を満足させるべく努めるように、それが確かに私のやり方だとして、彼が満ち足り、そして私を静かに放っておいてくれるように、そして私に受け取りをわたし、休息そして沈黙の権利を与えてくれるように、これが彼の一存にかかっているならば。これでは一人の人物からあまりに多くを期待することになる、多くを要求することになる。まずこの人物が存在しないかのように、次には存在するかのようにふるまわなくては。この人物が存在するとも存在しないとも言えないところで休息の権利を手に入れ、こんな表現を強いる言語が沈黙することになる前に。二つの嘘、いつまでも着ていなければならない二つの古着、言いがたい思考不可能のなかにひとり取り残される前に。そこに私は存在し続けたが、彼らは私が存在するままにしておきはしなかった。やっとそこにひとりきりで邪魔されることもなく、どうやら私は安らぎをえられると思っているが、たぶん安らぎはしないだろう。かまわない。安らぎだって、思考することだって、彼らの使う言葉にすぎない。しかしどうやらこれは私の戯言《たわごと》の材料になるだけだ。気づかないうちに新しいことに出くわすとしたら、知らないうちに他の蠟燭が灯っているとすれば、それは嘆かわしいことにちがいない。そう、できるなら、そろそろ背後を一瞥するときで、前進するにしても現状分析をしなければならない、と私は感じている。せめて私が自分の言ったことをわかっているならば。まあ、私は落ち着いているし、たった一つのことしか言わなかったし、いつも変わらない。私は得意の曲目をあえて替えたりするたちではない。何かするべきことがあり、何か始めたことがあり、どこか行先があるかのように続けるしかない。すべてが言葉の問題に帰着する、これを忘れてはならない、忘れちゃいない。いま言っているのだから、前にも言ったにちがいない。ある種の言い方で言うべきことが私にはある。たぶん情熱を込めて。不可能はない。まず私ではない人物について、まるで私がその人物であるかのように、それから私である人物について、私がその人物であるかのように。しかじかのことができるようになる前に。問題は声なのだ。引き延ばさなくてはならない声、わざと停止するときは礼儀正しく私を試すためで、いまこの瞬間のように、これは総じて私に生きてもらいたいと望んでいる声なのだ。礼儀正しさ、情熱、くつろぎ、信仰、あたかもそれが私の声であるかのように私に向かって言葉を発し、どういうわけだか言葉は生きた私に語りかけ、彼らは何億もの生者、何兆もの死者といっしょに私に生きてほしいと望み、それでも彼らには不十分で、私もまたそこに行かねばならず、かすかに痙攣しながら、泣いては叫び、冷笑しては喘ぎ、隣人愛や理性の恩恵に浴している。しかしこのとおり、礼儀正しさなんて私にはわからない。この愚かしいがらくたは彼らから受けとったものだし、私を窒息させるあのささやきで彼らは私をいっぱいにしたのだ。それは隠しようもない、私はあくびをするだけでいい。彼らのささやきが聞こえる、色あせた古い確約みたいなもので手の付けようがない。鸚鵡なのだ、彼らは鸚鵡の嘴に突き当たったのだ。私が言うべきことを、もし彼らが言ってくれていたら、それは私を承認させるためだが、遅かれ早かれ当然私はそれを言うであろう。さあ行こう。やさしすぎるくらいで、心ここにあらず、心も口から出てしまわなければならない。でたらめに吐いたへどにくるまれて。そこでそのときやっと私は自分を信じる様子で、言葉はもう空しく宙に浮いていない。要するに希望を失うまい、たぶん私はやりとげて見せる。口は開いたまま、血がめぐっているせいで、まったく機械的に。しかし動物界にそれほど関心もなく、私の情報を待っている人物の別の声、その中身は何なのだ。私はまったく困惑している。なにしろ私が自分を理解しているのは、まさに私に関してであって、どうやら連中はまだ私に何も言っていないのだ。こんな状況で、声について語ることができるのかどうか。たぶん否だ。しかし私はそうしている。そもそもこの声の話は全部見直し、訂正し、否認すべきだ。何も聞こえなくても、私はやはり情報交換のいいカモなのだ。それらを声と呼ぶこと、いまは全然声なんかじゃないとわかっているのだから、結局それでいいのだ。しかしどうやら限度というものはある。信頼をもってそれを待とう。だから私については何もなしだ。つまりもう続報はない。せいぜい、まばらな、か弱い呼び声。私の言うことを聞いてくれ、正気に戻ってくれ。つまり連中は私に何か言いたいことがある。しかし何の情報もなく、ただ暗黙の了解しかない。そこにいない以上、私がそれを受けとれるわけもなく、これはもうわかっていたことだ。例外的に勘が働いたときは、これらの呪文が、マフードとその一味が使ったのと同じ手段を用いて気分を高揚させているのに気づかずにはいられなかった。なんといかがわしい。つまり、やがてこれらのことが暴露され、他の暴露以上にその暴露から私がまだ何らかの価値を引き出そうと望むならば、実にいかがわしいことだろう。この暴露でもって連中は、私が存在するほうがいいと決めてから、ずっと私を苛み続けてきたのだ。しかしこの甘美な希望からは、さっきたちまち目が覚めた、もし私の記憶が確かならば。結局二つの気苦労があって、なすべき努力の種類としては、たぶん鉱物を採掘場から区別するようにそれは区別すべきものだった。二つとも同じように楽しみも実益も欠いているのだが。私、それは誰か、ヘラクレスの柱に向かって突進するガレー船の漕ぎ手で、夜になると、番人の目をごまかして櫂を投げ出し、船底を這いまわり、日の出のほうに向かって嵐を呼ぶのだ。ただし私はもう嵐を呼んだりはしない。確かに私には、まだ願いごとがあるが、これからの最後の旅で、この鉛色の海で、それも終わりだ。私は知りたいという狂気、思い出すという狂気、その災いを他の狂気といっしょにしている。いまはもうそんな狂気には捕まらない。新米の地獄落ちに任せておく。つまりもう考えなくていいし、何も考えなくていいし、もう二度と考えなくていい。数人のこともあるし、別のただ一人が私に懇願していることもある。彼らは同じ言葉を喋る、彼らが私に教えてくれたたった一つの言葉だ。他の言葉もあると彼らは私に言った。他の言葉を惜しいとは思わない。こんなふうに沈黙が途切れるときは、たった一つのことでしかない。命令、祈り、脅し、賛辞、非難、理由。賛辞、そう、私は自分が進歩したと私が言うのを放っておいた。よくやった、若いの、今日はこれで終わりだ、おまえの夜に帰って行きなさい、明日また会おう。そして私はここで、白い髭を生やし、子供たちのあいだに座り、殴られるのが怖くて、口から出まかせを言っている。私は年月と罰課を背負って再び小さくなり、前途洋々で、裸足で、着古した黒い上っ張りを着て、パンツを濡らしていたときのように、中学一年で死ぬだろう。生徒のマフード、これで二万五千回目だ、哺乳類とは何か。そして私は硬直して倒れて死ぬだろう。私は進歩を遂げているだろう、そう彼らは言った。ただ十分な進歩ではない。十分ではない。ああ、何の話をしていたっけ？　私の宿題のことか。忘れてしまった。才能の開花にとって致命的だったこと、それは記憶力の弱さだ。ほんとうなんだ。生徒マフードよ、私のあとに繰り返してみなさい。人間は優秀な哺乳類である。私にはできなかった。あの動物小屋では、いつも問題なのは哺乳類だった。私たちのあいだだけのことにして白状しなさい、人間はこれであって、あれではない、そんなことが生徒マフードにとっていったい何の意味があったのか。結局何も失われたものなどなかったと考えなければならない。このとおり、こんなことはすべて悪夢によって解き放たれ、流れ去っていくからだ。瓦解するのだ。それで、哺乳類で私は腹いっぱいになるだろう。目覚める前に、ここからそれが見える。早く、ひとりの母親、空になるまで吸うこと、乳首をつねりながら。しかし私は彼に、あの孤独なものに、名前を与えなければならないだろう。固有名のないところに救済はない。だから私は、彼をワームと呼ぶことにする。ちょうどいい頃合いだった。ワーム、気に食わないが、選んでいる余裕はない。これも必要な時期に私の名前になるだろう、もう私がマフードを名乗らなくてもいいときになれば、そこまでこぎつけるならば。マフードの前には彼にそっくりな他の連中がいた。同じ種族で、同じ信仰をもち、同じ三つまたの矛[11]で武装していた。しかしワームは、彼の種族のなかでは最初だ。みんなそう言っている。つまり私のあずかり知らないことだ。飽きがきて、私を調教することは諦め、布石を打ってあるから、彼もまたたぶん誰かに交替されるだろう。彼はまだ言葉を手に入れていない。可哀そうに。彼はつぶやく、私はひっきりなしに彼のつぶやきを耳にした。そのあいだ他の連中は喋り続けていた。彼は彼ら全員よりも長生きし、マフードよりも長生きした。もしマフードがもはや存在しないとすれば。私にはまだ聞こえる、忠実な彼が、この生者たちの死語をなだめるよう私に懇願するのが。これは私が変わらない声の音調から理解していると思うことだ。もし私が沈黙しうるならば、彼が私に何を望んでいるのか、私にどうあってほしいのか、何を言ってほしいのか、私はもっとよく理解するだろうに。最後に彼はどなり始めればいい！　いやちがう、私が黙らなければならず、息をひそめていなければならない。しかし私は誤解していたにちがいない。なにしろマフードが黙るなら、ワームだって黙るはずだ。人は私に不可能を要求する、それは私の望むところで、他に何を私に要求しえようか。しかし馬鹿げている。彼らのせいで理性的になってしまった私に。事実、この哀れなワームのせいじゃない。私に何がわかっているのか。しかしわれわれの思考を完成させよう、その上に糞を垂れる前に。なにしろもし私がマフードなら、私はワームでもある。ぱたん。もしくは仮に私がまだワームではなくても、もうマフードではないのだから、そのうち私はワームであるはずだ。ぱたん、そろそろ深刻な用件にとりかかろう。いやまだだ。たぶん、これはマフードおばさんの別の話で、私をぼうっとさせて立ちなおれないようにするためだ。じたばたしないでいい。時期がくればはっきりする。ずっと前からレコードはそこにある。そう、彼らの大言壮語も聞こえるにちがいない。出まかせの言葉だ。私は自由の問題も扱うことにしよう、これは予定済みだ。しかしたぶん私は早まって、二人の破局的扇動者を対立させてしまったらしい。私が片方の人物ではありえないとすれば、それはもう一人の過失ではないのか。つまり彼らはぐるだ。これは真剣に推論すべきことなんだ。あるいは結局漁夫の利というやつを占めたこの私というものがいて、この二重の挫折は私の責任なのかもしれない。私のほんとうの顔、私はついにそれが微笑みに包まれているのを見るのだろうか。こんな見世物を私は見なくてすむようだ。いつだって私は自分が何のことを喋っているのか、誰のこと、いつのこと、どこのことか、どんな手段で、どんな目的で喋っているのかわからない、しかしこのとんでもない仕事をこなすには五十人の流刑囚が必要なのに、彼らに手錠をかける五十一人目があいかわらず見つからないのだ、それが何を意味するか知らないが、そのことはわかっている。大事なことは、私にはどこにも行き場がなく、マフードのもとにも、ワームのもとにも私のもとにも、私の居場所はないということで、どういう免除のおかげかはささいなことにすぎない。大事なことは、水があり岸があるかぎり、釣り糸の先でできるだけばたつくことで、これはスポーツ好きな神様が空に荒れ狂い、やくざたちを仲立ちにして被造物をもてあそぶためだ。私は同時に三つの釣り針を飲み込んだが、まだ腹を空かせている。それでじたばたしている。自分がどこにいるか、どこにいることになるか知ることは気分がいい。そこに存在することとなしに！ あとは静かに八つ裂きになるだけだ。自分がもう永遠に誰でもないことを知る歓びにひたって。このあいだに、残念ながら口がふさがっていたので、私は思うようにむにゃむにゃ口を動かして血を流すことができなかった。そもそも最後の間際の時間に、すべてを実現することなんてできないものだ。彼らはある日私を水面に連れ出し、その結果みんなが合点する、こんなに惨めな犠牲者と、こんなに惨めな殺し屋たちのために骨を折るには及ばなかったと。そのときの何という安らぎ。さて、ワームの方面をひと回りしてみよう。このおなじみの卑劣漢が喜ぶことだろう。もう一人があいかわらず私を見張っているかどうか、よく見てみよう。しかしそれがなくても、それは失敗で、私は彼に捕まりはしないし、解放されるわけでもない。ワームのことだ、誓って言うが、もう一人に私は捕まらなかったし解放されもしなかった。これはいままでの過去のことだ。私は捕まらず、解放されることがない人物で、船底を這いまわり、素晴らしい晴天になるはずの新しい夜明けに向かい、救命胴衣に身を固め、破滅的な嵐を呼んでいる。三番目の糸は天からまっすぐ鉛直線にそって落ちてくる、これは私の魂のためだ。ずっと前なら、それがどこにあるかわかっていたら、私は喰らいついたところだ。したがって私たちはここに四人で、四人のゲームをしている。わかっていたことだ、私たちが百人だったとしたら、私たちは百一人でなければならないだろう。私はいつも私たちの落ちこぼれだから。ワーム、または私は彼をワットと呼んでみたいのだが、ワームのことは何と言おう。彼は誰にも理解してもらえない定めだ。私の人形芝居で、あの白蟻のざわめきを止めさせるものは何だと言おうか。同じく、別人について自分に語ることができないとはどういうことなのか。おや、たぶんワームであろうとするときになって、はじめて私は結局マフードになっているだろう！　そのとき私はもうワームでありさえすればいい。私はおそらくどこかの馬の骨であろうとしつつ、結局ワームになってしまうのだ。それなら私はもうそんな馬の骨であればいい。これでやめだ。そいつが私を免除し、私を哀れと思って、私がこれでやめにするのはありうることだ。曙はいつも薔薇色ではなかろう。ワーム、ワーム、私たち三人のものだ、そしてガレー船は行く。そもそも、私がすでに言ったはずと思うこととは反対に、私はすでにこの方向でいくつか試みをしたはずだと思えてくる。頭のなかのことにすぎなくても、私はそれを記憶に刻んだはずだ。しかしワームは何も記憶に留めることができない。とにかくこれは最初の確認だが、つまりそれは否定であって、それを前提に進まなければならない。ワームは何も記憶に留めることができない。マフードにはそれができる。そうなんだ、織り込んでおこう。そう、記憶に留めるということは（とりわけ）マフードの特性である。いつも成功するとはかぎらないが、ある種のこと、何というか、あらゆることを役に立て、心得になるように記憶している。実際私たちは、中庭で、甕のなかで、ある意味において、彼がそうするのを見てきたのだ。私がマフードについて、いままでにないほど幸福と理解をもって話し出すには、ワームについて話そうとするだけでよかった。彼が馬肉食を普及させたドゥクロワのメダルを物欲しそうに見るとき、突然私はなんと親しみを覚えたことか。食前酒の時間になると、連中はもうメニューを読むために立ち止まる。特に日暮れ時であったりすれば魅惑的な時間で、最後の光が道路を掃いて過ぎ、私という記念碑に小川と歩道にまたがった果てしない影をつくる。首枷の刑になってからは動かせないが、もっと自由に首を回せた昔はそれをじっと見つめたものだ。その時刻にはこの影の端に私の頭がはりつき、人がそれを踏んで歩き、蠅たちもやはり見事に滑り込んできたのだが、その蠅たちの上、地面の上に頭があったのだ。そして私の影に沿って私のほうに人々が昇って来るのが見えた。私の影のあとには忠実に震える長い影たちが続いた。なにしろ私は自分の影に溶け込んだり、溶け込まなかったりする。また自分の甕に溶け込まなかったり、溶け込んだりする。これは私たちの気分によって変わるのだ。そしてしばしば身じろぎもしないことがあった。やがて、もう存在するのをやめて、もう私は見えなくなった。それは実に甘美な瞬間で、前に指摘したように、ときどきそれは食前酒のときと一致していた。しかしこの喜びは私にとって無害で、他人にも害はないと思われたが、首枷をはめられてからは、もうお預けになってしまった。そのせいで私は、ちょうどメニューの上の格子のほうに顔を向けている。なにしろ客には、車に轢かれないようにメニューを考えてもらわなくてはならない。この界隈では肉が大評判で、遠くから、ずいぶん遠くからそれを食べにやってくる。食べたら急いで立ち去って行く。十時を回れば、すべてが、よく言うように、墓場みたいに静まる。これは長い年月に蓄積され、しだいに啓発されてきた私の観察から引き出せることだ。ここで人は殺し、そして食べる。今夜は臓物が出る。冬か、春秋の料理だ。もうすぐマルグリット[12]が明かりを灯しに来るだろう。彼女は遅刻している。すでに何人かの通行人が、私の鼻先でライターをつけ、ぶつぶつ言いながら見ているのは、こんどはもうちょっと品よく呼んでみるが、日替わりメニューというやつだ。私の恩人に何もなかったのならいいが。彼女がやってきても見えないだろうし、雪のせいで足音も聞こえないだろう。午前中ずっと私はシートで覆われたままでいた。酷寒の季節のはじめには、ぼろ布で巣のようなものをつくり、私のまわりにぎっしり詰めて寒さを防ごうとする。いい気持になる。今夜彼女は化粧用の大きなパフで、私の頭蓋に粉をまぶしてくれるのではないか。これは彼女の最近の思いつきなのだ。彼女は私を安心させようとするが、もう何も思いつかない。私の疣から何か滲み出てくるのをとめたい。大地が揺れたなら。私は屠殺場に埋まってしまうのに。建物の二つの部分のあいだの通路の奥に、格子を透かして空が見える。私が望めば、それは格子の桟に隠れてしまう。それは北の低い空の、長く細いかけらにすぎない。もし頭をあげられたら、それが大空に炸裂するのが見えるはずだ。こういう細々したことに何を付け加えようか。夜は始まったばかりだ。わかっている。まだ出発しないし、またもう一度永遠の別れを言ったりするのはやめよう。何か特別なことが起きるのを待ちながら、よく考えてみようか。さあ、一度だけならくせにはならない。考えというものはほとんど即座に形をあらわすもので、たぶん私が集中しようとしないのは誤りなのだ。考えが消えてしまう前に素早く口にすることだ。人びとが私に注目しないなんていったいどうしたことか。どうやら私に気を配ってくれるのは、マドレーヌだけのようだ。逃げるところなのか、追っかけているのか、急いでいる通行人は、私に気づかないことがある。しかし獣たちの苦しみの叫びを聞きにきて、見るからに退屈している野次馬たちは、殺戮が再開されるのを待ってひとまわりするのか？　しかし望むと望まないとにかかわらず、メニューのある位置のせいで、文字どおり私と鼻を突きあわせ、私の吐く息の真ん前にくる腹をすかせた連中は？　それでも気晴らしを欲しがって屠殺場のほうに行き、また戻ってくる子供たちは？　私の状況では、洗ったばかりの顔に少し髪の毛が生えているだけで、どうやら目覚ましい好奇心の対象になるようだ。羞恥心のせいで、いやな思いをさせまいとして、連中は私の存在を無視するふりをするのか。しかしそのなかに皮膚も骨も入っていることは夢にも思わないように、私の住処に小便を垂れに来る犬たちには、繊細な気持が働いているとはとても思えない。したがって私には臭いもないようだ。しかし誰か臭うものがあるとすれば、それはやはり私なのだ。こういう状況で私がまともに行動できるなんて、どうしてマフードが期待しうるだろう。仕方がないなら蠅たちが請けあってくれる、しかしどこまで？　牝牛の糞の上にだって、おいしそうにとまっているじゃないか。この点に関しては納得のいく説明がなく、マドレーヌ以外の誰かが私のことを気に留めないかぎり、人が私に言って聞かせることを信じるわけにいかない。私の話を続けるためにはそれが必要だ。しかも私が要求しているこの説明は、それなしには私のために練った計画が不可避的に挫折してしまうはずで、私はもうすぐその説明を受けとることができなくなるのだ。しばらく前から私の能力はそれほど衰えている。これは明らかに変化の原則というもので、私たちを遠くに追いやることになる。しかし自分がもう生きているとは信じられなくなって、最良の事態を想定して死にいたるとしても、彼らが望んでいるのはそれではないというとが身にしみてわかってくる。なにしろそれはもうすでに何度も起きたことで、私を蘇生させる前に、ミミズに囲まれてくつろぐ暇を与えてはくれなかったのだ。しかしこんどは、未来に何が待っているか、誰が知ろう。感じやすく思慮深い人間のまま猛スピードで衰弱していくとしたら、とにかくそれは素晴らしいことだ。たぶんある日、死に瀕した私が時間という仕かけを最後に感じているとき、恋人を腕に抱いた紳士が通りかかり、大きな声で私に聞こえるように知らせるのだろう。大変だ、この人は普通じゃない、救急車を呼ばなくては！　こうしてすべてが再開されるようならば、予定どおりの一石二鳥だ。つまり私は死んだのかもしれないが、生きたのかもしれない。彼が幻想に襲われていないと仮定すれば。そう、どんな疑いも残らないように、彼のフィアンセが彼に答える時間があるように。ほんとうね、ダーリン、あの人吐こうとしている。これで決まりだ。ついに私は最期の息をひきとり、あるいは死の厳粛さをあまりにもしばしば台無しにするしゃっくりまでして誕生するだろう。私マフードは、厳密に科学的観点から、臨終の息は尻から出るものでしかないと強調したある医者と出会った。遺言書を開く前に、家族はこの最後の出口に鏡をあてなければならないだろうというわけだ。いずれにせよ、この不気味な細部を詮索することはやめて、死そのものがひとつの指標となり、先立つ人生をよく思わせる強力な推定をもたらすと思ったのは、深刻な過ちだった。それに私としては、彼らが私を放り込もうとするこの世界を、もはや去りたいとは思わない。確かにそこにいたという確信はないままに。私がその首謀者であるとは思えない以上、たとえば尻をひと蹴りしたり、あるいはキッスでもいい、気遣いの性質はなんであれ、そういう確信を私に与えられるかもしれないのだが。いや、私はもうそんなことにはこだわらない。なにしろ何の役にも立たないし、何も変わりはないし、何も終わりにしないからだ。しかし二人の第三者に、完璧な客観性をもって、私の前で私を確認してもらいたい。他のことは私が請けあう。内面に向けて目を開けば、すべてが単純で明瞭になる。もちろんそのためには前もって、これを外面にさらしておいて、その対照を満喫することが条件だ。あんなに順調な道を歩んでいたのに、こらえ性がなかったのだが、やめてしまったことは残念に思っている。とにかく私はすぐにはやりなおさない、いやそんなことはしない。それにこの一人称という糞ったれも、もうたくさんで、結局余分なのだ。もうそれとはかかわりたくない、面倒なことがふりかかってくるだけだ。しかし問題はやはりマフードでもないし、まだマフードではない。ましてワームでもない。まあ名前はどうでもいい、騙されさえしなければいいのだ。つまり習慣の問題だ。どうなるか見てみるさ。どこまで話したっけ？　ああそうだ、明瞭さと単純さの快楽だ。これにあの可哀そうな、私にとっては善良そのもののマドレーヌのことも混ぜよう。あれほどの気配りと熱意を私に向けてくれたのだから、私が現に、ブランシオン通り[13]、あの愉快な島に実在していたという十分な証拠だ。私がここにいなければ、日曜ごとに私の惨めな汚物を片づけ、冬が近づくと巣をつくり、雪から守り、おがくずを交換し、私の病気の頭に塩をまいてくれただろうか。私は何ひとつ忘れていないといいのだが。私が確かに存在するという確信がなければ、私に首輪をつけ、台座の上におき、ランプで飾ったりしただろうか。この明白な事実を受け入れるということはなんという幸福か。ついにその明白性のうちにある正義が行われんことを。不幸なことに、これは実に疑わしいこと、受け入れがたいことだと私は思っている。しばらく前から彼女は私の居場所の世話を倍に増やしているが、これは大いなる混乱のしるしでなければなんなのか。最初の頃は、私が彼女の姿を見るのは週一度にすぎず静かなものだったのに、なんというちがいだろう。はっきり言おう。この女は、私に対する信頼を失いつつある。私がこの場にいるとまだ想像できているかぎりは、いつでも見に来てくれたが、彼女はそれが過ちだったとついに白状するときを遅らそうとしているのだ。同じく謙遜して言うだけだが、神への信仰も、献身的に、厳粛に深まったあとで、ときに失われてしまうことがあるようだ。私は細かいニュアンスの差を認めるが（いまもそれを考えている）。私の聖域が現にここにあるということ、それを否定しようとは夢にも思わない、私にとってどうでもいいことだ、ただしこんな場所にこれほど大きな甕があるのはありえないことに思えるが、私はこれにも言いがかりをつけようとは思わない。いや、私はただ自分がそのなかにいることを疑っているのだ。崇拝の対象をそんなもののなかにおいてやることに比べれば、寺院を建設するほうがまだやさしい。しかし私は卑近なことと大事業をいっしょくたにしているようだ。微妙なちがいを考えていた結果がこれだ。どうでもいい。彼女は私を愛している、いつもそれは感じていた。私を必要としているのだ。彼女には、商売と庭と夫と、たぶん子供もあるが、彼女のなかにはある空虚があって、私だけがそれを埋めることができる。それなら彼女が幻を見ても意外ではない。ときには彼女が私の肉親のように思え、母、姉妹、娘、あるいはなんと妻のようで、私を閉じ込めているところと思ってしまう。マフードは私が彼の傑作を軽視しているのを見て、この仮説を私に吹き込んだのである。こう付け加えながら。俺は何も言わなかったよ。そもそもこれは一見してそう見えるほどに、珍妙な仮説ではない。この仮説は、奇妙な事態が起きても、私がそれに気づかないうちに、すぐに解決してしまう。とりわけ事情を知らされていない連中にとっては、つまり誰にとってもということだが、私は存在しないのも同然だというような場合には。しかし公道に私を匿っておくことを選んだ上に、あれほどの骨折りをして、私の頭が目立つようにし、日が暮れるとすぐ芸術的な照明を施してくれたのはなぜだったのか。あなた方は言うだろう。代名詞なんてどうでもいい。結果だけが重要だ。もうひとつある。この女は私の知るかぎり一度も私に声をかけなかった。私がこれと反対のことを言ったとすれば、それは誤りだったのだ。これからもそんなことを言うとすればまちがいだろう。いまこの瞬間にまちがえているのでないかぎりは。自分の望む理屈を裏づけるには、いずれにせよ関連書類にすがることにしよう。優しい言葉はいらないし、説教もいらない。私は他人に目立つのを心配しているのか。あるいは蜃気楼を無にしてしまうことを？　要約しよう。唯一私に忠実な人物、その彼女が私を拒絶しなければならなくなる日は近い。何も起きやしなかった。明かりは消えたままだ。いつもと同じ夜なのか。夕食の時刻はたぶんもう過ぎた。マルグリットはいつものように、私が気づかぬうちにやってきて去り、戻ってきては立ち去ったかもしれない。たぶん私は、しばらくのあいだ、自分では気づかないまま、明かりを全部きらめかせていた。ところが、何かが変化している。夜はいつもと同じではない。星が見えないからではない。あそこの私に見える狭い空に、星が見えることはめったにないのだ。何も、格子さえも見えないからではない。そんなことはいままでもたびたびあった。これは静寂のせいでもない。このあたりは、夜は静かなのだ。それに私は半分つんぼなのだ。馬小屋のざわめきに耳を傾けるが何も聞こえない。これははじめてのことではない。突然馬が嘶《いなな》くだろう。すると何も変わってはいないと私にはわかるだろう。あるいは警備員のカンテラが、中庭にいる私の膝の高さのところを通り過ぎるのが見えるだろう。我慢しなければならない。寒い一日で、朝は雪だった。私は頭に冷気を感じない。たぶん私は、まだシートにくるまれている。夜私が考え込んでいるあいだに、また雪になるのを心配して彼女がシートをつけなおしてくれたのだ。頭にのしかかるシートの重みの感覚が私は大好きだったが、その感覚ももうない。私の頭は無感覚になったのか。私が考えに耽っているあいだに発作でも起きたのか。わからない。自問することはやめ、注意だけはおろそかにせず、我慢を続けよう。何時間もすぎたからまた夜が明けるはずだが、何も変わらなかったし、私には何も聞こえず、何も見えず、頭は何も感じない。私は彼らの責任を問い、彼らは私を放免してくれた。なにしろ、何も私に触れはしないのに、どこから見ても閉じ込められているというこの感じは新しいものだ。おがくずはもう私の四肢の残りに圧力をかけてこない。体の輪郭がもうわからない。私は昨日マフードの世界とおさらばしたのだ。道、安食堂、殺戮、銅像、そして格子の向こうのスレートの鉛筆のような空。もう動物たちの叫びも、フォークやコップのカチャカチャいう音も、いきりたった肉屋の唐突な大声も、料理や値段をめぐる苦情も聞こえないだろう。私が生きながらえるのを甲斐もなく願ってくれる女もいないし、夜私の影が地面に黒々と落ちることもない。マフードの物語は終わりで、それが私の話ではないことを彼は悟ったのだ。彼は諦めた。彼の気がすむように、自分が穏やかでいられるように、私はできるだけのことをして負けようとしたのに、勝ったのは私だ。勝者の私は、穏やかでいられるだろうか。誰もそうは言わないだろう。私は黙る様子を見せない。そのうえこれらのあらゆる仮定は、おそらく誤っている。

たぶんまた私は、強力な武器をもたされて、決死の襲撃にかり出されるのだ。しかしむしろ重要なことは、私の役割に照らして説明できるように、いま生起しつつあることが何か知ることだ。ときどき忘れているが、忘れてはならないのは、すべてが声の問題だということだ。生起するものとは言葉である。ある日、私に話しかけることにみんなうんざりすればいいと願いつつ、私は人が私に言えと言ったことを言っている。ただし私には耳も頭も記憶力もないので、うまく言うことができない。はじめに喋るのはワームの声だと、いま私はそう聞かされている。私はこの知らせを、ありのままに伝えるだけだ。喋っているのは自分だと私は信じている、そう彼らは信じているのか。それは彼らのことでもある。私が、私に属する一個の私をもっていて、彼らが彼らに属する彼らについて話すことができるように、私は私について話すことができる、そう私を信じ込ませようとしている。これはやっぱり罠なのだ。突然生者たちのあいだに私は自分を見出すというわけだ。彼らが実に下手な説明をしてくれたのは、どうやってそのなかに自分を落ち着かせるかだ。私の愚行について彼らは何もわかっていない。なぜ彼らはそんなふうに私に喋るのか。たぶん、私を通過すると何かが、重大なことが変わる、このことに彼らは介入できないからだ。これらの質問をしているのは私であると私は思っている、そんなことを彼らは信じているのか。これもまた彼らのことにすぎない。たぶんちょっと歪曲されている。これは正しいやり方ではない、とは言わない。結局私は彼らの思う壺にはならない、とは言わない。そうしてほしいものだ、私を放り出せばいい。この追撃、終わりのない吠え声にはくたびれる。想像。想像を強制しながら、ついに彼らは私を丸め込めると想像している。赤ん坊が腎炎にならないように口笛を吹く母親のようなものだ。彼ら、そう、やつらはみんないま同じ穴のむじななのだ。ワームの出番だ。彼が先導役だ。せいぜい楽しむがいい。みんなが私にしようとしたことに、彼は反対だったと思ったなんて。彼のなかに、私自身でなければ、私のほうへの歩みよりを認めたなんて。私が彼、アンチ・マフードになるという気になるなんて。そこで私はこんなことをつぶやくのだ。可能な人生だけを少し生きること、でなければいったい私は何をしているのだ。これこそ計略というもの。あるいは不条理によって、自分が存在すると私に納得させること、それがありえないとすれば不条理だということによって。仮に私が彼で、前もってそれを知らせてもらっても、あいにくそれは私に何の役にも立たない。なにしろ私は決して長いあいだ彼ではいられない。とにかく彼には勇気ある企みの大成功を願っている。しかも私は手立てを尽くして、他にどうしようもなく、手立てをわきまえて、マフードとその一味に協力したように、彼にも協力するだろう。ワームよ、自分が何か、どこにいるか、何が起きているか彼が知らないと言っても、それはほとんど何も言ったことにはならない。彼が知らないなら、それは知るべきことが何かあるということだ。彼の感覚は、彼についても、他のことについても何も彼に教えない。それにこんな区別は彼のあずかり知らないことだ。何も感じず、何も知らず、それでも彼は存在し、しかし彼にとって、人々にとって彼は存在せず、彼を認知し、何か言ったりするのは人々なのだ。ワームはそこにいる、私たちは彼を認知するからだ、などと言う。あたかも認知されなければ存在はありえないかのように、これが存在を営んでいる当人のことであろうと。人々。ただ一人。それから他の連中。ただ一人が、自分につきまとうまったく不能なもの、まったく無知なもののほうを向く、それから他の連中に。飢えた彼はこのものから糧がほしいのだが、このものには人間らしいところが少しもなく、他に何もなく、何ももたず、何でもない。生まれることなしにこの世にやってきて、この世にありながら生きることはなく、死ぬことは望まず、喜び、苦しみ、静けさの源である。変化が少ないだけに、実在していると思ってしまう。このものは生の外にあって、無益な長い人生は、そのうち私たちなど存在しなかったことにしてしまいたい。彼方で、夜空の下に外出して、狂おしい夢を見ながら、自分が何か、何であったか、話し、考え、知ろうとする妄執が、すべてを巻き添えにする。自分のことに無知なまま黙っている人物、彼が知らないままま黙秘していること、存在することができなかったし、もはやそのための努力もしない。自分を彼に投影し、いつもと同じしかめ面を見せつける人物たちに取り囲まれているもの。これらの最初の基礎知識に感謝。励ましになる。しかもこれで終わりではない。自分のほんとうの顔を探しているものは、安心するがいい、彼は不安に痙攣しながら、目を大きく見開いて、それを見出すことだろう。生きているあいだに、生きたという確信がほしいものは、安心するがいい、生が彼にどうすればいいか教えてくれる。これでほんとうに静かな気持になれる。ワームよ、ワームであるがいい。おまえはそれが不可能だと悟るだろう。なんというビロードの手袋だ。指のところが少し擦り切れている。乱暴にたたいたせいだ。まあ、それが蠟燭にしか見えないふりをしよう。そしてあの数々の裏取引から出てきて、最初の日のようにだらしなく重なってきた数字で支度は始まる。しかしこれはただ声の問題で、他のイメージはどれも無視すべきだ。声が最後には私を貫いていく、いい声、最後の声、声をもたないものの声で、自分自身の告白の声だ。彼らは口ごもりながら釈明して、私を眠らせるつもりか。私が成功しようが、失敗しようが、私に何の影響があろうか。これは私がたくらんだことではない。彼らが私の成功を望むなら、私は失敗するだろう。私が彼らを背負うという話のことだ。私が言っていることのなかに、たったひとつでも私の言葉なんてあるのか。いや私には声がない、この段階で、私には声はない。これが理由のひとつで、私はワームといっしょくたになってしまった。しかし私には理由もない、理性をもたないのだ、ワームと同じで、声も理性もない。私はワームだ。いや。もし私がワームだとしても、私にはそれがわからないだろう、そうだとは言わないだろう、何も言わないだろう、何もわからないだろう、私はワームかもしれない。しかし私は何も言わない、何もわからない、これらの声は私のではなく、これらの考えは私のではなく、私のなかに住む私の敵たちのものだ。彼らが私に言わせるのだ、私はあの難攻不落のワームではありえない。また言わせるのだ、私はたぶんワームである、彼らもやはりワームであるように。また言わせるのだ、私はワームであることができないので、ワームであるべきだ。マフードでありえたとおりにマフードであることができなかったので、ワームであることはできないのだから私はワームであるべきだ。しかしこう言っているのはやはり彼らなのか、ワームであることができなかったので、私は仕方なく、跳ね返ってマフードになるだろう。あたかも、そしてしばし沈黙、あたかも私が十分成長して、ちょっとの仄めかしで、物事を理解するようになったかのようだ、いやちがう、あらゆることに関して私には説明が必要だ、それでも私は理解できない、それで彼らは結局私の愚かさにうんざりするだろう、彼らは私を眠らせるために、私が現実以上に自分を愚かと思うように、わざわざそう言うのだ。そしてこう言うのはあいかわらず彼らなのか、ワームになったが、まったく意外なことに、結局私はマフードになるだろう、ワームであるその瞬間から、ワームがマフードであることは明白になるのだからと。ああ、もし彼らが始めたいのなら、私を好きなように扱えばいい、こんどこそはうまくやって私を思いどおりにすればいいい、彼らの思いどおりに何にでもなってやる、たえず意味もなく、いじくりまわされる材料になるのはもうあきあきした。闘いにはうんざりだ、彼らはこの山と積んだがらくたのあいだに私を放っておくがいい、こんながらくたに形を与えようとするような狂人はいない。しかし彼らは賛成しない、彼らはみんなぐるなのに、私をどうしたいか、私がどこにいるのか、私がどんなふうかわからず、私は埃みたいなもので、彼らは埃人間を作りたいのだ。このとおり彼らは意気阻喪して流されるままだ。これは私をなだめるため、ごまかすためだ。自分自身がこんなことを言っていると私に思えるように、ついに私が、ついに私に。こんなふうに喋っているのは彼らでしかない、こんなふうに喋っているのは私でしかないと。ああ、このコンサートで私に声が見つかったらどんなにいいことか。彼らの苦労も私のそれも終わりになる。彼は話した。彼は自分が話したと信じる。彼は私たちの身内だ。さてみんなすぐに黙ることにしよう。私たちみんなが。これらのささやかな沈黙はそのためだ。私がそれを破るためだ。私が沈黙に耐えられないと彼らは思っている。沈黙が恐ろしいせいで、私はある日、なんとしてでもそれを破ろうとするだろう。だからこそ彼らは、いちいちの瞬間に中断し、私を追い詰めようとする。しかし彼らはそれほど長いあいだ黙ろうとはしない。いままでの成果が無駄になるかもしれないからだ。確かに私はこれが、この空白が好きにはなれない。そのとき彼らは、男がぶつぶついうのを待ち構えている。これは沈黙というものではなく罠なのだ。そのときせいぜい私が望むのは、人間のものと思われるかすかな叫びを上げて、傷ついたサルのように失神し、最初で最後、キーキー鳴いた後で跡形もなく消えてしまうことだ。結局、私が彼らにせかされて、どうやら幸福な瞬間に一つの声をワームに貸し与えるとすれば、たぶん私は混乱した瞬間には、それを自分の声にしてしまうだろう。彼らはマフードを喋らせることができたか。しかし彼らがせかしても成功しないだろう。これこそが問題の焦点だ。できなかったか。できなかったようだ。マーフィーはときどき喋ったと思う。たぶん他の連中だって。もう思い出せない。しかしうまくいかなかった、腹話術みたいなものだった。またそれが始まるようだ。彼らは私が、彼らの存在と実在の話ですっかり呆けてしまったと思い込んでいるにちがいない。ワームとは誰で、どんなふうで、どこにいて、何をしているか忘れてしまったいまこそ、私は彼であることを始めよう。高等師範学校準備学級の生徒の話以外ならなんでもいい。とにかく一つの場所。入口も出口もない確実な場所。楽園なんかではない。そしてワームがそのなかにいる。何も感じず、何も知らず、何もできず、何も望まない。もう途切れることのないあのざわめきが聞こえてくるときまでは。そのときが終わりで、ワームはもはや存在しない。みんなそれはわかっている。しかしそれを口にはしない。それはワームの目覚め、始まりだと言うのだ。なぜなら話さなければならないから、いまはワームのことを話さなければならず、それができなければならないからだ。それはもはや彼ではない、それでもそれはやはり彼であるかのようにふるまおう。その耳はびくっとして、彼を不幸に委ね、不幸をおいはらう手段に委ね、目は待ち伏せ、頭は苦しむ。そう、これをワームと呼ぼう、いかさまの終着点で私たちは叫ぶことになる。しかしこれだってやはり人生、どこにでもいつでもある人生で、みんながそれについて、唯一可能な人生だなんて語るのだ。この哀れなワーム、何も信じなかった彼が自分を他人と信じこんでいた、このとおり、彼は見違えるほど、終身刑の囚人か狂人に似ている。私はどこにいるのか、耳を傾けるだけの生活のあとで、私が最初に思うのはこれだ。答がないままのこの問いから、ずっと後で、もっと個人的な性質の別の問いに移っていくだろう。たぶん私はまた昏睡状態に戻る前に、技術的な観点から見れば、自分を生きているとみなすことになるだろう。しかし順序どおりに進もう。他に仕方がないから、いつものように私はできるだけのことをするだけだ。いままで以上に死体のように扱われてもかまわない。耳から入ってきたこと、胃袋を通って肛門で唸っていたこと、私はそのとおりの言葉を口から、できるだけ忠実に、同じ順序で口から伝えるだろう。あの到達と発射のあいだのかすかな躊躇、排出におけるわずかな遅延、それを私は自分で引き受ける、それくらいしか私にできることはない。ついに私に関する真実が、私をいっぺんに破壊することだろう。ただし彼らがまたもごもご言い始める可能性が残っている。私は聞く。もう十分引き延ばされた。私はワームだ。つまりもはやワームではない。なにしろ突然聞こえるのだ。しかしそのことはもう忘れるだろう、悲惨さに上気して、私はもうワームではなく、本物には劣るがトゥーサン・ルヴェルチュール[14]みたいな人物で、ここら辺では重要人物なのだ。私ワームは、この決してやまない騒音に気づき、名もない単調さの底に、一種の多様性があることを発見する。不可解な永続性の果てで、誰も教えてくれなかったが、私の知性はかなり鋭くなり、これが声であること、私がすでにうまく潜り込んだと自負するこの自然のなかでは、他にももっと不快な雑音が鳴っていて、やがてそれが聞こえてくることがわかるのだ。後になって、もともと私には人間の条件にかなう素質がなかったなんて言うんだろう。あの最初の不運からなんという道を歩んできたことか。朦朧状態からもぎ取られた神経が恐怖に、脳の熱にぴりぴりしている。長いことかかった。生皮をはぐお膳立てにずいぶん時間がかかったものだ。要するに、まあ、何でもなかった。くだらない。共通の運命というやつ。座興。いつまでも続くわけじゃない。だから急いで楽しんでおかなければ。連中は私に薔薇の話をしてくれた。そのうち薔薇の匂いがするようになるだろう。そうに決まってる。それから彼らは薔薇の棘のほうを強調するようになる。なんと変幻自在なんだ。あの哀れなイエスにそんな仕打ちをしたように、連中は私に棘を差込みにやってくるはずだ。いや私は誰も必要としない。私の尻の下に棘がひとりでに生え始め、ある日私は自分の状況を超えて超然と見下ろす感じになるだろう。棘でできた甕、いい香りのする空気。しかし早まるのはよそう。まだ改善の余地がある。しかし私はちっとも器用ではない、ちっとも。ほら、私はまだ局地的に私のまわりを移動することができず、また大局的に糞のまわりを移動することもできない。私はそれを願望することができず、願望しても無駄に終わる。私に由来していないものは、他をめざすがいい。同じく私の理解力は、たとえばはじめて激痛に襲われたときなど、きわめて緊急な場合以外にも機能しうるほど、まだ十分しなやかではない。たとえば時間の進行を速めることができるような意味論の問題なんかが、私の関心をひくことはないだろう。持続が消滅してしまうほどの非個人的で無私な思弁の楽しみは、他人に任せておく。煙でいぶされて仰天するすずめ蜂みたいなもので、恐怖が限度を超えてしまってはじめて私は考えるのだ。つまり習慣の恩恵で、私はそんな状況に身をさらす機会がだんだん少なくなっているということか。これは私がそのなかに浸っている私の知能の力量を見くびっているということで、しかもどうやらこれは私が見習い期間を終えるとき待ち構えていることに比べたら、大したことではないのだ。遠くの低い場所で輝いているあれらの光、それから急上昇し、膨張し、私のほうに突進してくる眩い光、ついには私を飲み込んでしまう光は一例にすぎない。私はそれらをよく知っているのだが、それでもやはり考えさせられるのだ。いままで変わることがなかったのに、ごく最近の瞬間に、ちょうど私がざわざわ音を立て始めたので、それらの光は煙りながら、そしてひゅうひゅう音を鳴らしながら消えていく。どうでもいい、私は落ち着かなくなる。そして私の頭のなかでは、それが高いほうの少し右側にあるとわかり始めているが、火花がはじけ、壁から落ちて消える。ときどき私は自分に言い聞かせる、私もまた自分の頭のなかに存在するだけだと。そんなことを私に言わせるのは恐怖なのだ。そしてどこからも厚い骨に囲まれて安心していたいという願望なのだ。そして付け加えて言おう。私の空を無害な光の輝きで切り裂き、無意味なざわめきに囲まれて、他人の思考に怯えたりするのはまちがいなのだ。しかしどんなことにもちょうどいい時機があるものだ。そしてしばしばすべてが眠っている。私がほんとうにワームだったときのように、私を変にしたあの声、決してやまず、しばしば混乱し逡巡する声、あたかも諦めようとしているようだったあの声だけは眠らない。しかしあれは意気阻喪していたときのことにすぎなかった。私が希望をもつことを学ぶように、わざとそんなふうに仕組んだのではないとすれば。おかしなことだ、こんな体たらくなので、若くしてどん底にいる。彼らはここに私を投げ込んだ。私がワームだったときどんなだったか私は覚えているようだ。まだ私が彼らに委ねられる前のことだ。私をそそのかしてこう言わせるためだ、結局私はワーム当人であると、また私をそそのかしてこう思わせるためだ、私がいまいるところに彼は行き着いてしまったと。しかし失敗だった。しかし彼らはきっと別の、あれほど子供じみたものではない手段を見出すだろう。彼らが呼んでいるのは確かに私だと認めさせるために、あるいは私がそう認めているかのようにふるまうように。あるいはますます盛りだくさんな疲労やいやがらせをあてにして、あの人物を私がまったく忘れてしまうのを彼らは待つだろう、彼らが前に私を変身させたように変身させる必要のない人物のことだ。いまは昨日のことも未来のことも話さないとして。それでも、すべてが混乱してしまう前に私は思い出すようだ、私は決して彼を忘れないだろうということ、私が彼だったとき私がどんなふうだったかということを。しかしこれは当然ながら不可能である。なぜならばワームは自分がどんなふうだったか、自分が誰だったか、知ることができなかったし、彼らは私がこんなふうに考えることを望んでいたからだ。そしてもっと嘆かわしいことには、ただ連中が私を静かに放っておいてくれさえすれば、私は再びワームになれると思えるのだ。この伝染は実に素晴らしい。これによって私たちはどこかに行き着くのか、私は自問する。彼らは何も言わないために喋ることをやめられるのか、そのうちきっぱりとやめてほしいものだ。何も？　とりあえず言ってみたことだ。判断を下すのは私ではない。何をもって判断すればいいのだ。これもやはり挑発というものだ。私が我慢した末に、突然もう抑えきれなくなって、彼らの助けにすがること、彼らが願っているのはそれだ。こんなことはみんな見え透いているのだ。ときに私は自分に言う、彼らは私に言う、ワームは私に言う、主語は何でもいい、私の用足しをしてくれる連中が、数人か、四、五人かいる。しかし調和なんかないし混雑もない。むしろ同じ汚い人物が、声域、発音、調子、愚かさを変化させて、大人数に見せかけて面白がっているだけだ。彼がほんとうにそのとおりの人物ならば別だ。錆びついたむき出しの釣り針なら、食いついてやってもいい。しかしおいしい餌だってある。しかし長い沈黙もある。飛び飛びで、ずいぶん間が空くことだってある。そのあいだはもう何も聞こえないし、もう何も言わない。つまり耳を傾けながら、私はつぶやきを聞く。しかしそれは私のためではなく、彼らのためになるだけで、彼らはまた共謀している。彼らが言っていることは聞こえない、彼らがそこにいること、私の件にまだけりをつけていないことがわかるだけだ。彼らは少し遠ざかった。秘密なのだ。あるいは問題の人物はただひとり、彼だけで、自分自身に助言を求め、もぐもぐ言い、口髭をかみながら、新しい誇大妄想を練り上げている。連中が黙ったら、私はすぐにドアに耳をつける！　ああ、彼らは私を丸め込んだ。しかしそれはもう誰もいなくなることを願ってのことだ。しかしいまはそのことを話すときではない。よし。何のことを話そうか。やっぱりワームのことだ。始めるために、彼の起源まで遡る必要がある。そして目的は続けること、様々な段階において根気強く彼を追いかけ、彼を私そのものとしたその運命的連鎖を明らかにしようと注意を傾けることだ。すべては悪魔に取り付かれた動きのなかにある。それからはくじけてしまうまで毎日記録を続けること。赤ん坊の泣き声みたいにして、犠牲者が舞踏とともに歌う賛歌を終わりにするため。厄介なことが起きなければいい。私マフードは死ねなかった。私ワームは生まれることができるのか。これは同じ問題なのだ。しかし結局のところたぶん同じ人物ではない。未来がそれを彼らに告げるだろう。彼は平然と受け流す。しかし続けて遡ろう、それから私たちは転げ落ちるだろう。むしろ逆だと言わなくてはならない。しかし言わなければならないはずのことを言わなければならないとすれば。上ろうと下ろうと、同じことで、私は耳で始めるので、耳だけはとてもいいのだ。その前は時間の闇だった。それからというもの、なんという明るさ。とにかく私はこのとおり、会話の主題がわかるかぎり、自分の出自に固定されている、大事なのはこのことだけだ。他の誰かがこちらに向かっている、と言えるならば何も問題はない。たぶん私はあと千年でも生きる。何でもない。彼はこっちに向かっている。私はその道がわかるようになっている。私はある朝、朝食といっしょに、尻の穴からずらかることができないかと思う。いや、私はまだ動けない。頭のなかか、腹のなかか、奇妙だ、いや特にどこというわけではない。これはたぶんボタルの穴というやつで、そのとき私のまわりではすべてが痙攣し苦闘している。餌だ。食いつくんだ。彼らのあいだに、悲しげに頭を横に振り、何も言わず、あるいはただときどき、放っておこうとだけ言う友人が私にいるだろうか。人は始める前に存在することができるものだ。このことには彼らは執着する。根はいっしょに生えてくるはずだ。流れ、疾走するこれらの時間、同じ時間が眠っていたこともあった。そしてこの沈黙、それに対して彼らは意味もなく叫ぶが、ある日、またあいかわらず同じ沈黙が戻ってくる。少し擦り切れて、待機中とも思える。了解、私は旅の途上にあり、言葉で帆を膨らませ、私もまたあの想像しがたい祖先であり、人はそれについて何も語れない。しかしたぶん私は語るだろう。そして私が彼であった不可侵の時間について語るだろう。そのとき、私は孕まれることもなく、生まれてくることもない、とやっと納得して彼らは黙ってしまうだろう。そう、たぶんそれについて、ちょっとのあいだ、まるでこだまのように、嘲るように話すだろう。彼と再会する前に。連中は私と彼を引き離すことができなかったのだ。そもそも彼らはすでに衰弱しているのがわかる。しかしたぶんそれは演技にすぎず、これは彼らのあいだでもやっていることで、私にぬか喜びさせたいのだ。そして打ち沈んだ私は彼らの言い回しを受け入れ、つじつまの合わない平穏を手に入れる。しかし私自身は何もすることができない、彼らはいつもそのことを忘れているようだ。私は大喜びすることも、悲しみに沈むこともできないのだ。彼らはどうすればいいか、どういう機会にそうするか説明してくれたが、私には何もわからなかった。それにどんな言い回しで？　彼らが何を望んでいるのか、わからない。私はそれを言ってみるが、理解していないのだ。私は音を出してみる、だんだん上手になるようだ。これでは彼らにとって十分ではないとしても、私には何もできない。私のことで、ひとつの頭について私が喋るのは、誰かがそれについて喋るのを私が聞きつけるからだ。しかしいつも同じことばかり言うのはあきた。彼らはいつかそれが変化することを期待している、当然だ。いつか私の気管か、気道のどこかにちっぽけな美しい膿瘍《のうよう》でもできて、そのなかにはひとつの観念が内包されている、それがきっかけで化膿が広がっていく。事情をよく心得たものなら誰でも大喜びするところだが私も同じだ。私はもうすぐ窶管《ろうかん》の組織網にすぎなくなり、それが理性の恵み深い膿を押し流してしまうだろう。ああ、彼らがそう思いたがっているように、もし私が肉でできているならば。あえて言わないが、それはたぶんそれほど馬鹿げてはいない。彼らのちょっとした思いつきは。私がほんとうの肉体を考えて痛がっていると言うが、私は何も感じていない。私マフードには、ときどき少し感覚があった。しかしそれが彼らにはなんの役に立ったのか。いや、彼らは他のことを詮索したほうがいいのだ。そんなことを知ったときに、私は首枷、蠅たち、私の四肢の残りの下のおがくず、頭にかけたシートを感じていた。しかしこれがいったいひとつの生なのか。これは別の話題に移ったら、たちまち霧散してしまうものにすぎない。どうしてそれではいけないのかわからない。しかし彼らはいけないと判断したにちがいない。彼らは気難しすぎる、要求しすぎる。私のうなじが痛むことを彼らは望む。それも私の生気の紛れもない証拠なのだが、同時に空の話かなんか聞きつけている。彼らは私が物知りであることを望み、私のうなじが痛んでいることを私が知りながら、蝿たちが私を貪り、空がそれには何も干渉できないこともわかっていることを望む。たえまなく、いつまでも、そのたびにもっとひどく、習慣になってしまって、彼らが私を痛めつけるなら、やがて私は身の程を知ったように見えるかもしれない。私はがなりたてるのをやめないが、彼らはときどき休憩することさえできよう。なにしろ始める前に彼らは私に予告したかもしれないのだ。呻きをあげなくてはならない、わかるね、そうしないと何も証拠にならない。最後には疲労で、あるいは老化で、私がくたくたになり、食べるものもなくて私の叫びがやむと、彼らはいかにも真実であるかのように見せかけて、私の死を宣告することだってできよう。彼らによく応えようとしてじたばたする必要はなかったかもしれない。彼らは、まるで埃を払うように乾いた、力のない両手をたたきながら、こいつはもう動かないと言うのだ。これでは簡単すぎるだろう。空も必要だし、他にもまだ何か、光が、灯火が、季節ごとの希望が、慰めの戯れが必要だ。しかしこんな余談はやめよう、軽い気持で、次の余談の始まりを告げることができるように。ざわめき。私はどれくらいの時間、ただの耳と化していたのか。答、それが続きの余談に比べて美しすぎて、もう続けられなくなったときまでだ。これら百万の様々な音はいつも同じで、間をおかず反復される。これ以上のこと

名づけられないもの

サミュエル・ベケット
宇野邦一訳

L'INNOMMABLE
Samuel Beckett

栞

ベケット草稿——吉増剛造
まいべけっと——中原昌也

河出書房新社

ベケット草稿

吉増剛造

おそらく、いや、きっと、この、……そして、この「ベケット草稿」が、ベケットについて、綴る、……最終《さいご》、……あるいは、最初にして最終の、……「草稿」となること、だろう。あるいは、いや、必ずや、ごらんの「、」や「……」の間隙の呼ー吸、……きっと、この「ー」（ハイフン）、（ルビ）らを、ほとんど、唯一の、……この「草稿」の、武器《てだて》とするしか、ほかに、ない。その、ベケットの、いや、未聞の、……宇野邦一氏の名言「靄《もや》の宝石」といわれる、「なけなしの言語の星々、……」、金星《ヴィーナス》は、どの、どんな、……「なけなしの空《そら》」に、「なけなしの穴《あな》」に似て、……いや「なけなしの穴《あな》」となって、赫《カカヤ》いて、……赫《カカヤ》いてたのか。その、どうしたらいい、……その「なけなしの力《ちから》」は、〃あてずっぽうで進むだけだ。〃（『マロウン死す』二〇六頁、三行目）、だから、その「あてずっぽうの力《ちから》」には、諸国語を、超越、……して行く、「濡れた星が滴をたらしてい、……」（『モロイ』二一二頁九行目）、る、そうなのだ、〃途方もない力《ちから》〃が、あるので、あって、……ほれ、みろ、……〝そのとき私を包む一種の巨大な吐息が私に告げたのだ。〟（『モロイ』二六五頁、後ろから四行目、……）、ほう、ああ、そうだった、……〝巨大な吐息〟なのだ、ベケットは、……。

韻文でも、詩でも、勿論ない、……。おそらく、きっと論理でも類推でもない、……おそらく、こんなものは、この宇宙には、存在をしていないであろうはずの、……〝巨大な瘤《こぶ》〟として、言語も、もう、決して、夢みたことのない、その〝巨大な吐息〟の、そう、そんなことの、〝小さな穴〟〝ほんとうの存在の門〟〝ケツの穴〟（いづれも、『モロイ』、一二九頁後ろから九行目）の、〝泥炭層〟（同、二二三頁後ろから六行目）のOOZE《ウーズ》（近藤耕人氏教示のベケットの核心語、……）漏《も》れ出、水《みず》め、……なのである。

直観でも、数式でも、順列のようなものなのでは、勿論な、ない、ので、あって、……むしろ、わたくし、めは、想ふ、この世に、存在してはならない、こんな眼差し、の眼玉の、……むしろ、「狂気」というのに、おそらく、かぎりもなく、もなくちかい、こんな、〝トーン〟といっては、あたらない、……これが、さ、かぎりもなく、普通の言葉なのだ、……。

それでも私は、銅のなかに彫刻されて、どんなそよ風にも揺らぐことのない不動の混沌の向こうに、ある日、平地の不思議な光が、素早く青白いざわめきとともに震えるのを期待していた。（『モロイ』一三九頁、四行目、以上、いづれも、宇野邦一氏訳）

この個処、こんな個処を、引こうとは、引用者にとっても、思いもよらなかった、ことなのであって、そう〝驚きの瘤《こぶ》〟が〝巨大な吐息〟となって、みよ、この〝ある日、平地の不思議な光〟に、ほとんど驚愕をしている、〝心の膨らみ穴《あな》、……〟のようなもの、おそらく、この、じつに幽かな「狂い」が、ベケットなのである、……という、確心は、おそらく、きっと、ゆるぎが、ない。折角だ、ゲラ刷で送っていたゞいて、心読、……いや、茫と、この〝靄《もや》の損石〟（宇野氏の名言のいい替え）の、ぐらかひら、崩《くず》れか平《たい》らか、……そうか、ベケットの「自轉車」は、この、……車輪にも似ている、……。折角だ、『いざ最悪の方へ』（長島確氏訳書肆山田刊）とともに、吊り棚の垢《ほこり》かなにか、不意に漂うであろう、スチーム蒸気のような、……枕頭の書の一冊となることだろう、本書『名づけられないもの』に、触れてみる。

もう一人がまっすぐ私のほうにやってくる。彼はまるで重たい緞帳をすり抜けるように入ってきて、さらに何歩か進み、私を見つめ、後ずさりして引き下がる。体をかがめて、腕の先に何かわからないが重たい物でももっているようだ。すぐ目に入ってきたのは帽子だ。天辺は古い靴底のように擦り切れて、灰色の髪が少しのぞいている。しばし私のほうにあげた眼差しは、まるで私が彼のために何かできるかのように懇願している感じだ。（本書一九頁五行目から）

てっぺんなのかてんぺんなのか、これがいい、……。それが〝古い靴底のように擦り切れて、灰色の髪が少しのぞいている〟、いま、宇野邦一訳を、こうして書き移しているときに、この〝少し〟に、はじめて、ここで、気がついている。この、平《ひら》or平《べた》or平《たいら》か、の、微妙な「狂い」が、ベケットである。こうして、読んで行くと、すぐ前の行の〝腕の先に何かわからないが重たい物でももっているようだ〟が、そう僅かな、そこが生命線or命であるような〝撓《たわ》み〟が、現われて来ている。原語、英語は、bend downなのだろうか、……そんなことはどうでもよいような〝撓み〟の現われ、これがベケットなのだ。さらに、次の行に、眼が、移ると〝眼差しは、まるで私が彼のために何かできるかのように懇願している感じだ。〟と。宇野さん、これがベケットだとしたら、この〝感じ〟は、なんとも、普通というか普遍というべきか、正しいというべきか、これっきりというべきか、じつに、平衡のとれた、……見事な天秤といわざるを得ないのではないでしょうか。かつて、読んだ、ベケットの「評伝」に、こんな個処があった。いまは、それを、奇矯とも〝狂〟ともいわずに、この〝平衡〟と〝撓み〟から、読むことが、とうとう、ここで、叶うのだ。ここまで辿れた、決して短かくはない「旅路」に、〝ありがとう〟をいうことが出来る。この〝小石〟、本書の〝灰色の髪〟に、そして〝古い靴底〟にみえて、……ではない、それと同列に、なって来ているのだ、……詩でもない、類推でも、寓意でも勿論ない、……むしろ、かってあらわれたことのない、正しさ、平らかで、これはあるのではないのだろうか。「評伝」に曰く。ベケットは、〝小石を海岸で見つけて波による摩滅や移り気な天候から守るために、その小石を家に持って帰って石が傷つかないようにそっと庭の木々の枝に乗せておいた……〟と。そう、この〝乗せる〟が、ベケットなのである。

よします・ごうぞう＝詩人

まいべけっと

中原昌也

ベケットの小説三部作を、二〇代の頃に、主に風呂場で読んだ。

そう考えると、自分にとって重要な小説、というか特に前衛小説はすべて風呂場で読んだという記憶があるように思う。例えばゴンブロヴィッチだとかシュルツだとか……しかし、読んだはずのそれらの細部を思い出そうとしても、ぜんぜん思い出せなかった。

ただ単に風呂の中に本を落とさぬよう、必死になっていただけで、一切中身など読んではいなかったのかもしれない。全裸で読書。唯一、悲惨なほど集中力のない僕が無理して本を読み切る方法がそれだった。しかしベケットのこの一連の作品だけは、ただひたすら文字が頭に浮かび、単語が内容を剝奪されて、忘却される……という本来読書という経験にあってはならないことが、唯一許されているような気がした。孤独なマラソンだけが日課の白痴のような読書体験。その中で記憶に残っているのが、小石をしゃぶる行為の白痴的な描写だ。高校生の頃に何となく断片的に読んだ『アンチ・オイディプス』でそのまま引用されていたのを、やっとそこで知ったのだった。

で、こうして宇野邦一氏による新訳でまとめて短期間に集中して読んでみて感じたのは、書き手が何もネタなど持たずに小説が坦々と始まっていくという即興的に近い純粋さが、訳者がそれぞれ違うものを続けて読むよりも、ひたすら心地良く感じられたのである。語り部が語っているその瞬間以外には、前にも後にも何も存在していない真空状態。同じ訳者による訳とはいえ、これはちょっとした衝撃だった。洞窟の中をたった一本の懐中電灯を持って入っていくような感覚。

この余裕のない重層感と呼ぶべき、恐ろしく空疎な広がり。戦火が奪った焼け爛れた光景に包まれるような、途方もなさにねじ伏せられ、言葉さえ失ったあとでも、生き残った人々の人生は続く。

戦場でもなく九・一一、三・一一で出現した荒野を乗り越えるために、二〇世紀に人類が得た感情を忘れてはならないと、二一世紀も五分の一終わろうとする現在にこれらのベケットの小説を読み込むことで強く感じた。いまこそ万人に読まれるべき書物。生き生きとした戦争じゃなくて、怠惰な麻痺状態の戦後が永遠に続く感覚。

それを人類に刻み込むために、誰かがベケットにノーベル賞を与えたのだと思う。

もちろん、この三部作全三冊を買い求めて、丁寧に捲り尽くすように読み尽くすのも大切だが、床にぶっきらぼうに放り出し、いつまで経っても読まない、というのもありだと思う。

一切読まないで、ベケットを全力で類推する。これはとても試す価値のある行為だ。かつて風呂場で全部読んだけれど、結局自分も類推して、この原稿を書いたようなもの。読んで類推、読まないで想像。案外これが無駄なことでもなかったりする。読者の皆さんも一冊も買わないで想像するのは、いくらなんでも自由すぎるが、買ってそのまま放っておくのは読者の自由だ。この三部作三冊の存在を、見て見ぬフリなどの配慮を必要とすることなく、やがて部屋の光景の一部となって自然に溶け込んでいく過程を意識するのも、嫌でも時間が過ぎ去っていくという、無常な人生の楽しみの一つではあるまいか。

河出書房新社最上階の会議室より、建設中の新国立競技場を眺めながら執筆。

なかはら・まさや＝作家、ミュージシャン

「名づけられないもの」英語ノートにベケットが描いた落書き

がなくても、頭にはまず出来物ができ、やがて大きくなり静かになり、ついで目の番になると興ざめになり、苦しみを越えて苦しみの宝庫になる。しかしここで横滑りするのがよかろう。聴覚を失う前に、これはひとつの声であり、それは私に話しかけている、と言えるなら装置はなんでもかまわない。自信をつけてこれは私の声ではないかと問うこと、やり方はどうでもいい、私は声をもっていないと決めつけること、ひそかに寒冷から温暖に、冷凍から煮沸に移っても同じこと。これは出発であり、彼は出かけたのだ。彼らには私が見えないが、息をきらし釘付けになっているのを聞くことはできる。しかし彼らは私が釘付けになっていることを知らない。彼はそれが言葉であることを知っているが、それが彼の言葉であるかどうか知らない。そんなふうにそれは始まり、誰もこんなに正しい道で立ち止まったものはいない。いつか彼はそれらの言葉を自分のものにし、自分ひとりで、みんなから遠く、あらゆる声の届く範囲の外にいると信じこみ、彼は日の目を見るだろうし、そのことを彼らは彼に語るのだ。そう、それが言葉だということはわかっているが、そうだとわかっていないときがあったし、いまでもやはり私は、それが私の言葉だということがわかっていない。彼らはだから期待してもいいのだ。彼らの立場にたてば、自分が知っていることを知っていれば私には十分なので、私が自分に求めるのは、私が聞いていることについて、それが押し黙った物たちの、持続の必要性において強いられた無垢なざわめきではなく、沈黙へと断罪されたものの怯えたつぶやきであることを知ることだけだ。私は同情するだろうし、償いを終えるだろうし、私を自分自身の処刑人に見せかけることに懸命になったりはしないだろう。私がマフードを演じていたとき以上でなくても、同じくらい彼らは冷酷で、貪欲だ。彼らの要求をはねつけるかわりに！　いやまだ私は何も言っていない。耳でとらえたこと、それはすぐに私の口から、あるいはもう一方の耳から飛び出てくる。これだってもうひとつの可能性なんだ。過ちの機会を増やすのは無益なことだ。二つの穴と、真ん中で少し行き詰まった私。あるいはただひとつ、入口で出口、そこに言葉が蟻のように急ぎ、無関心に、何ももって入らず、何ももって出ず、何か掘りあてるにはあまりにか弱く、押しあいへしあいしている。私はもはや私と言うことがなく、もはや決してそう言うことがなく、それはあまりに愚かしい。そのかわりに私は、それを聞くたびに、三人称に変えておく、もしそれを思いつくならば。もしそれが彼らを面白がらせるならば。それで何も変わるわけではない。私しかいないが、私がいるところに私はいない。そもそも。複数の単語について、それらが言葉であることを知っていると彼は言う。しかしどうやって彼はそれを知ることができるのか。他のことは何も聞いたことのない彼が。そのとおりだ。しかし、ひゅうという音とともに消えていくあれらの光は？　ほんとうだ。それと他のもの、他のたくさんのもの、膨大な物事が、いままで不幸なことに、少しでもそれに言及することを禁じてきた。まず当事者の息遣いについてふれよう。このとおり彼は呼吸していて、あとはもう窒息するだけだ。胸が膨らみ、へこみ、消耗の作業は好調で、損傷は全身に及び、もうすぐたぶん彼には両足がついて這い回ることができる。嘘だ、彼はまだ呼吸していないし、決して呼吸することがないだろう。それならこの小さな物音はなんだ、それに責苦をうけたことのあるものには生命の息吹を思わせるひそかに攪乱された空気のこのざわめきは。これは悪い例だ。それにしてもこの消えながらひゅうと音をたてる光は？　それはむしろ彼の恐怖を、彼の失望を目にしてはじける大笑いだ。みなぎる光に彼が照らされ、ついで突然闇にもぐりこもうと、彼らにとってそれは笑いを禁じえない滑稽な見世物と思えるにちがいない。このあたりにいるときから彼らは、仕切り壁に穴を、小さな穴をあけて、交替でのぞいている。そしてこれらの光は、たぶん彼らがときどき彼を照らしている光で、彼が進歩したかどうか知るためなのだ。しかしこの光の問題はこれだけ特別に扱う価値がある。それほど珍しく、そして長いこと頭を休めたら、最初の機会には、時間が切迫していないとき、頭が静かになっているときには、きっとこの問題は珍しいはずだ。二十三番目の解決。あれをなんと結論しよう。ワームが立てたただひとつのざわめきは、口から聞こえたもの、単語、げっぷ、笑い、吸い込む音、唾を吐く音、ごぼごぼいう音なんかだったのか。さらには。重さにたわむ空気のうめき声を忘れずに。彼は自分で調べる。これは大事なことだ。

後に大地に嵐がふきあれ、一時的に意見の自由な表現を覆いつくし、どういうなりゆきなのか、これが世界の終わりではないことがわかってくる。いまいるところでは、彼は何も調べられないし、頭は働かず、最初の日と同じで何も知らず、わからないいま、ただ聞くだけ、苦しむだけだ、それならありうることにちがいない。彼の耳から頭が成長してきた、もっと猛り狂うために、そうにちがいない。頭はそこにあり、耳にはりつき、ただ怒りでいっぱいで、さしあたってそれだけが重要なことだ。それは変圧器であって、理性の助けもなく、騒音が猛威をふるい恐怖をかりたてる。さしあたって必要なのはそれだけだ。つぎには、この状態から脱出させて、脳の回転の始動にも手をつけなくてはならない。こんな状況で、なぜ人間の声なのか。むしろハイエナの吠え声や、金槌を打つ音ではないのか。答。ほんとうの唇が歪むのを見るとき彼があまり怖がらないように。彼らはたがいに結束して、すべてに答える。そして彼らは喋るのが好きで、覚悟のない連中は、これにうんざりするのだ。彼らはあたりにたくさんいて、たぶん手を組み、果てしない鎖でつながりあい、交替に喋る。彼らはぎくしゃくした動きでぐるぐる回るので、言葉はいつも同じところから聞こえてくる。しかし、しばしば彼らはみんな同時に喋り、同時にまったく同じことを喋り、まったく完璧にいっしょに喋るので、ただひとつの声、ただひとつの口が喋っていると思うかもしれない。同時にいたるところにいるのは神だけだということを知らないならば。

ワームではなく、連中は何も言わず、何も知らない、いまでも。同じく交替しながら彼ら、希望するものたちは覗き穴を利用する。ひとりが話しているあいだ、もうひとりは覗いている。後者はおそらく次に話す予定で、彼の指摘は、場合によっては、当然ながら彼が目撃したことと無関係ではなかろうし、場合によっては、つまりたとえ遠回しにでも言及に値すると思えるほど、自分の見たものが関心を引いたならばそれを指摘するのだ。あの頃からこんなことをしながら、いったい彼らは何を期待しているのか。なにしろ彼らが何らかの期待にうながされていると思わないことは難しい。そして片目を穴にくっつけ、もう一方を閉じて彼らがなりゆきを見張っている変化の特徴とはどんなものか。彼らは教育的な目的をもって行動しているのではない。それは明らかだ。さしあたって彼に何か教えようなんて問題外だ。いやに優し気な、皮肉たっぷりな教理問答の教師のあの言葉、彼らが喋れるのはあれだけだ。彼が立ち去ること、彼を苛む騒音から遠くに立ち去ろうとすること、さしあたって彼らが望むのはこれがすべてだ。彼がどこに行こうと、彼は中心にいて、彼らの方角に向かうだろう。だから彼は中心にいるのであって、まさにこれが最も興味深い指標なのだが、何の指標であるかはどうでもいい。彼らは、彼が動いたかどうか見ようとして見つめる。彼は形のない塊にすぎず、苦痛のしるしを反映しうる顔をもたないが、その恰好は多少とも縮まり、かがまり、専門家にとってはおそらく表現に富んでいて、彼らは彼がやがて飛び上がり、あるいは気づかれないうちに、死ぬほどなぐられたように倒れ込んで立ち去る機会を見つもるのだ。その塊のなかに一つの目があって血走り、馬のような目で、たえず開いたままで、彼らには一つの目が必要なので、彼らは彼に一つの目がついているのを見る。どこに行こうと、彼は彼らのほうに、彼が歩いているのを知りながら彼らが口ずさむ鼻歌のほうに向かい、彼が歩いているのを知りながら黙ってしまうはずの彼らのほうに彼は向かい、歩き始めながら彼はいいことをしたと思っている。あるいはまるで遠ざかるようにずっと優しくなる声のほうに向かう。これは彼がこんなに正しい道で止まらないように、彼は彼らから遠ざかっているが、まだ十分離れてはいないと思うように望んでいるのだ。実は彼は彼らにますます近づいているのに。いや彼は何も信じられない、何も判断できない、しかし彼がもちあわせている種類の肉体は目的にかなっているだろうし、平穏らしい場所に行こうとするだろうし、もはや苦しまないときには、あるいは苦しみが少ないときには、あるいはもはや我慢できないときには、ただ倒れこむだけだ。するとまた声が聞こえ始める、はじめはかすかに、しかしだんだん小さくなる。彼らはその付近から彼が離れていくのを望んでいる、自分が追われていて、彼らのほうに道を進み続けていると彼が思いこむように。こうして彼らは彼を仕切り壁まで、しかもちょうど彼らが壁に別の穴をあけておいたところまで行かせるだろう。そこに腕を通して、その腕をつかまれるわけだ。これらすべてはまったく物理的な事柄だ。ここに着いて、もうそれ以上は進めず、もっと遠くに行く必要はなく、さしあたって、あたりを支配する大いなる沈黙のせいで、彼は倒れるがままになるだろう。彼が立っていたと仮定してのことだが、爬虫類だって長いあいだ逃げ続けたあとでは、倒れてそのままになっているだろう。こう言ってまちがいではないはずだ。彼は倒れるがままになるだろう。まず垂直に身を支え、垂直に避難した最初の場所で、地面に転がった連中に手をかそうとしたのだ。うとうとするのを待ちながら、支えを感じること、防御を感じること、自分の六面のただ一つだけではなく、はじめて二面が守られて、うとうとするのを待ちながら、ただ四つの面だけしかさらされていないと感じること、これは大したことにちがいない。しかしこの喜びをワームはひそかに味わうだけで、獣以下の彼は、以前の彼にまだ戻っていないし、ほとんど有史以前の彼の始祖よりも前の段階にいるのも同然だ。そのとき彼らは彼をつかまえ、彼らのところに連れて行く。なにしろ彼らが目のために小さな穴を、そして両腕のために、他にも大きな穴をあけることができたとすれば、彼らはワームが通れるようにもっと大きな穴を作れるだろう。彼は闇のなかでも光のなかでも大して大柄ではない。それにしても、ワームが歩き始めたら、すぐにまちがいなく彼らのところにワームを連れていくために彼らがどうするか喋ってみても、いったい何になろう。なぜならば彼は歩けないのだし、しばしばそう望むのはやまやまでも、もし彼の望みについて喋ることができるとすればであるが、それはできないこと、してはならないはずのことで、それでもあたかも彼が生きているかのように、彼が何か理解できるかのように、そんなふうに彼について話さなくてはならないし、そんなふうに彼に話さなくてはならない。たとえそれが何の役に立たなくても。確かにそれは何の役にも立たないのだ。そしてたとえ苦痛ではあっても彼が動けないこと、これは彼にとって幸福である。少しの静寂を、以前の少しの沈黙を求めて彼の居場所から移動すること、これは生の終結に署名することにほかならないからだ。しかし彼はたぶんいつか動くだろう、最初の、ごく微細なわずかな努力が、繰り返したせいで大きい努力になり、彼をそこからもぎとるほど強力になったある日に。あるいは彼らはたぶんいつか手を放して彼を放り出し、穴をふさぎ、もっと実りのある用件のほうに数珠つなぎになって移っていく。なにしろ決定を下さなくてはならないし、どちらかに重きをおかなくてはならないからだ。いやわれわれは生きることができず、生きさせることもできないまま、こんなふうに人生をすごすことができる、そして無意味に死ぬことができる、何ものでもなく、何もせずにすごしたわけだ。彼らが彼の居場所に彼を探しに行かないのは不思議だ。なぜなら彼らは難なくそこに行けるはずだから。彼らはあえてそんなことはしない。彼が底に横たわっているあそこの空気は、彼らむきではない。しかし彼らは自分たちのところの空気を彼に吸ってほしいのだ。たぶん犬を放して、彼を連れてこさせる。しかし犬だって、あそこでは一秒も生きてはいないだろう。たぶん片端に鉤《かぎ》をつけた棒の助けを借りる。ということは敷地はかなり広くて、ほら、彼は彼らの遠くにいて、柄の長い箒《ほうき》でも遠すぎて彼には届かないのだ。深淵のなかのたった一つのちっぽけな染み、それが彼だ。彼はいま深淵のなかにいる。連中は何でも試してみるだろう。彼らは彼が見えると言う、彼らが見ているのはあの染みだ。あれは彼だと彼らは言う。たぶんそれは彼だ。彼には彼らの声が聞こえていると彼らは言う、彼のことは何もわかっていない、彼にはたぶん彼らの声が聞こえている、そう、彼には聞こえている、これだけは確かだ、ワームには聞こえている、そしてさらに、それは言葉になっていないが、彼は行くことができるし、行かなければならない。したがって彼らは彼を支配し、最近の情報では、彼らのところにたどりつくには、彼はよじ登らなければならないだろう。まあ、まだ変化があるだろう。いくつかの下り坂はゆるやかで彼のところで交叉し、彼の下では平らになっている、それは交叉ではなく、それは深淵ではなく、もう少し行くと高くなったところがある。彼らは、彼を信頼しようにも、もはやなんと言えばいいかわからない、安心しようにも、彼らには何も見えず、動かない単調な煙のような灰色しか見えず、彼がどこかにいるはずならば、彼はそこにいるかもしれないが、彼らはそこに彼がいると決めつけたのであり、彼らは次々に声をかけたし、彼らの望みは彼を立ち退かせ、彼が身動きするのを聞きつけ、姿を現すのを目にし、彼らの鉤竿や、爪や、鉤や、錨《いかり》が届いて、ついに彼が救われ、戻ってくることなのだ。これで彼らのことはもうたくさんで、彼らの役割は終わった、いや、まだだ、まだひきとめておかなくてはならない、まだ役に立つだろうし、そこらに泳がせておこう、彼らはあたりを徘徊し、穴を通じて叫び声をあげていればいい。叫び声のための穴だってあるはずなのだ。彼が聞くのはその叫びなのか。彼が何か聞くために、ほんとうにそんな叫びが、彼らとそっくり、たがいにそっくりな傀儡《かいらい》たちが必要なのか。幾何学的精神に譲歩するのはもうやめだ。彼には聞こえる、それだけだ、たったひとりの彼、何も言わず、煙のなかに消え、それはほんとうの煙ではなく、炎はあがらず、些細なことだが、可笑しな地獄で、寒々しく、人気《ひとけ》もなく、たぶんそれは楽園で、たぶんあれは楽園の光で、それに孤独、それにあの声は生者のため、死者のためにとりもつ姿の見えない幸いな連中の声で、なんだってありうるのだ。それは大地ではなく、それだけが肝心なことで、それは大地ではありえず、大地の穴ではありえない。ワームひとりがそこに住んでいる、あるいはお望みなら別の連中が。ワームのように、彼のすぐそばで、黙って、動かずに重なりあっているなんてことはありえない。あの声、連中のことを嘆き、うらやましがり、呼び出し、忘れてしまう人々の声でもありえない。こんなことがあったら、どれほど支離滅裂か明らかで、もう何だってありうるのだ。そう、あいにく、彼はそれが声だとわかっている、どうなっているのかわからないし、何もわからないし、彼はこれについて何も理解できない、少し理解しても、ほとんど何も、つまり理解不可能なのだ。しかし理解しなくてはならない。そのほうがいい、少し理解したほうがいい、ほとんど何も理解しなくても。いつも同じごみを投げてやる犬のように、同じごみ、同じ脅し、同じおためごかしだ。こんなものは用済みだ。さて結論することにしよう。しかしあの目、彼のあの目もそのままにしておいてやろう。何か見るためだ。あの獰猛な黒と白の湿った目は、泣くため、キラーニー[16]に行く前に慣れておくためだ。その目でどうしようというのか。何もしない。大きく見開いている。開いたままで、この目には瞼がないのだ。ここでは瞼がいらない。何も起きないし、起きてもほんのわずかで、彼はめったにない見世物を見のがすかもしれない。もし瞬きすることができたら、目を閉じることができたら、彼の性格では、もう二度と目を開けないかもしれない。そこから涙が、ほとんどとめどなく流れ出て、なぜかわからず、怒りのせいなのか、悲しみのせいなのか、何もわからず、こんなありさまで、怒りの声か、または何か別の感情の声か、たぶん声が彼を泣かせている。あるいはときどき何かを見なければならないので、たぶんそのせいで、たぶん見たくないので彼は泣いている。こんな自発的な力が彼にあると仮定するのは難しいことではあるが。彼は人間らしくなる、あん畜生が、目を開けなければ、注意しなければ、奴は終わりだ。それなら奴はどうやって注意を払えるのか、この状況についてのおぼろげな観念さえももてるのか。彼らは、彼らの耳、彼らの目、彼らの泣き声、何だって起きうる頭のような代物で、彼を丸め込もうとしている最中なのだ。何も理解せず、何にも注意を払えず、彼らの望んでいることが何か理解せず、彼らがそこにいることがわからず、何も感じないということは、彼の力であり、唯一の力である。ああ、しかし要注意。彼は感じ、彼は苦しみ、物音は彼を苦しめ、そして彼は知っている。それが声であることを知っている。そして理解している。何らかの表現、何らかの訛り、こんなものはみんな拙劣だ、いやそれほど拙劣ではない、そう言うのは彼らで、彼らはこれについて何も知らず、彼らはそれを願っているからそう言うだけで、たぶん彼は何も知らないし、たぶん何も苦しんでいないし、そしてこの目は、あいかわらず幻想に苦しんでいる。彼には何か聞こえている、確かに、そう言うのはやはり彼らだ、しかしそれを認めなくてはならない、認めたほうがいい、ワームには聞こえている、確かめられるのはこれだけだ、ところが以前に彼は聞こえないときがあったのだ、彼らは言う、それは同じ人物で、したがって彼は変わってしまったので、これは重大だ、身重なのかもしれない、どこまで変わり果てるのか、まあいいさ、彼を信頼しよう。目だってもちろん同じこと、これは彼が逃げられるようについている。彼が恐怖に陥り、関係を絶とうと思うようになり、彼らはこれを関係と呼んでいるわけだが、彼らは彼を解放したいと思っている。ああ、母性愛というやつか、いったいこれは何なのだ、笑いすぎて涙が出たのか。とにかく行けるところまで行こう、われわれはほとんど果てまで来ているにちがいない、こけおどしに彼らが彼に何を提供するのか見てみよう。われわれ、とは誰だ。みんないっしょに話すんじゃない。これも何のためにもならない。夜遅くになればすべてが解決される、もう誰もいないだろうし、再び沈黙が支配するだろう。これからは言いがかりは無駄だ、代名詞のことも、他の戯言の切れ端も。主語はどうでもいい、そんなものはない。ワームは単数形だが、そんなふうに浮かんできたし、彼らのほうは複数形で、それは混乱を避けるためだ、混乱は避けなければならない。すべてが溶解するまでは。彼らはたぶんひとりにすぎず、ひとりでも十分用は足せるのだが、彼は犠牲者と一体になってしまうかもしれない。これはおぞましい事態だろう。まさにマスターベーションではないか。順調、実に順調だ。見世物としては内容に乏しく見える。しかしそこにいたことも、そこで生きたこともなければ、何がわかるというのか。彼らはそれを生きると呼ぶ。彼らにとって、そこには火花が散っている。あとはそれが迸《ほとばし》るだけでいい。あとはそれについていろいろ自説をのたまうだけだ。やがて火達磨《ひだるま》になって、悲鳴を上げて終わりだろう。そのとき俗に言う死のごとき迷惑な沈黙を危惧する必要はなく、彼らは黙ることができるだろう。そこを天使たちが通る、ほんものの地獄だ。確かに目はこらしめられる。物音はそこらをさまよい、城壁を貫くが、眺めについても同じことが言えるか。確かにちがう、一般的に言って。しかしこの場合はむしろ特別だ。しかしどんな場合なのか。たとえまちがおうと、何が問題なのか知るように努めなくてはならない。まずこの灰色、おそらく気のめいるような色。しかしながら、それには黄色も混じっている、言ってみれば薔薇色だって。それは美しい灰色で、どんなものとも調和する種類の色だと言われる。小便じみた温かい色だ。そこに見えるもの、目はそれを確かめる、しかしほんのわずか、否定されるはずのよけいな詳細はいらない。ある男が、彼の王国はどこまで広がっているのか自問するとしよう。彼の目は闇のなかを透視しようとするだろう。彼はひとつの石、腕、指を手に入れようとして、なんでもするだろう。その指は、しかるべきときに、ひとつの石、たくさんの石を手にとって舐める、あるいは叫ぶことができ、秒を数えながら、自分の叫びが戻ってくるのを待つことができるならなんでもするだろう。そして彼は声も、他の飛び道具も、自分の言うことを聞いて命令どおりに折れ曲がったり、くつろいだりする手足ももっていないことを苦にするだろう。そしてたぶん彼は、こんな条件で人間であること、なけなしのくたびれた能力しかない頭であることを残念に思うだろう。しかしワームが苦にしているのは、ただ彼が以前のとおりの彼であることを阻む物音にすぎない。微妙なちがいだ。それは同じ彼なのか、彼らはこのことにこだわる。もし同じでなければ、かまわない、何も妨げにならない物音を、彼は以前苦にしたように苦にしている。それでもやりようはある。いずれにせよ、この灰色は、彼の苦しみをあまり増すことはない。真昼のような明るさのほうが、もっとうってつけだろう。彼は目を閉じられないのだから。彼は目を背けることも、下げることも上げることもできない。いつも同じ狭い視野に縛られたまま、適応の効果からは見放されている。しかしいつかたぶんすっかり明るくなってくる。少しずつ、あるいはすみやかに、あるいはいっときに、そのときはワームがどうしてそこに留まっていられるのかわからない。それにどうして立ち去ることができるのかもわからない。しかし不可能な状況というものは、不当に引き伸ばされたりしない、周知のことだ、それは散逸してしまうか、あるいはどのつまりそれは可能であると判明するかで、どうしようもない、他の可能性について喋るのはよそう。それゆえ、光あれ、これは必ずしも破局ではない。もし光など決してないとすれば、光なしですまそう。しかしこの複数の光は、わきあがり、ふくれあがり、突き進み、コブラを思わせるヒューという音を立てて消え、たぶんいまこそ、ついにどちらかに傾くようにこれらの光を天秤にかけるときなのだ。いや、まだそれをするときではない。ふう、ここに希望なんかいらない、すべてが台無しになってしまうから。他の連中は彼にかわって希望するがいい、新鮮な明るい外気、それが彼らにとって楽しいことなら、または他にできることがないなら、または彼らがそれで報酬を受けているなら、報酬を受けるはずなら。彼らは何も希望していない、彼らはこれが持続することを希望しているだけだ。うまい話にありつけた。彼らの心はここにあらず、けちな奴らだ。ユダに呼びかけながら。これはみんな祈りなのだ。彼らはワームのために祈る、ワームに祈る、彼が哀れみを、彼らに哀れみを、自分に哀れみをもつように。彼らはそれを哀れみと呼ぶ。われらが主よ、何を耐えしのべばいいのか。幸いにも彼には何もわからない。邪悪な闇よ、引っ込め、汚い犬、伏せていろ。灰色。それからなんだ。静かに。静かに。この灰色に合うものなら、何にでも合うものなら、他に何かあるはずだ。どんな世界とも同じで、ここにはすべてが、少しすべてがあるにちがいない。少しすぎる、と言うだろう。そもそも、それは問題ではない。水晶体みたいな身体不随者を前に、どんな馬鹿げたことをしでかそうというのか、これだけが想像すべき重要なことだ。ひとつの顔、これはなんという励ましか、それがときどき顔でありうるならば。いつも同じで、徹底的に表情を変え、かといって識別不可能になることはなく、真の顔には何ができるか理路整然と証明し、混じりけのない喜びから、大理石の気のめいる不動性まで、興ざめの最も特徴的なニュアンスを見せていく、なんと愉快なことか。聖アントニウスの豚の尻だって掘りこんでやる。ちょうどよい距離、ちょうどよい高さを通ること、たとえば月に一度、それは度外れたことではないだろう。ゆっくりと正面から横顔に、犯罪者のように。彼は中止してもいいし、口を開け、大喜びし、驚嘆し、おやおや、口ごもり、もぐもぐ言い、わめき、うめき、ついには口を閉じて顎が砕けるほどしめつけ、あるいは、たるませて泡を飛ばしてもいいのだ。それは親切というものだろう。まったく。ついに誰か現れる。ある訪問者だ。忠実で、予定の日、予定のときに、退屈するだろうから決して長居はせず、物足りないだろうから急ぎすぎず、ちょうど必要な時間だけ、希望が芽生え、大きくなり、うんざりし、死に絶えることが可能なように、たとえば五分間だ。訪問者は永遠のイメージのこの一時的な破片を前にして、彼ワームに、彼の軋む頭に、時間の観念を吹き込み始める。これには文句をつけようもない。当然ながら、空間の観念もそなわり、二つそろって、いつの頃からか、そのほうが安全なのだが、どこかの地区で腕を組んで歩いている。そしてゲームに勝とうと負けようと、彼はわれわれのあいだ、待ち合わせのあいだに、どういうふうにかわからないが存在し、われわれは言うのだ、かわいい娘を待って花束をもっているこの老いたワームを見てみろ、まるで眠っているみたいだ、おまえの知りあいじゃない、いや知っているとも、ほら、あの老いたワーム、マーガレットを手に恋人を待つ彼はまるで死んだみたいだ。そんなことが起きたら重大だ。幸いにもこれは夢でしかない。なにしろここには顔がなく、それに似たものもなく、生きる喜びやその代用品を表現するものもない、他に何か探すしかない。単純なもの、ひとつの箱、木の切れ端、いっとき、年毎に、二年ごとに、彼の前に姿を現すもの、ひとつの球、どんなふうにか、何のまわりを回っているのか知らないが、大きな石、彼の前を通過し、二年おきか、三年おきか、それはどうでもよく、最初のうちは止まることがなく、止まる必要がなく、そのほうが何もないよりましかもしれないが、彼はそれがやってくるのを聞き、それが離れるのを聞くので、それこそが出来事かもしれないのだ、彼はたぶん何分、何時かわかるようになり、心配し、自制し、我慢強くなり、我慢できなくなり、頭を回し、耳をそばだて、眼球を転がし、彼を見放しはしない大きな石を転がし、これはほんものの心臓を待望しているあいだは、何もないよりましなのだ。心臓が動き始めれば、それはワルツで、彼は心臓がワルツを踊るのを聴くだろう。トラ、ブン、ラララ、もう一度、トラ、ブン、ラララ、レミ、レド、パンパン、他人が気にかけることではない。もちろんだ。あいにく事実だけに留めておかなければならない、どう対処すべきか、何にしがみつくか、すべてが動転しているときは、事実にしがみつくしかないじゃないか、でなければ、そんなものがあるとして、心臓から届く範囲を超えた事実にしがみつき、なんと美しい、心臓からの叫び、ここに事実あり、ここに事実あり。それからもっと落ち着いて、危機は去り、さしあたって、場合によっては、つまり続きがある。ここには木がなく、石がなく、仮にあるとすれば、事実はここにあり、事実があるとすれば、ここにそれはないかのようで、事実はここにあり、植物も、鉱物も、動物もなく、ただ未知の種に属するワームだけがいる。ワームはここにいる、または、あたかも、あたかも。しかし早まってはいけない、まだ早すぎる、私のいるここに戻ってくるなんて、あん畜生め、堂々として、私が覚悟しているここに、静かに、やっとほどほどに、わきまえながら、わきまえていると信じながら、私には何も起きなかったし、何も起きないだろうと、いいことも悪いことも、破滅するほどのことは、まだそれは早すぎる。私には自分が見える、自分の場所が見える、何もそれを指示するものはないし、何も他の場所から区別するものもない、他の場所だって、私が望むなら、みんな私のもので、私の場所しかいらないが、何もそれを示すものがなく、私はそこであまりに影がなく、私はそれを見て、周囲にそれを感じ、それが私を押さえつけて蔽ってしまう、もしこの声がほんの一秒でもやむことがあるなら、一秒の沈黙を私は長く感じるだろう。私は耳を傾けるだろう、また声が聞こえ始めたら、またはすっかり黙ってしまったら、わかるだろう、どうやってそれを知るかも、わかるだろう。そして私はあいかわらず耳を傾けるだろう、彼らの善意が深まるようにし、好意を失わないようにし、彼らが再び私の世話をしてもいいと判断するときに備えるために、あるいは私はもう聞かないかもしれぬ、聞かないかもしれぬ。ある日私がもう何も聞きはしないなんて、そんなことがありうるだろうか、もう最悪を恐れることもなくなって、つまり、何だっけ、何が最悪でありうるのか、たぶんある女の声、これは考えたことがなかった、彼らはソプラノ歌手でも雇ったらいいのだ。しかしこれを考えるのはもうよそう、やはり試してみよう、彼らの望んでいることが少しでもわかったらいいのだが、彼らは私がワームであることを望んでいる、しかし私は彼だった、確かに彼だった。それでなぜいけないか。私は彼になりそこなった、そうにちがいない、そうでしかありえない、そうでなくて他に何があると言うんだ。私は彼らのところで、彼らがこう言うのを聞くために、日の目を、光を見させられたわけではない、わかるか、ぴんぴんしている自分がわかっていないらしい！　私は我慢した、そうにちがいない、我慢してはいけなかったのだ。しかし私は何も感じない、そうでもない、この声を我慢した、私は逃げなかった、逃げなければならなかったのに、ワームは逃げなければならなかった、しかしどこへ、どうやって、彼は釘付けになっている、ワームはどこでもいいから這いまわらなければならなかった、彼らのほうへ、青空のほうへ、しかしどうやって、彼は動けず、ここに縛りはなく縛られているわけではないが、彼には根が生えているみたいで、いわばそれは縛られているようなもので、大地が揺れなければならない、それは大地ではなく、なんだかわからない、海藻のようなもの、いや濃霧のようなもの、いやこれでもない、なんでもいい、痙攣がきて、彼を白日に吐き出さなくてはならない。しかしなんという静寂、この駄弁は除いて、そよ風もなく、何も意味はない、いかがわしい、生に先立つ静寂、それにしても、あの頃から、泥まみれみたいだ、なんて快適なんだ、この雑音がなければいいのに、生が戻ろうとしている、いや、彼が出て行くのを望んでいるだけだ、あるいはまわりじゅうではちきれる小さな泡、いや、ここには空気なんかない、空気があるから窒息するのだ、光は目を閉じるため、あの決して暗くならないところ、彼はあそこに行かなくてはならない、しかしここにも暗闇はない、いやあるとも、ここは暗くなる、この灰色、それは彼らがランプで作り出している。彼らが出かけるとき、彼らが黙るときには暗くなり、物音も、明るみもないだろうが、彼らは決して出かけたりはしない、そうでもない、彼らはたぶん黙るだろう、彼らはたぶん出かけるだろう、ある日、ある夜、ゆっくりと、寂しく、数珠繋ぎになって、彼らの支配者のほうに長い影を落とし、支配者は彼らを罰するか、あるいは赦すか、あそこでは、敗北したものにとって、処罰、赦免、これしかない、そう言うのは彼らだ。あんたらは道具をどうしたんだ？　どこかに放っておいた。しかし彼らは穴を塞いだかどうかすぐ知らせるように要求され、穴を塞いだのか、是か非か、彼らは言うだろう、是か非か、あるいは同時にはいと言うもの、いいえと言うものがあるだろう、なにしろ支配者が彼の問いの答として何を聞きたいのか、彼らはわかっていない。しかし二つの答とも正当なのだ、なにしろ彼らは、お望みならば、穴を塞いだのだが、お望みでなければ、穴を塞ぎはしなかった、なにしろ彼らは出かけたとき、途方にくれて、穴を塞ぐべきか、それとも反対に大きく開けるべきかわからなかったのだ。そこで彼らは穴のなかにランプを、彼らの長いランプをとりつけて、穴がひとりでに閉じないようにした、それは粘土みたいなもので、彼らはそこに強力なランプを点灯したまま差し入れて、内側に向け、静寂にもかかわらず、彼らがずっとそこにいると彼が信じるようにした、あるいは灰色がほんものであると信じるようにし、あるいは彼らがもうそこにいなくても彼が苦しみ続けるようにした、なにしろ彼を苦しませるのは雑音だけではなく、灰色もまた苦しみで、光も苦しみで、そうでなくてはならず、そのほうがいい、支配者が要求するなら彼らは、出発したとは知られずに戻ることができる、あたかも彼がそんなことを知りうるかのようだが、あるいは何をすべきか、穴を塞ぐべきか、あるいはひとりでに閉じるままにしておくべきかわからないということ以外には何も動機がなく、まさに糞まみれ、ほら、ついに、このとおりついに的確な言葉、探すだけでいい、まちがえるだけでいい、最後に残るのは、ご破算にするという問題にすぎない。穴のことはもうたくさんだ。灰色は何も意味しないし、灰色の沈黙は必ずしも単に時間つぶしにいいわけではない、いいかもしれないし、だめかもしれない。しかし見守るもののいないランプはずっと灯っているわけではなく、反対に少しずつ消え、油を注ぐものがいなかったら最後には静かになってしまう。そうすれば闇だ。闇といっても灰色のようなもので、闇だって、いわばそれが分厚くする沈黙の価値について、何もはっきりさせてくれるわけではない。なにしろ彼らは火が消えた後から長い時間がたって、支配者の前で何年も弁解した後で戻ってくるかもしれない、それでもワームのことはどうしようもなく、彼のためには何もしてやれないと支配者を説得することができないのだ。それなら、すべてやりなおしだ、確かに。したがってわれわれには決してわからないだろうし、ワームにもわからないだろうし、沈黙は闇で、あるいは灰色で、それが続く限り、それがいいものかわれわれには決して知ることができない、それは単に快適なときなのか、それを快適なときと呼んでいいのか、あるいは以前の沈黙のつぶやきに耳を傾け、待ち伏せなければならないか、余分な制裁を受ける恐れがあっても、次の楽しみに備えて身構えるべきか。しかしワームともうひとりを混同してはならない。場合によっては、これは重大なことではないが。なにしろ聞くべきであった人物は、あいかわらず聞くはずなのだ。もう彼には決して何も聞こえないだろうとわかっても、あるいはそれがわからなくても。言い方を変えれば、彼らは別の言い方がしたいのであって、これは確かなことで、時間がかせげるし、一度途切れた沈黙はもはや決して完璧ではないだろう。それなら希望はないのか。もちろんないのだ。あたりまえじゃないか。なんという思いつき。いや、たぶんちっぽけな希望ならある、決して役に立ちはしないが。しかし忘れてしまう。あるいはたったひとりなら、彼はひとりで支配者のもとに行き、彼の長い影が砂漠をよぎって彼を追いかけるだろう。これは砂漠なのだ。最初の知らせだ。ワームは砂漠に光を見るだろう、砂漠の光を、その光のなかに彼らは彼をとらえるだろうが、これは他のどこにでもある光と同じだ、彼らはちがうと言う、もっと澄んでいる、もっと明るいと言う、もうけものだ、とあんたらは言う、おお、それはサハラと決まってはいない、別のだってあって、大事なのはオゾンだ、彼は最初にオゾンが必要だろうし、そのとおり、最後にも必要で、それは殺菌してくれるのだ。支配者。彼らの数がxならば、彼らはx+一番目を必要とするだろう。それにしてもこの鉛色の目は結局なんの役に立つのか。光を見るかぎり、彼らはそれを〈見る〉と呼ぶのだが、それでいい、なにしろ彼がそれを苦にしているから、彼らはそれを苦と呼んでいるわけだが、彼らは苦しみが何かをわきまえ、苦しませることができ、人は彼らにそう言ったし、支配者は彼らに言ったのだ、こうしなさい、ああしなさい、あんたらは彼が身をよじるのを見るだろうし彼が泣くのを聞くだろう。彼は泣く、それは事実だ、それほど確かではないが、急いでそれにあやかっておくことだ。しかし身をよじるのは禁止だ。しかしこれは言っておかなければ、まだ始まったばかりなのだ、それはもう長いこと続いているが、彼らは偉大にして寡黙な人物の力強い言葉に元気づけられて諦めはしない、彼らは決してその言葉を終わらせはしない。それが彼らの仕事で、彼らの役目であり、それが結果をもたらそうと、もたらすまいと、彼らには関係ない。彼らはもう十分自分らのことを語り、彼らのことしか語らないが、それは仕方のないことで、すべてが彼らに属して彼らなしには何もないだろうし、ワームさえも存在せず、それは自分らについて語りながら十分語ったあとで、彼らが抱く観念であり、彼らの言う言葉にすぎないのだ。しかしこの灰色、この光は、もし彼が自分を苛むこの光を避けることができたとしても、一歩進むごとに、どの方向に行こうと、彼がそれを苦にするのは明らかではないか、なにしろ彼は中心にいて、四十回もしくは五十回無駄な骨折りをしたあとで、必然的にそこに戻るはずなのだ。いや、これは確かではない。なにしろ彼が光に向けて一歩進むごとに光が弱くなることは明白で、彼らはそれに気を配っているのだが、彼は正しい方向に歩んでいると信じながら、敷地内にたどりつこうとするのだ。そのときこそはめまい、拘束、喝采のときであろう。苦しんでいるからには希望がある、たとえ彼を苦しめるために、彼らに希望など必要ないとしても。しかし彼が苦しんでいると、どうやって彼らにわかるのか。それが見えるのか。彼らはそうだと言う。しかし不可能だ。それが聞こえるのか。そんなはずはない。彼は音をたてない。いやたぶん泣くこともある。いずれにしても彼らは落ち着いていて、正しいにせよまちがいにせよ、彼らのおかげで彼は苦しんでいる。おお、まだ十分ではない。しかしゆるやかに進まなければならない。この段階であまり厳しく対処すると、彼の理解力はとりかえしがつかないほど損なわれてしまう。他にもある。この問題は微妙だ。習慣性の効果については、彼らはどう対処するのか。彼らは声をあげ、明晰さを強要しながら、これに抗うことができる。しかし時間がたつにつれて苦しみが和らぐかわりに、彼は正確に最初と同じほどずっと苦しんでいるとすれば？　これはありうることだ。そして最初の日より少なく、あるいは同じほど苦しむかわりに、時間がたつにつれてもっと苦しみ、不変の未来から変えがたい過去に向けて起きる移動につれてますます苦しむとすれば？　他にもある。しかし同じ種類の観念に属することなので問題は厄介だ。単調な苦痛は、ときどき変動して結局たぶんいつまでも続きはしないと思わせる苦痛に比べれば、より好ましいのではないか。これは追求される目標にかかわるにちがいない。ということは？　患者の側の忍耐のなさゆえの些細な動き。ありがとう。これはさしあたって目標だ。あとは他にも何かあるだろう。あとは落ち着いてかまえることを彼に教えるだろう。少なくとも彼が動き回り、地面を転がるあいだは、なんてことだ、なにしろ単調さを破ろうにも、なんでもいいのだが他に妙案はない。彼らは気にしない、すました顔だ、生きながら焼かれ、つながれていないときは、手あたりしだいにどこにでも突進し、ぱちぱち火の粉を撒き散らし、少しばかりの涼気を求める。落ち着きのあまり、窓から身を投げる連中だっている。彼にはそこまで要求しない。ひとりで自分の目前に逃避の慰めを見出せばいい。それがすべてで、彼は遠くに行きはしないし、遠くまで行く必要もないだろう。自分をとりつくろうにも、彼は自分にしか頼ってはいけない。彼のせいではない。軽騎兵のように椅子の上に乗り、毛皮帽の羽飾りを直したりすればいい。せいぜいできることはそれくらいだ。思案する必要はなく、ただ苦しむだけでいい。いつも同じように、決してそれ以下でも以上でもなく、休む希望も、くたばる希望もなく、それ以上に複雑なことはない。希望しないために思案する必要もない。だから単調さを選ぶがいい、このほうが刺激的だ。しかしどうやってそれを確かめるのか。どうでもいい、どうでもいい、彼らはなけなしの手段で、ひとつの声で、少々の明るみで、できることをするだけだ。哀れな連中、それは彼らの仕事だ。彼らは言う、彼は慣れない、彼はたじろがない、私たちはそれについて何も知らない、さしつかえない、それで及第で、私たちは続けるしかない、彼は結局わかるだろう、結局ギクッとするだろう、ちょっとした反応が起きるだろう、目の変化、波が発生し、彼を私たちのほうに押し戻すだろう。目を探すが、全然見つからない、不平を窺うが、決して聞こえてこない。やはりこれも人生とはとても言えない。それでもこれが彼らの人生だ。彼はあそこにいる、と支配者は言う。どこかに。私の言うとおりにしたまえ。彼を連れてきなさい。私の栄光には彼が必要なんだ。ただし最後にもうひとがんばり、一回でいい、たぶんこれが最後で、毎回これが最後であるかのようにふるまわなくてはならない。後退しないですむためにはこれが唯一の手段なのだ。汚れた外気がいっぱいに広がっている。ぴょんと前に一跳び、そして引き返す。前に進め。言うのは簡単だ。そもそもどこが前なんだ。そこで何をしようと言うんだ。偽の偏執狂者たちめ、ほら、彼らはわかっている、私が何もわかっていないこと、やがて全部忘れてしまうことを。これらの小さな休止、これは利口なやり方じゃない。彼らが黙るときには私も黙る。一秒あとに。私は彼らに一秒遅れる。一秒が続くあいだ、その一秒をしっかりつかまえる。私に与えられた一秒をそのまま返すときだ。同時に次の秒を受けとるが、それをどうやっていいかやはりわからない。私に属する瞬間はなく、こんどはどうするか、彼らは私にわかってほしい。ああ、私の頭が言うことを聞いてくれるなら、どうやるかもわかるだろうさ。彼らは私が何をしているか、繰り返し言うべきなのだ。彼らがすでにそれを言ったことがあると仮定して、私がそれを気にしているふりをするのを彼らが望むとして。この調子、この言葉遣い、これは自分が作り出したものと私は信じたい。私の存在は時間の問題でしかないと彼らが決め込んでから、いつも同じ手管だ。私には欠落があり、まるごとなくなってしまった文章があると思う。いや、まるまるじゃない。たぶん私は話の真意をとらえそこなった。理解しなかったかもしれない、そんならそう言ったはずだ、誰もそれ以上尋ねなかった。次の審判のときに、このことは私に有利なように考慮されるはずだ、ほら、彼らはときどき私に審判を下す、大まじめな連中なんだ。私は知るだろう。私はたぶんある日、私がどんな悪事を犯したのか言うだろう。結局私たちは何人なんだ。この瞬間に話しているのは誰なんだ。誰に？　なんについて？　この厄介な問いは無意味だ。結局彼らは私の口のなかに、私を救済するもの、私を地獄に落とすものをねじこむがいい、そしてもうそのことは何も言わず、黙るべきなのだ。しかしこれは私の罰であり、彼らが審判するのは私の罰のことであり、私は唖の豚のように罪をすすぐことが苦手で、唖のまま何も理解せず、彼らの言葉以外は何も喋れない。独房入りだろう、独房入りだ、いつも独房入りだった。彼らの言うことが私には全部聞こえる。それだけが物音で、まるで私一人が大声で喋っているようで、最後には、決して止まらないひとつの声がどこからくるかもうわからなくなる。たぶんここには、私といっしょに他の誰かがいて、当然ながらあたりは暗く、これは必ずしも特別な地下牢なんかではなく、あるいはもう一人、たぶん同じ不幸を味わう仲間がいて、喋るのが楽しみで、または喋らずにはいられず、そんなふうに意味もなく、前方に、とめどなく、しかし私は信じない、何を信じないかというと、同じ不幸を分かつ仲間がいるなどということだ。そうだ、彼らの敵意がそこまで達するなんて、私には心外なことのはずだ。彼らは言う、それは私には心外だろうと。私はときどき目を開けたまま居眠りするにちがいない。それでもすべては連続し、私は出発することも戻ることもない。これはむしろ不眠、半不眠ではないか。しかし何も変わらない、決して。つまり私たちは忘れてしまう。穴だらけ、穴はいつもあった、途絶えるのは声であり、もはや届かないのは声であり、それがなんだと言うんだ、たぶん大事なことで、結果は同じ、しかしたぶん物の数に入らない。例外的に。ああ、解決というやつ。彼らはここに私を閉じ込め、いまはここから出そうとしているが、それは別のところに私を閉じ込め、あるいは私を拡大するためで、彼らは私を外に出すことができる。私がどうするか観察するためだ。格子に背中をもたれ、両腕、両足を組み、彼らは私を見ているかもしれない。あるいは彼らは、ここに着いてすぐ、またはずいぶん時がたってから、私に気づいただけだ。彼らの注意を引くのは私ではなく、この場所で、彼らは仲間の一人のためにこの場所が欲しいのだ。いったい何が望みなんだ、正しい推測に落ち着くまで、推測に推測を重ねることだ。すべてが沈黙し、すべてが停止するときは、言葉が言われてしまい、肝心の言いたいことは何か、知る必要さえないときだろう、それを知ることはできないだろう、その言葉はそこいらのどこかにあるだろう、束になり、波になって、必ずしも最後の言葉ではない、その言葉をその筋によって保証してもらわなくてはならない、これには時間がかかるし、彼は遠くにいる、つまりその筋とは支配者のことで、彼に調書をわたし、あらゆること、彼は肝心な言葉を知っているし、そもそも彼がそれを選んだのであって、このあいだにも声は持続し、人が彼のほうに近づくあいだ、彼が探しているあいだ、人がわれわれのほうに判決をもって戻ってくるとき、言葉は、有害な言葉も、偽の言葉も継続している、すべて中止、すべて継続、という命令がくだるまでは、いや、無駄だ、すべて中止の命令が下るまでは、すべてがおのずから続く。彼らはたぶん内部のどこか、彼らがいましがた言ったことのなか、言わねばならなかった言葉のなかにいて、そこで彼らは必ずしも多数ではない。彼らについて喋りながら、彼らは彼らと言うが、それは私が喋っていると私が信じ込むためなのだ。あるいは私は、誰だか知らない人物について喋りながら、彼らと言うが、これは私が喋っているのではないと信じるためだ。あるいはむしろ使者は出発してから帰還するまで、支配者の命令により、ずっと沈黙していたということだ。つまり支配者は、続けなさいとのたまう。なにしろ、ときどき長い沈黙があって、ほんとうの休戦で、そのあいだに私は彼らのつぶやきを聞くのだ。これで終わりだ、こんどこそ的にあてた、とたぶんつぶやくもの、別の言葉遣いで、あるいは順序こそ変わったが同じ言葉遣いで、すべてやりなおしだ、とつぶやく他のもの。したがって休憩、あらゆること、それを休憩と呼べるものならば、そのとき人は彼の運命を知ろうとして待つわけだが、たぶんこれではない、と言ったり、私の口から飛び出すこの言葉はどこから来て、何を意味するのかと言ったり、いや何も言わなかったりする。なにしろそれを期待と呼ぶことができるにしても、言葉はもはや到来することがなく、そこに理由などなく、私たちが聞くのは、はじめからそうだったように理由もなく、イキ[17]と直されたことで、なぜならば、ある日私たちは聞き始めたから、もうやめられないからで、それを休憩と呼ぶことができるとしても、それは理由にならないからだ。しかし、死ぬことも、生きることも、生まれることもできないというこの話はいったい何だ、自分のいるところに、死にながら、生きながら、生まれながら留まるという話にも、何か果たすべき役割があるにちがいない。前進も後退もままならず、どこから来るのか、どこにいるのか、どこに行くのかわからず、他のところに、別の仕方で存在するかもしれない、何も仮定することはなく、何も自問することはなく、すべて不可能、そこにいるだけ、自分が誰か、どこにいるかわからず、見たところ、見たところでは、事物はそこにあり、事物の何も、あたりの何も変化していない。終わりを待たなければならない、終わりが来なければならない、そして終わりにはそれは、終わりにはついにそれはたぶん前と同じこと、または終わりに近づかなければならなかった、あるいは終わりから遠ざからなければならなかった、あるいは震えながら、または喜びながら、それを待たなければならなかった長いときの持続と同じことだ。同じことをうんざりするほどやり、同じものであり続け、わかりきって、諦めて、しかもこれは何もすることができず、何ものでもありえない存在のためだった。この無意味な声、何でもなくどこのものでもないことには邪魔をし、しかも中途半端で、四方八方に弱々しく放たれるちっぽけな黄色い炎を、かろうじて、やっと持続させるだけの声などやんでくれるといい、自分を灯芯からもぎとろうとするかのように喘ぐこの滑稽なちっぽけな炎、火をつけてはならなかった、あるいは油を絶やしてはならなかった、あるいは消すべきだった、消すべきで、消えるがままにしておくべきだった。後悔というものはすべてを前進させる、世界の終わりに近づける。いまあるものを後悔する、かつてあったものを後悔する、これは同じことではない、いや同じことだ。わからない、何が起きているのか、何が起きたのかわからない、たぶんこれは同じこと、同じ後悔で、それがあんたらを後悔の終わりのほうにさらっていく。だけど元気を出せ、いまがチャンスだ、やる気を出せ、これでは何も生まれない、一歩も進まない、かまわない、計算高いわけじゃない、わかるもんか、いや。マフードはたぶん甕から出てピガール広場[18]に向かうだろう、這いつくばって、歌いながら。いまいくぞ、いまいくぞ、わが愛する人よ。あるいはワーム、あのお人好しのワームじいさん、たぶん彼は何もできないことが、もはやできないことが、もう我慢できなくなる。この機会を見逃してはならない。私が彼らの立場なら、ワームにネズミを、野ネズミ、ドブネズミ、一番上等のネズミを放ってやる、それほどたくさんじゃなくていい、一ダース、あるいは十五匹くらい、たぶんそうすれば彼は出発する気になるだろう。どこに行き着くか知らないが未来の特性が身に着くだろう。いや、これでは何もならないかもしれない。あそこではネズミ一匹も一秒だって生きられない。それにしてもこの目を少しよく見てみよう。そこを詮索すべきなのだ。たぶん少し薔薇色、小便を垂れるせいで白目には輝きがある。知性のしるしとは言わない。それ以外はあいかわらずだ。たぶんもっと目立つ細部は、嵌頓《かんとん》包茎のように飛び出たところだ。その目は音を聞いているようだ。消耗している、当然だ、曇っている、正直言って眼窩からすぐに脱出させてやりたいところだ。十年後にはもう遅すぎるだろう。彼らの過ちは、まるでワームが特定の場所に実在するかのように語っていることだ。ところがこれらすべてはみんなまだ計画の段階にすぎないのだ。しかしいまさらそれを蒸し返しても遅すぎる。まず彼らは自分たちの過失を犯すだけ犯せばいい、そのうえで、了解にいたるはずの概念でなければ用語を不用意に使って、みずから罠にはまらないようにしながら、問いをもう一度とりあげてみるのもいい。マフードの場合も同じことで、よく検討していなかったのだ。こういった被造物が二人いることを認めれば、彼らについて無知で陰鬱な言葉をでっちあげるかわりに、彼らの欲求をよく理解できるし、可能性を予感することさえできる。もうちょっと思慮すれば、二人にわからせることだってできる。お喋りを始める合図はまだ鳴っていないし、おそらく決して鳴るはずがないということを。しかし彼らは話すことを強いられているし、やめることは禁じられている。それなら彼らは別のことを、その存在がいわば確証されていると見える何かについて喋ってみてはどうか。これについてなら同じ語句を使うことを余儀なくされて、赤面することもなく三万か四万くらいの単語を垂れ流すことができる。結局これこそ究極の保証というもので、あらゆる時代に一番雄弁な言語が機能してきたのだから、このほうがいいに決まっている。陳腐な話で、彼らは気晴らしがしたいのだ。

そこで実行しながら、いや気晴らしするのではなく、心を静めるのでもなく、まして癒されるのでもなく、何でもいい、ゆえに彼らはどれをするわけでもなく、望みのことをするわけでもなく、何が望みかもわかっていないし、彼らに託されたいかがわしい仕事もしない、陳腐な話だ。さっきと同じ人物のことではないんだな、そう言うものもいるだろう。どうしろと言うんだ。彼らだって自分らが誰なのか、どこにいるのか、何をしているのか、なぜこんなにうまくいかないことばかりなのか、こんなに吐気がするほど不調なのかわかっていない。そうにちがいないのだ。そこで彼らは仮説を組み立てるが、それらは崩れて折り重なる。いかにも人間的、イセエビなんかにはできない芸当だ。私たちはみんな美しい、存在するかぎりにおいてみんな。私たちは同じ困難に遭遇しているのか、いやこんな考えは葬ろう。私たちはそれぞれに個性的に美しいのだ。私自身も破廉恥なほどいい加減な出来で、彼らはそれに気づき始めているにちがいない。この私にすべてがぶらさがっている、しかも私の周囲で、もっといいことには私、壺人間のまわりですべてが空転し、そうなんだ、反論はやめてくれ、すべてが回転し、それは一つの頭で、私は一つの頭のなかにあって、なんというきらめき、ぱしゃ、すぐに水がまかれる。ああこの盲目の声、息を止めたこれらの一瞬一瞬、そのとき、みんなが途方にくれて耳を傾ける。そして声は、何を探しているのかわからないまま手探りを再開し、そしてまた少しの沈黙が、何かわからないものを待ち構える、生の兆し、それにちがいない、誰かからふと漏れて出た生の兆し、現れても否定されてしまう生の兆し、きっとそれにちがいない。こんなことがみんな終わってしまうなら、平穏が訪れるだろう、いや、そんなことは信じないだろう。私らは、またも声を、誰かが露わにする生の兆しを待ち構えるだろう。あるいは他のもの、何でもいいが、生の兆し以外にいったい何があろうか、床に落ちたピン、震える木の葉、カエルの鳴き声。鎌でカエルを二つに裂き、または槍で水のなかの蛙を突くときには、実例の数が倍増するわけだ。これは気の利いた考えだが、しかしそんなことはできない。たぶん盲目にならなくちゃならない、盲目なら、もっとよく聞こえるし、情報にも事欠かない。カバンのなかには、ピアノの調律器が入っているし、それでラを鳴らすとソが聞こえたりする。二分後にはとにかくもう何も見えない。この目は大まちがいをするのだ。それにしても話しているのはワームではない。ほんとうだ。いままでは。反対するのは早とちりというもの。それは私でもない、そんなことを誰かが思いつくとしても。そしてマフードはといえば、周知のように、彼には声がない。さしあたって問題はこれではないし、問題がどこにあるのかわからないが、いまここにはない。そう、一つの目、それは気晴らしになる、はいと言われても、いいえと言われても、それは涙を流す。はいも泣かすし、いいえも泣かす、たぶんはもちろんだ。その結果これらの驚愕すべき宣告の理由は、いつもそれにふさわしい注目を浴びるわけではない。マフードもやはり、私はワームのことを考える、ワームもやはり、いや、マフードもやはり大変な泣き男なのに、たぶんそれを指摘することはどうでもいいと無視されてきた。彼の顎鬚はいつも涙で濡れている、まったく馬鹿げている、泣いても気持が落ち着くわけではないからなおさらだ。いったい何のことで、彼を落ち着かせようというのか。彼は樟脳のように冷たくて、不幸なことに自分を創造したものを呪うことさえできない。機械みたいなのだ。しかしマフードのことは忘れなければならない。彼のことは決して話すべきではなかった。おそらく。しかし彼を忘れることなんてできるのか。確かに私たちは何でも忘れてしまう。しかしながらマフードは決して消されるがままになってなんかいないと憂慮される。ワームのほうはむしろそう、完全に消えるだろう。まるで存在したことがないかのように、おそらくそもそも存在したことがなかったのだ、あたかも前に存在したことがなくても、人間が消えることができるかのように。言うのはやさしい。しかしマフードにしても同じだ。確かじゃない、ちぇっ、ちぇっ、全然明らかじゃない。どうでもいい。マフードは、連中が突っ込んでおいたところに、そのままいるだろう。甕のなかに頭まで突っ込まれて。屠殺場の正面で、通行人に訴えて、言葉も動作も表情の変化もないまま、無表情で、日替わりメニューといっしょに、あるいは別々に、はっきり自分に気づいてもらおうとした。なぜかわからないが、風呂にでもつかっているところで、遅かれ早かれ空になる、きっとそうだ、何も考えずにこんなことを思ってもいいのだ。私自身も例外的に涙もろいのだ、これを言いたくはなかったのだが、彼らの立場なら私はこんな詳細は省いたはずで、事実私には、どんなはけ口もなく、全然なく、例のはけ口も、もっと下品なやつもなく、こういう状況で人はどうふるまえばいいのか、何を信じればいいのか、何も信じないことこそ肝心で、何とか当たっていればいい、それだけだ、と彼らは言う。もし黒でなければ、おそらくそれは白で、あらゆる中間色があり、それぞれが幸運に値するのを見れば、これは手法としては、ずさんもいいところだと白状するがいい。それに同じことの繰り返しに彼らが失う時間といったら。ところが彼らはそれがいいことではないのは、わかっているはずなんだ。苦情をはねつけるのはやさしいこと、彼らがわざわざそうするならば、彼らにその時間があるならば、それらの苦情の空しさを考慮する時間があるならば。しかし同時に考え、そして語るために、自分が言ったこと、言っていること、言うであろうこと、まさにそれを言いながら、われわれは何であろうと考えるためにどうするのか、何であろうと考え、何であろうと言い、多かれ少なかれ、多かれ少なかれ、あまり根拠のない非難をしあい、それに応えることもできず、すぐに他のことが問題になり、それが理由で彼らはいつも空で覚えている同じこと、同じ文句ばかり繰り返し、それはこのあいだにも別のことを考えてみるためで、いつも同じこととは別のことを言うというやり方で、いつも言い損ない、いつも同じまちがったことを言い、彼らは見出さない、他に言うことを見出せない、彼らが見出すことを邪魔する何か、それしか言うことがない。彼らは自分が現に語っていることを考えたほうがいいのだ。少なくとも提示の仕方を変化させるために。大事なのは提示の仕方だ。しかし同時に考え、そして話すこと、これは能力として特別で、思考は漂流し、言葉もそうで、たがいに遠くにあり、結局、何も誇張することなしに、陶器のモグラのようにそれぞれ自分の側にあって、私たちは真ん中にいなければならないだろう、そこで人は言葉をもたず思考をもたないことに苦しみ、大喜びする、そこで人は何も感じず、何も聞かず、何も知らず、何も言わず、何ものでもなく、そこにいさえすればよく、そこにいる。幸いにも彼らはそこにいる。そことは、もちろんどこでもいいという意味で、こんな物事の状態に責任を負うには、あまり大したことはわかっていないが、少なくともこれだけはわかっている、つまり良心がとがめたりはせずに、ただ胃がもたれるくらいで十分なのだ。そう、幸いにも私は彼らを、あのお喋りな幽霊たちを掌握している、この先も掌握できるとは限らない、私はそれを予感する、大した幽霊たちだ。結局彼らは私をたぶらかすのだ、私の思いどおりになったと錯覚させて。とにかく支配者のことなら、私たちは、やっぱり彼らは水をまぜた安ワインを作っているところで、私たちは絶対に必要でなければ、彼の面倒をみるなんて過ちは犯さない。彼は地位が高いだけのどうでもいい役人であることがはっきりして、この戯れには結局神が必要になる。どんなにあくせく働くにしても、敬遠したい下劣な行為はあるものだ。家族でいようじゃないか。もっと親密になろう、われわれは顔なじみだし、不意打ちを心配することもない、遺言は見た、誰にも何もない。この目、それは奇妙なほど眼差しを求め、誰かが彼の面倒をみて、彼のために何かしてくれる、助けてくれるのを懇願している。何を求めているのか正確にはわからない、もう泣かないですむように、見つめ、仰天し、瞼を閉じることか。この顔のなかに見えるのは彼だけだ。彼から始めて、私たちは一つの顔を探し、何も見つからないまま彼に戻り、何もめぼしいものはなく、くすぶる灰のようなものしかなく、たぶんそれは長い灰色がかった髪で、口の下まで垂れ落ち、乾いた涙でねばつき、あるいはぼろぼろのオーヴァーの房飾りがヴェールになり、あるいは開いた指を固く閉じてすべてを消滅させようとし、あるいはこれらすべて、指も髪もぼろ布もいっしょにからまり、ほどけなくなっている。何も言わなかったことにしたいなら、あれこれ同じように突飛な仮説を述べてみるだけでいい。おなじみの手だ。別の過去というやつ、しばしば望ましいのはそれ、自分のではない過去、誰か教えてくれるといい。彼は禿げで、裸で、両手は平らにこれで決まりというように膝においている。邪《よこしま》なことをする余裕はない。この場合、顔はどこにあるのか。みんな馬鹿げている。目だって、私は信じちゃいない。ここには何もなく、何も見えず、見るものはなく、千載一遇、野次馬のいない世界がどんなものか、それを思うなら、そしてその逆は、ブルブル。だから観客はいないし、そのうえ見世物もない。厄介払いできた。もしこの雑音がやむなら、もう言うことはないのに。このお喋りはいま何をめぐっているのか、と私は思う。見たところワームが話題だ。マフードは見棄てられた。私は自分の番を待っている。そう、すべてを考慮したうえで、私はいつか私の場合に対する注意を喚起することを諦めていない。これには興味を引くものが何もないわけではない。やれやれ、どこかまちがっているにちがいない。それが特別に興味深いというわけではない。わかっている、私にはわかった、しかし私の番だ、私だってやはりありえないとみなされる権利がある。そう思える。これは決して終わらないだろう。幻想を抱いても無駄だ。いやいや、彼らは悟るだろう。私のあとはもう終わりだろう、彼らはとりさげるだろう、彼らは言うだろう、これはみんな実在しない、みんな作り話だった、彼が聞いたのも作り話だった、彼、支配者とは誰なのか、私たちとは誰なのか、私たちは知らない、永遠の第三者、彼こそがこんな有り様に責任がある。支配者はこれに対して何もできない。彼らもできない。私は誰よりも能無しだ。たがいに責めあうなんてまちがっていた。支配者は私を、彼らを、彼自身を責め、彼らは私を、支配者を、彼ら自身を責め、私は彼らを、支配者を、私自身を責め、私たちはみんな十分に無実なのだ。何のことで無実か、誰も確かなことは知らない、知りたがること、できるようになりたがること、この雑音そのもの、無をめぐって無のために、みんながひたっている沈黙に対するあのたえまない攻撃のこと、私たちはもうそれを知ろうとはしない。私たちが陥ったこの無実が何を覆い隠しているのか。すべてを覆い隠している、すべての過失だ、その問題、その無実は問題にけりをつける。だから終わりだ。私のおかげで終わりだ。彼らは次々消えていくだろう、または倒れるだろう、倒れるのに身を任せるだろう。彼らがいるところで、もう動かず、それは私のおかげで、彼らが言わねばならないと思ったことのすべてを私は何も理解せず、私にしてほしいと思ったことのすべてをどうしようもなく、そして沈黙が私たちみんなの上に落ち着き、虐殺のあとの闘技場のように細かい砂がふりかかる。これはうっとりするようなまれにみる光景だ。私の見立てでは、彼らは整列し始める。私にだってたぶん見立てというものがある。彼らは私に言わせる。せめてこれだけでも、あれだけでもあったなら、私は言う、だがそう考えているのは彼らだ、いや彼らだってそんなことは考えていない。私のことを言えば、どうも私は何であれ、願ったり嘆いたりすることなんかできないようだ。実際、誰かが、仮に敢えて私が自分のことを誰かと呼ぶとして、ある状況を切望することができるということは難しいように思える。その状況の熱狂的描写が彼に惜しみなく与えられたとしても、彼はそれに関してほとんど観念をもたず、やはり理解不可能なこの別の状況が停止するのを、まじめに望んでいる。彼に与えられた状況はこれだけだったのだ。彼らがあいかわらず口のなかに保っている沈黙は、そこから彼は出て来るし、彼の十八番が終わるとそこに戻っていくのだが、それが何だか彼にはわからないし、それにふさわしいこととして自分が何をするつもりかもわかっていない。彼こそは優等生で、困ったときには、いつもみんな彼に助けを求める、彼はいつも利点と状況について語る、彼は一度ならず、苦しみからも人を救った、彼は勇気を奮わせること、潰走《かいそう》をやめさせることができた、偉そうな言葉にものを言わせるだけで、すべてがもとに収まると、何という苦しみと付け加えることになっても。彼はいつも苦しんできたし、これがまた場を白けさせる。しかし彼は素早く挽回する、もう一度すべてを丸く収める、量とか、習慣性とか、消耗とかいった周知の概念を介入させて。そして諦める、なので彼は次にしゃっくりするときには、彼の出会った場合に関してこれらは適用不可能だと宣言する、なにしろ彼は、うろたえるということを知らないからだ。しかし上を見てみれば、彼らはすでに私の上に、私に向かって体をかがめていたので、首や腰に痛みがきているのではないか、何というか、彼らはいつからか、特に時間については確信がないが、これ以外のことをしたことがあるのか、そして別の疑問、私はマフードとワームのこの話において何をしようとしているのか。あるいはむしろ彼らは私の話において何をしようとしているのか、仕事は山ほどあるが、黴だらけになってしまえばいい。わかっている、わかっているとも、要注意、こんどは大勝負だ、これらみんなただひとつの同じでたらめ、完璧で、いつもと同じ、すなわち、だけどこのとおり、相棒よ、これが、これこそがあんたなんだ、この写真を見るがいい、ここに書類もある、前科はない、大丈夫だ、いい年なんだからがんばりなさい、身分証明がないなんて恥ずかしいよ、大丈夫だ、この写真を見なさい、なんだって、何もわからないだって、まさか、どうでもいい、ほら、このくたびれた顔を見なさい、いまにわかる、悪いようにはしない、すぐ終わる、ほら、記録だ、警官、公序良俗、信仰、判事、上司、部下、理性に対する侮辱罪、ただし暴力行為はなし、ほら、暴力行為はなし、大したことはない、悪いようにはしない、いまにわかる、あんたは言う、こいつは仕事をしているのか、それにしても、ありえない、ほら、ここに健康状態の報告もある、痙攣性の脊髄癆《ろう》、無痛性の腫瘍、よく聞くんだ、無痛性で、みんな無痛性なんだ、たくさんの軟化症、いろんな硬化症、衝撃に対する無感覚、視力低下、消化不良、食事、排便に注意、聴力低下、不整脈、気分は安定、嗅覚低下、睡眠は良好、勃起は皆無、まだお望みならば、非戦闘員として配属され、手術不能、移送不能で、ほらここに頭が、いやいや別の端っこだ、そうにちがいない、いい機会だ、何だって、こいつは酒呑みなのか、もちろんだとも、それだけが楽しみだ、あんたは言う、父も母も七か月おいて死んでしまった。父はあんたを孕ませたときに、母はあんたを生んだときに。請けあってもいい、あんたの年では、それでいいんだ、無様な恰好でいれば、なんと哀れな、ほら、ここに写真がある、よく御覧、あんたは幸せになる。そんなら、この地上で、ちょっとだけ時間をすごすことが何だろう。それから土の下で平和が訪れる、私を信じなさい、これだけが脱出の手段だ、私が他にどんな手段ももちあわせていないなら、あんたはなんて言うんだろう。そう、きっと、きっと、待ちなさい、私だって、おかしいと思ったんだ、待ちなさい、もしあんたがむしろ、ほらね、あんたが、あいつではないとすれば、しかし最初に私が望んだのは、何だって、あんたはわかっていない、私も同じ、どうでもいい、ふざけている場合じゃない、そう、私は正しかったが、こんどはあんたのほうが、ほら、この写真だ、これを見てくれなくちゃ、こいつの命はもう長くない、あんたは急がなくちゃ、チャンスなんだから、ぺちゃくちゃ、私がやる気になるまで、いや、ほんとじゃない、彼らはよくわかっている、私は理解していなかった、動かなかった、私はまあまあだし、彼らが行ってしまうとき、私はまあまあだろう、私は動かなかった、私が言ったことのすべて、成し遂げたと言ったことのすべて、私が何々であると言ったことのすべて、それを言ったのは彼らで、私は何も言わなかったし、外にも出なかったが、彼らはわかっていない、私は出ることができないのだ。私はそれを望んでいないと、彼らの示した条件を私は受け入れられないと、最後には私に合う条件が見つかると彼らは思っている、それなら私は出て行くだろう、彼らは私を思いどおりにする、間接的に、私はこんなふうに見ている、いや、私には何も見えず、彼らはわかっていない、彼らに近づくことなどできない、彼らは私を迎えに来なければならない、私をつかまえたいなら、私を外に出してくれるのはマフードではないし、ワームでもない、彼らは私を外に引きつけようとして、ワームを大いに頼りにしている。彼の言うことには、彼は他の人間とはちがっていた、そうかもしれない、私にとっては同じことだ、彼らにはわからない、私は動けない、もし彼らが私を放っておきたいならば、ここは快適だし、快適だろう、もし私をつかまえたいなら、ここに来ればいい、彼らは何も見つけないで、良心に疚《やま》しいこともなく、立ち去ればいい。もし私と同じようにひとりなら、彼は不可能なことをするために人生を無駄にしたというわけで、後悔する恐れもなく立ち去っていいし、あちら側に、あるいは私といっしょにここに留まってもいい。これもありうることで、私の同類ができるだろう。楽しいことかもしれない。私のはじめての同類。画期的だ。私が誰かの同類だなんて。いや、私には何もわからないだろう、どうでもいい、それでも楽しみなことだ。同類とは、同属とは。彼は私に似てなくていいし、きっと私に似ているだろうが、なりゆきにまかせるしかない、さしあたって、自分の望むことはすべて全部信じていい、もう我慢できないとか、この場所が気に入ったとか、彼はこう叫んでもいい、これ以上はいやだとか、自分の決断をもっとよく知ろうとして、大声で公言することがくせになって、まさかのときのために、いまのところは、と付け加えてもいいのだ、それが彼の最後のたわごとで、なりゆきにまかせるしかなく、彼は消えるだろうし、何もわからないだろうし、私たちはそこに二人きりで、自分のことも、たがいのことも知らず、これはいまさっき私が見た美しい夢、素晴らしい夢にすぎない。しかもまだこれで終わりじゃない。なにしろ別の誰かがやってきて、仲間を登場させ、彼を外に出し、彼を正気にさせ、彼の仲間のほうに戻らせ、脅したり、約束したり、揺りかごや張り骨や童貞や豚野郎の話、血と涙、皮膚と骨、墓、およそこれらに類するもので、彼の仲間を外に出すこと、同じくこいつは私を外に出し、そう、そう、片言のフランス語で、こいつはもう終わり、命は尽きた、いや、その前に、でもわかったね、私たち三人とも、もっと安泰で、まだ終わっちゃいない、それは終わりのない夢で、もう眠るしかない、はたまた歌みたいなもの、犬が台所にやってきて臓物ソーセージをくすねたのさ、それでコックさんがやってきて何を使ったかわからないが、犬をばらばらにしちゃったのさ、二番目の歌詞、他の犬たちがこれを見て白木の十字架の下に素早く埋めてやったのさ、そこを通ると一番目に似た三番目、あるいは二番目に似た四番目、三番目に似た五番目の歌詞が読めた。もっと読みたいか、どうぞ、好きなだけ、私たちが百人、千人でも、場所はある、おいでなさい、おいでなさい、いかれた連中ばかり、悪い目にはあわせない、いまにわかる、もう生まれてくることなんかない、何というか、あんたらはもう生まれたりはしない、子供たちを連れてきなさい、お仕置きは優しいものだ、あんたらがやってきたことに比べれば。それにしても実際、私たちはすでに大人数で、どういうわけで私が喜んで一番目になったりできようか。私はむしろびりけつではないか。時間がたてばわかる。これまた問題だ。彼らが答えようと思わないとすれば。そもそも彼らはこんな遅い時間に何をたくらんでいるのか。彼らはついに、あけっぴろげに、堂々と私に接近しようと決心するのか。そのようだ。その場合すぐに幕がおりるだろうが。お聞きあれ、お聞きあれ、私は私にそっくりになる前には彼らにそっくりだった、こん畜生、この仕打ちから私はなかなか立ちなおれない、まあいいさ、攻撃開始、死者よ奮い立て、精虫よ股座《またぐら》へ。私だって、わけのわからない大義を弁護することにはうんざりした。少々の小銭のために物乞いばかり、甘んじて欠席裁判されることになった、うるわしいイメージ、その場を望遠鏡でながめてみれば、ゴンクール賞にちがいない、彼らは遠くから私を眠らせようとする、私が身を守ろうとするのを警戒している、私を殺すために生け捕りにしたいのだ、つまり私は生きていたらしい、彼らは私が生きていると信じている、もし死体があったなら、発掘したあとがわかるはずだ、子宮のなかでもない、あのあばずれは月経がなくて、私を膣から出すのだろう、これで捜索の範囲はうんと狭まるはずだ、シーツのなかで冷えて、かすかに小さな尻尾をふるわせて死ぬ精子、たぶん私はガキのシーツのなかで乾いてしまう精子だ、長すぎる、すべてを想定しなければならぬ、戯言を言うのを恐れてはならぬ、何が戯言かわかるものか、言ってみなければ、それにこれはまさに戯言で、いまはもう取り返しがつかない、確かな理由がある、その理由も愚かだ、あるいはいままさに戯言になろうとしている、それが彼らに気づかれないかぎりは、考えてもみろよ、秀才坊やがそこにいる、大事なことだ、人生のように、殺戮のように、わかりきっている、白状しなさい、運よく淫乱な夢から生まれた連中がいる、うまくいっても夜明け前には死んでいる、ほら、お誂え向きの雰囲気だ、いや私に向かってものほしげにしている金玉がまだ下がっていない、おたがいさまで、まだしくじりの残り火がゆらめいている。マフードのほうを、ワームのほうをまたひと回り、これが私たちの最後の機会だ、しかし彼らの頭のなかにはいったい何があるんだ、もう何もない、いままでだって何もなかった、こんな話から引き出せるものなんか、私には私の話がある、彼らは私にそれを言えばいい、それからも何も引き出せるものはないとわかるだろう、私にも何もないと彼らはわかるだろう、おしまいだろう、あんな話の地獄は、私が彼らに悪態をついたと人は言うだろう、いつも同じこと、ああ哀れなやつ、たぶん私は彼らに悪態をついて終わるのだろう、話のネタになるのはどういうことか、彼らにはわかるだろう。彼らに話題を提供してやろう、そんなものは犬も食わない。耳を与え、口を与え、いっしょに少々の悟性の残骸を真ん中に。私は借りを返すだろう。少々の悟性の糞。それがどんなものか彼らは見るだろう。塊のなかのどこかに目をつけてやるだろう。こうすれば、あてずっぽうで、彼は何かを前にして見失い、私はその上に座って、彼らに話や、写真や、書類や、風景や、光や、神々や、隣人なんかを、毎日の生活の一部始終を垂れ流し、まくしたてる。生まれてきなさい、親愛なる友たちよ、生まれてきなさい、私の尻に入りなさい、ここで体をよじるのもいいもんだ、長くはかからない、下痢をしている。彼らはわかるだろう、気持よくはないさ、これは特別な趣味で、万人むきではない。生きたまま生まれなければならないのだ、後天的なものではない。たぶん彼らはやっと教わるだろう、私を静かに放っておくことを、そう、ところが、このとおり、私にはそれができないだろう、もはやできないだろう、たぶん昔はできた、自分の受けた指図にしたがって、愛するものをわが家に連れ戻そうと奮闘した頃には。連中は私に言ったんだ、彼は親愛なるもので、私にとって親愛なるもので、私も彼にとって親愛なるもので、私たちはたがいに親愛なるもので、私は生きているあいだじゅう彼に、いまは亡きその親愛なるものに冗談を言って聞かせ、私は彼が何に似ているか、私たちがどこで出会えたのか自問し、これは生きているあいだじゅう、いやほとんどいつも、しかしほとんどではなくて、生きているあいだじゅう、彼と落ちあう前に、私は彼らにとって親愛なるもの、彼らは私にとって親愛なるもので、早々と、彼らは一人ずつ私たちに合流するだろうし、彼らが数えきれない大群なのは残念で、それはここも同じ、親愛なる変節漢たちの死体置場で、いつまでたってもいっぱいにならないだろう。確かに今夜はすべてが親愛なるもので、どうでもいい、他の連中は何も聞いていない、ひどい目にあうのも彼が最後、私自身の死者、私のすぐそばにいて、彼にとってはもう終わりで、あたりには何もない、私の下で私たちは山積みで、いや、そうはいかない、どうでもいい、そんな細かいことは、彼、最後の前のものにとってはもう終わりで、私にとっても終わりで、私が最後で、もう私は何も聞かないだろう、何もすることはないだろう、ただ待つだけ、長くなる、彼は私の上に、私の横に来て横たわるだろう、献身的な私の処刑人、彼が私を苦しませた分だけ、こんどは彼が苦しむ番で、私は安泰だ。すべては丸く収まるのだから、我慢が肝心だ、時間の問題だ。地球が回ればいいが、地球はもう回らず、もう時間も流れない、苦しみは終わり、待つしかない、何もせずに、何の役にも立たず、何も理解せずに、何も前に進まず、そしてすべては丸く収まる、何も収まらず、何も、何ひとつ、それは終わることがなく、この声は決して止まず、私はひとりでここにいて、最初のものであり最後のもので、誰も苦しませたことはなく、誰の苦しみも終わらせたことがなく、私の苦しみを終わらせようとして誰も来ることはないだろうし、彼らは立ち去ることがないだろうし、私は絶対に動かないだろうし、私に平和は訪れず、彼らにもそれはなく、このとおり、彼らはそんなことにはこだわらず、こだわらないと言明し、私もそんなことには、平和にはこだわらないと彼らは言明し、確かにそうかもしれない、私がそんなことにこだわるはずもなく、いったいこの苦しみの話とは何なのだ、彼らは私が苦しんでいると言い、そうかもしれない、私があれをすれば、これを言えば、私が動けば、理解すれば、彼らが黙り、彼らが立ち去れば、私は立ちなおるだろうと言う。そうかもしれない、そんなあれこれについて私に何をわかれというのか。彼らの言うことには、私は絶対に動かないだろうし、絶対に理解しないだろうし、絶対に喋らないだろう、彼らは決して黙らないだろうし、決して立ち去らないだろうし、私を捕まえられないだろうし、決して諦めることはない、これは確かだ、私は聞いている。そのほうが好ましい、私は言わねばならぬ、そのほうが好ましいと。なんだって、おお、おわかりだ、誰だあんたは、聴衆にちがいない、おや聴衆がいるのか、見世物なんだな、入場料を払って待っている。いやたぶんただだ、ただにちがいない、ただの見世物だ、みんな始まるのを待っている、見世物といってもいったいなんだ、見世物が始まるのを待っている、ただの見世物、またはたぶん義理で見る義務的な見世物、始まるのを待っている、義務的な見世物を、まだか、声が聞こえる、たぶんそれは朗唱というやつ、それが見世物なんだ、誰かが朗唱する、選りすぐりの定評のある安心して聴ける抜粋、真昼間から詩的な見世物、または即興で、ろくに聞こえない、見世物なんてそんなものだ、ずらかってしまうことはできない、ずらかるのは怖い、たぶん他のところならもっと嘆かわしい、できるだけのことをして切り抜けるだけだ、理性を保とうとする、ここに着くのが早すぎた、ここではラテン語が必要だ。始まったばかりだ、または始まっていない。彼は音合わせをしているだけだ、彼は楽屋でひとり咳払いしているだけ、やがて姿を現し、始めるだろう、あるいは舞台監督が指令を与え、最後の指示を伝え、幕が上がり、それが見世物というもの、見世物を待つということ、つぶやきの声で推しはかる、結局それは声なのだ、たぶんそれは空気で、上昇したり下降したりし、引き伸ばされ、渦をまきながらもろもろの障害のあいだに出口を探し、そこには他の観客がいるのだが、私たちは、身動きもせずに待ちながら、待っているのは私たちだけとは気づかず、それこそが見世物で、心配そうに一人で待っている、それが始まること、何かが始まること、自分より他に何かあること、私たちはずらかってていいし、もはや恐れなくてもいいようになるのを待っている、私たちは推測し、たぶん盲目で、おそらくつんぼで、見世物は演じられ、すべて終わったが、それならあの手は、友の手、あるいは単に善良な手、あるいはそれとひきかえに金をもらった手はどこにあるのか。その手はいつになったらやってくるのか、あんたの手をとり、あんたを外に連れ出すこと、これこそ見世物、金はいらない、ひとりで待つこと、盲目で、つんぼで、どこかわからずに、何かわからずに、一つの手がやってきて、あんたをここから連れ出し、よそに連れて行ってくれるのを待つ、そこはたぶんもっと嘆かわしいにしても。これがあんたという存在を待っていること、私たちはあんたという存在に釘付けになっている。そしていまはそれ、私がもっと好きなのはそれ、もっと好きだと言わなければならないのは、なんという記憶力、蠅とり紙みたいなもの、わからない、もうそれほど好きじゃない、それだけはわかっている、だからそんなことにかかずらってはいられない、もうそれほど好きでもないことに、わかってくれるよな、そんなことにかかずらうなんて、そんなことはありえない、待たなくてはならない、何か好きなことを見つけること、そのときは規則どおりの調査に好みを委ねるときだ。他の点については、関連をみつけよう、みつけよう、わかったもんじゃない、他の点では、彼らの私に対する態度は変わってはいない、私はまちがえた、彼らはまちがえた、彼らは私を騙した、騙そうとした、彼らの私に対する態度は変わったと言いながら、しかし彼らは私を騙したわけじゃない、彼らが何をしたいのか、私をどうしたいのか、私にはわからなかった、私は自分に言えと言われたことを言う、それだけのことだ、それに私はわからないのだ、自分の口の感覚がなく、口のなかでひしめく言葉の感覚がない、誰かが詩が好きで好みの詩を口にするとき、地下鉄で、ベッドで、自分のためにつぶやくとき、言葉はそこに、全然音を立てることはなくても、どこかにある、私にはその感覚もない、消えていく言葉、どこに行くのか、どこから来たのか、沈黙をよぎる沈黙の滴《しずく》、それを感じない、自分の口を感じないし、頭も感じないし、耳なら感じるかどうか、正直に答えなさい、自分の耳を感じるかどうか、それが、感じないんだ、仕方がない、耳も感じないんだ、なんてことだ、よく探しなさい、私は何か感じているにちがいない、そう、何か感じている、彼らは言う、私は何か感じている、それが何か私にはわからない、自分が感じているものがわからない、私が何を感じているか言ってくれないか、私が誰か、あんたに言うし、彼らは私が誰か私に言うだろうし、私は理解しないだろうが、それは言われるだろう、彼らは私が誰かついに言うだろうし、私はついにそれを聞く、耳がなくても聞くだろう、そして私は言うだろう、口がないのに私は言うだろう、私の外側にそれを聞くだろうし、すぐに内側でも聞くだろう、たぶんそのこと、外側と内側があること、真ん中に私がいることを私は感じ、たぶんそのこと、世界を二つに分けるもの、一方には外があり、片方には内があり、それは剃刀の刃のように薄いかもしれず、私はどちらの側にもなく中間にあり、私は間仕切りで、私には二面があり、厚みがないこと、それを私は感じている。たぶんそのこと、自分が振動していて、私は鼓膜で、一方には頭があり、他方には世界があり、私はどっちの側にもなく、人が話しかけるのは私にではなく、人が思うのは私ではない、そう感じる、いや、そうではなく、私はこんなことは何も感じない、他のことを試すがいい、豚野郎たち、他のことを喋るがいい、どうやってか知らないが、私はそれを聞き、どうやってか知らないが、それを繰り返し、それにしてもなんというがさつもの、いつも同じことばかり言い、いつも同じことを私に言わせ、それがうまくないとわかったときは、いや、彼らだって何もわかっていないので、彼らは忘れ、何も全然変わっていないのに、変わっていると思い込み、そこでくたばるまで、同じことを言い続ける、そのときたぶんわずかな沈黙、次の一味がもう虎視眈々と待ち、私だけが不死なるもので、どうすればいいというのか、私は生まれることができず、これはたぶん彼らの計算どおりで、私は同じことを言い、世代が交替しても、いつも同じ罵倒を浴びせられ、時間切れになると、私は吠え始める、すると彼らは言う、彼がおぎゃあと泣いた、彼はがみがみ言うだろう、決まってる、ずらかろう、そんなことにつきあってはいられない、他の連中が待っている、彼はおしまいだ、彼の不幸はおしまいだ、彼の不幸が始まるだろう、彼の不幸は終わるだろう、彼は救われる、私たちが彼を救ったのだ、彼らはみんな同類、彼らはみんな救いに身を委ねる、みんな生まれてくることは拒めない、これは辛い試練だった、彼には華々しい手柄になる、憤り、悔やみ、彼は決して自分を許せないだろう、こうして彼らはずらかるだろう、こうしてばらばらになり、数珠つなぎになり、あるいは二人ずつ並び、浜辺づたいに。それは浜辺で砂利の上、砂のなか、夕暮れの大気のなか、それは夕暮れで、わかっているのはそれだけ、夕暮れ、影たち、大地のどこか。そう、しかしこの私の時を告げる鐘、私はそれから逃れられない、夕暮れだって、それは確かではない、必然ではない、明け方だって垂直に立っているすべてのものは、長い影を落とす、大事なのはそれだけだ、大事なのは影だけだ、自分に属する生命はなく、形も休息もなく、たぶんそれは明け方、宵の口、問題はそれではない、彼らはずらかる、こんなふうにずらかる、私の兄弟たちのほうに、いやそれはちがう、兄弟なんかいない、それだ、撤回しなさい、彼らは知らず、彼らはずらかり、どこへかは知らず、支配者のほうに、ありうることだ、注意しなさい、ありうることだ、彼が彼らを解放するためだ、彼らにとっては、もうおしまい、私にとっては始まり、終わりが始まり、彼らは立ち止まり、私の叫びを聞こうとする、彼らはもう立ち止まることはなく、いや、彼らは立ち止まるだろうし、私の叫びはやむだろうし、ときどき私は叫ぶのをやめるだろう、誰も私に答えないなら聞こうとして、誰も来ないなら見つめようとして、それから私は行くだろう、目を閉じて行くだろう、叫びながら、他のところで叫ぶためだ。そう、しかしこのとおり、私の口、それを私は開きはしないし、開けない、口がないのだ、うまいことに、私にひとつ口ができて、まず小さな口、それがだんだん大きくなり、だんだん深くなり、私のなかに空気が入り込んでくるだろう。活力を与えて、その空気がすぐに吠えながら出てくる。しかしこれは要求しすぎというものではないか、過分ではないか、ほんの少しのことと引き換えに、こんなに多くを要求するのは役に立つことか。もう十分ではないか、あるがままのものには何も変化がなく、いつものとおり、皺ひとつ刻まれたことがないところにひとつの口が彫り込まれるなんて、十分ではないか、どうすりゃ十分なのか、話の脈絡がわからなくなった、仕方がない、別のを始めよう、ちょっとした動き、沈んでは浮き上がる細部、それがきっかけになるかもしれない、全体が予感できるようになるかもしれない、雪だるま式に、やがて騒動が広がり、移動が始まり、まさに言うところの旅行、取引の、研究の、娯楽の、気まぐれに同意した遠出、感傷的、あるいは孤独な散策、私は大筋を示唆するだけだ、スポーツ、不眠の夜、柔軟体操、運動失調、痙攣、死後硬直、骨の始末、これで十分だろう。つまり問題は言葉、声であり、それを忘れてはいけない、全部忘れてしまわないように努めなければならない、ひとつ言うべきことがある、彼らが言うか、私が言うか、それは明らかではない、この生死のごちゃ混ぜは全部彼らにはまったく無縁で、私にとっても同じことだ。事実、彼らはもう自分らがどうなっているのか、わからないし、私にしても自分がどうなっているのか、わかったためしがない、いつもなったように、いまもなるだけだ。私はどこにいるのか、どうなると言っても、その意味がわからない、何らかのなりゆきが問題で、私はそこで行き詰まっている、あるいはまだそこまで達していないので、どうにもなっていない、そのことが彼らの気がかりで、彼らは私にどこかにいてほしく、どこでもいいから、彼らについて、私について、到達目標について屁理屈をこねることがやめられるなら、そして単に続けられるならそれでいい、なにしろ続けなくてはならない、へとへとになるまで、いやそれもちがう、ただ続けるだけだ、ある日始めたという、ある日締めくくることができるという幻想を抱くことはなく、しかし目標がないので、終わりを望まないことは難しすぎる、難しすぎる、存在理由がないので、存在しなかったときを望まないことは難しい。何かすべきことを渇望しながら、それを忘れないことも難しい、もはやそれをする必要がなくなるように、それがするべきことではなくなるように、何もすべきことなどなくていい、何も特別なことなどしなくていい、なすべきことでなせることは何もない。飢えのなかでは、渇きのなかでは、やっぱり無駄だ、いや、飢えは必要ないし、渇きだけでいい。渇きのなかで、時間つぶしに、自分に話を聞かせるのは無駄だ、話で時間はつぶせない。何も時間つぶしにはならない。どうでもいい、このとおり、自分に話を聞かせる。それからでたらめを聞かせる、こう言う、もうこれは話じゃない、ところがこれはあいかわらず話なんだ。あるいはむしろ話なんかあったためしはない。いつもでたらめだった、いつもでたらめばかりだった、いつもでたらめばかり言って聞かせた、思い出せるところまで、いやちょっとそれ以上に、何も思い出さない、いつもでたらめ、いつも同じこと、時間つぶしに、それから、時間は無為につぶれないので、渇きのなかで、中止しようとして、中止できなくて、なぜか突き止めようとして、この喋りたいという欲求はなぜか、中止したいという欲求、中止することの不可能性はなぜか、なぜか見つけて、もう見つからなくて、また見出して、もう見出せなくて、もう突き止めようとはしなくなり、また突き止めようとし、また見出し、もう見出せなくて、もう突き止めようとしなくなり、また突き止めようとし、何も見つからなくて、やっと見つけ、もう見つからなくて、あいかわらず喋り続け、あいかわらず渇き、あいかわらず突き止めようとし、もう突き止めようとせず、あいかわらず喋り、やはり突き止めようとし、何をと自分に問い、何が問題か、自分が突き止めようとしているものを突き止め、ああそうだと叫び、いやそうじゃないとため息をつき、もうたくさんだと呻き、まだだ、と声をあげ、まだ探しながら、うろたえ、また探し、あいかわらず喋りながら、何でもいいから、まだ探して、何でもいいから、渇望しながら、何を渇望しているかもうわからない、ああそうだ、何かすること、となんでもない、もう何もすることなんかない。いつからか、ずっと前から、それに、もうたくさんなのだ、例外はある、稀にはある、ここらあたりから探してみよう。もうひとがんばりだ。探すって何を？　確かに、探す前に、何を探すかわかるように努めよう。ここらあたりを探す前に、それはどこなのか。あいかわらず喋りながら、あいかわらず喋りながら、自分のなか、自分の外をあいかわらず探しながら、もう探すのはやめ、途方にくれ、神を呪い、もう神を呪うのはやめにして、もうどうにもならず、あいかわらず可能、あいかわらず自然のなか、悟性のなかを探しつつ、何かわからず、どこかわからず、自然はどこにあり、知性はどこにあるのか、何を探しているのか、誰が探しているのか、私たちは誰なのか突き止めようとし、最後の錯乱か、私たちは何をしているのか、私たちが彼らにしたことは何か、彼らがあんたらにしたことは何か、常に喋りながら、他の連中はどこにいるのか、誰が喋っているのか、喋っているのは私ではない、私はどこにいるのか、ここはどこなのか、私がいつもいたこの場所は、他の連中はどこにいるのか、喋っているのは他の連中で、彼らが喋っている相手は私だ、私について彼らは喋っているのだ、私には彼らの言っていることが聞こえる、私は啞だ、彼らは何を望んでいるのか、私は彼らに何をしたのか、私は神に何をしたのか、彼らは神に何をしたのか、神は私たちに何をしたのか、何もしなかった、私たちは彼に何もしなかった、私たちは彼に何もできるわけがない、彼は私たちに何もできるわけがない、私たちは無実だ、彼は無実だ、これは誰の罪でもない、誰の罪でもないこととは何か、物事のこんな状態、なんという状態、こんな次第で、かくあれかし、落ち着くんだ、そのようにあるだろう、何がそのようにあるのか、どのようにそうあるのか。あいかわらず喋りながら、飢えのなかで、途方にくれて、あいかわらず探しながら、もう探すのはやめて、まだ探して、彼らは何を望んでいるのか、私がこれであること、あれであること、私が叫ぶこと、動くこと、ここから出ること、生まれること、死ぬこと、聞くこと、聞くこと、これでは十分じゃない、私が理解すること、努力すること、私にはできない、努力しない、努力することなんかできない、もうたくさんだ、可哀そうに、彼らだってそうだ、何を望んでいるのか彼らは言うがいい。私に何かすることを与えるがいい、私にできることを何か、可哀そうな連中だ、彼らにはできない、彼らはわかっていない、彼らは私に似ている、ますます、もう彼らは必要ではなく、誰も必要ではなく、誰も何もできることはなく、喋っているのは私で、自分に話を聞かせるのは無駄で、渇きのなか、飢えのなか、氷のなか、灼熱のなかで、何も感じない、なんて奇妙なんだ、口の感覚がない、もう口の感覚がなく、口は必要ではなく、言葉はどこにでもあり、私のなか、私の外にもある、何てことだ、いましがた私には厚みがなかった、私には彼らの声が聞こえる、聞こえる必要はない、頭は必要ない、彼らをやめさせることはできない、自分をやめさせることもできない、私は言葉のなかにいて、言葉で、他人の言葉でできていて、どんな他人か、場所も、空気も、壁、地面、天井、言葉、全宇宙がここに私とともにあり、私は空気、壁、囚われ人、すべてが屈服し、開かれ、漂流し、逆流し、浮遊する破片、私はそのすべての破片で、交叉し、集まり、離散し、どこに行こうと、自分を見出し、自分を放棄し、自分のほうに行き、自分のほうからやってきて、私しかいない、反復され、失われ、欠如した私の断片しかない、言葉、私はこれらすべての言葉、これらすべての見知らぬもの、この言葉の粉塵、落ち着くための基盤も、霧散するための大気もなく、出会うのも、避けあうのも、私はこれらすべてのものであると言うためだ。これらは集まり、これらは離れ離れになり、これらは見知らぬものとなる、それ以外のものではない、いや、それ以外のものだ、私はまったく他のものだ、沈黙するもの、険しく、空虚で、閉じられ、乾き、清潔な、暗い場所で、何も動かず、何も喋らない場所で、そして私は聞きたい、聞こえてほしい、そして探したい、ある動物のように、動物たちの檻で生まれた動物たちの檻で生まれた動物たちの檻で生まれた動物たちの檻で生まれた動物たちの檻で生まれた、この動物たちも檻のなかで生まれては死に動物たちの檻のなかで生まれては死んだ動物たちの檻のなかで生まれ、この動物たちは檻のなかで生まれ檻のなかで死に、檻のなかで生まれては死に生まれては死に、檻のなかで生まれ、そして死に、生まれて、そして死んだが、ある動物のように、と私は言い、彼らは言い、私の探すそんな動物は、こんな動物に似て、なけなしの手段ででっち上げたもので、こんな動物にはもはや種の特徴としては恐れ、怒り、いや、怒りは終わり、恐れしかない、彼に属するものといえばもはや恐れしかない。百倍になった、影への恐れ、いやそれは盲目なのだ、生まれつき盲目で、騒音が怖いのだ、お望みなら、これは必要なのだ、何か必要なのだ、残念ながら、そうなんだ、騒音の恐怖、いろんな雑音の恐怖、動物の音、人間の音、昼と夜の物音、たくさんだ、騒音の恐怖、あらゆる物音、多かれ少なかれ、多かれ少なかれ恐怖、あらゆる騒音、ひとつしかない、たったひとつの、昼夜続く、それは何だ、それは往来する足音、一瞬話す声たち、道をかき分けて進む体たち、それは空気、それは物たち、物たちのあいだの空気、たくさんだ、私は探すだけだ、彼女のように、いや、彼女のようにではなく、私のように、私なりのやり方で、何というか、私なりの方法で、探すことだ、いま私は何を探すのか、私が探すもの、それが何か私は探す、それはあれにちがいない、あれでしかありえない、それとは、それでありうるものとは、確かにそれでありうるものとは、何か、私が探しているもの、いや、私に聞こえているもの、それは私に戻ってくる、すべては私に戻ってくる、私は探す、それが確かに何でありうるか私は探っていると誰かが言うのを私は聞く。私に聞こえること、それは私に戻ってくる、そしてそれはどこから私にまでたどりつけるのか、なぜならここではすべてが押し黙り、壁は分厚く、そして私はどうするか、自分の耳ひとつ感じず、頭ひとつも感じず、体ひとつ、魂ひとつも感じず、どうするか、何をするためか、しかし何をするためでもない、どうするか、確かじゃない、あんたは言う、確かじゃない、確かであるためには何かが欠けている、私は探すだろう、何が欠けているのか探すだろう、すべてが確かであるように、私はいつも何か探している最中だ、しまいにはうんざりする、しかも始まったばかりだ、私はどうするのか、何をするためか、すべてが明らかになるように、どうするのか、この状況で、私がすることをするために、つまり私がすること、私がすること、私がすることを見つけなければならない、私がすることを言ってくれ、どうやったらそれが可能なのか私は問うだろう、私には聞こえる、私には聞こえている、私は探しているとあんたは言う。嘘だ。私は何も探していない、私はもう何も探していない、もういい、意固地になるのはよそう、そして私は探す、彼らは私の記憶を更新しているところだ。そして私は探す、第一に、それは何か、第二に、それはどこから来るか、第三に、私はどうするか、やっぱりそうだ、それをするために私はどうするのか。あのことを思うと、このことを期待すると、私はもう何だかわからなくなっていることを考慮すると、明らかなのはこのことで、聞きつけるにはどうするか、理解するにはどうするか、いや嘘だ、どうやって理解するのか、だから私は自問するのだ、どうするか、理解するためには、おお半分どころじゃない、百分の一、五千分の一、五十で割り続けよう、二十五万分の一でもない、たくさんだ、しかし少しだけ、必要だ、そのほうがいい、残念なことに、そんなものだ、それにしてもほんの少し、できるだけ少なく、評価に値する、十分だ、千、万に関する表現の一般的感覚、十倍し続けてみよう、計算ほど気休めになるものはない、十万、百万、それは多すぎ、それは少なすぎ、まちがえた、どうってことはない、この場合、ある表現から別の表現に移っても何も大した変わりはない、ひとつわかれば全部わかる、私の場合はそうじゃない、全部なんて、あんたらがやってのけるみたいに、いつも全体が肝心だ、すべてという全体、無という全体、決して中間ではなく、決して、常に、多すぎで少なすぎ、しばしば、まれに、要約するとしよう、この脱線のあとで、私は存在する、私はそう感じる、そう、私は白状する、私は頭を下げる、私は存在する、そうでなくてはならない、そのほうがいい、私は言わなかったかもしれない、いつもそう言うわけじゃない、この機会にあやかっている、言わなければならないからだ、これは言い方の問題にすぎない、一方に私が存在し、片方にこの雑音が存在する、これを疑ったことはない、いや、論理的であろうではないか、疑ったことはない、この別の存在の雑音、それが別の存在ならば、おそらくこれこそは私たちが次に熟考すべき課題だ、この問題を根本的に取り扱うときが来たと私は言いたいのだ、頭を休めて、私は要約する、ここにいるのは私だから、要約するのは私だ、私が喋り、私が喋ったかもしれないことを喋るのは私だろう。愉快だろう、私は要約する、私とこの雑音を、さしあたって他には何も見えない、しかし私はたったいま任務についたばかりだ、私と雑音、そしてそれが始まったら邪魔しないでもらいたい、私は最善を尽くす、私は繰り返す、私とこの雑音、二つのもの、これらに関して、自然の秩序を転覆して、ついに獲得されたことは、なかんずく次のことだ、つまりひとつには、雑音に関して、いままでは確信をもって、いや、何とかもっともらしく、大筋において、それがどんな雑音か、それがいかに私に聞こえてくるのか、どんな器官によってそれが発信されるのか、どんな器官によってそれが知覚されるのか、どんな知性によって把握されるのか規定することができなかった、そして別の点は、つまり私に関しては、これはもっと話が長くなるが、私に関しては、愉快な話で、私が何か、私がどこにいるのか、私は言葉のなかの言葉なのか、沈黙のなかの沈黙なのか、確かなことはまだほとんど明証されておらず、この点に関して提案された仮説のうち二つしか想定しないとすれば、実を言えばいままで沈黙のほうはあまり注目を浴びたことがないのだが、しかし見かけに注意を惹かれてはならないのであって、話を再開すれば、とりわけ私が何かは確証されておらず、いやすでに指摘されていることで、私が何をしているか、どうやって聞くのか、私に何か聞こえるかどうか、聞いているのは私なのか、誰がそれを疑えるのか、私にはわからない、このことに関して疑いはそこに、どこかにある、話を再開しよう、もし私が聞くのならば、聞くために私はどうふるまうのか、そして理解するためにはどうするのか、可能ならば省略、時間が稼げる、理解するためにどうする、同じく遠慮しておく、そしてどういうわけなのか、喋っているのが私ならば、それを疑うことも仮定することもできる、喋っているのが私ならば、私がとめどなく喋っていること、私はやめたいということ、やめられないということ、私は大筋を述べている、これでもっとあらすじに近くなる、私は再開する、まだ確証されてはいない、私はといえば、探しているのが私ならば、正確に言って私が探し、見つけ、失い、また見出し、投げ捨て、また探し、また見つけ、また投げ捨て、いや私は何も捨てたことはない、自分の見つけたものを捨てたことはいまだかつてない、亡くしたものは何も決して見つからなかった、捨てることができなかったものは何も失ったことがない、もし探しているのが、見つけるのが、失うのが、また見出すのが、また失うのが、さらに探すのが、もはや見つけられないのが、もはや探さないのが、さらに探し、さらに見つけ、さらに失い、もはや探さないのが私であるなら、その正体が私なら、そしてそれが私ではないなら、それは誰か、それは何か、さしあたって私には別のものが何も見えない、いやいや、私は結論を下した、確証されることはなく、時間つぶしに、でたらめだろうと自分に物語る空しさを見れば、なぜ私がそんなことをするのか、それをするのは私なのか見てみれば、あたかもでたらめをやらかすのにも理由がいるかのように、ひまつぶしに、なんでもない、人は自問できる、参考までに、なぜ時間は流れないのか、あんたを放っておかないのか、あんたのまわりに積みあがってくるのか、一瞬一瞬、あらゆる方角に、ますます堆《うずたか》く、ますます分厚く、あんた自身の時間、他人たちの時間、昔の死者たちの、生まれてくる死者たちの時間、どうしてそれは、死んでも生きてもいないあんたを少しずつ埋めにやってくるのか。何の記憶もなく、何の希望もなく、何の知識もなく、歴史も未来もなく、一秒一秒の下に埋もれ、でたらめを物語り、確かに砂で口をいっぱいにして、時間と私という二つの問題をわきにおいて、それでも人は自問することができる、なぜ時間がたたないのか、こんなふうに、参考までについでに、時間つぶしに、さしあたってこれで全部だと私は思う、他のことは見当たらない、いまのところもう何も見当たらない。それが私なのかどうかなんて、私はもう自問してはならない。私自身を見出そうとしても、このウサギたちが邪魔するのだ。それがもうひとりの、もう二人のことでないとすればだが、もうひとりが言ったように、もはやそんなことは必要ないのだ。どうせならば、それが大胆にも別の解決になる。物惜しみの原理を大いに活用することだ、まるでそれが私の習慣であるかのように、遅すぎではない。とりわけこれからは、言われたことと聞こえたこととは同じところからくると仮定すること、何であれ仮定する可能性を疑うことは避けるようにして。その発生源を私のなかに位置づけること、どこと明示することもなく、入念な仕上げもなく、すべては第三者たちの意識よりは好ましく、もう少し一般的に言えば、外部世界の意識より好ましい。必要な場合には、この収縮を、もはや例外的に頭の弱いつんぼしか想定しないほどに進める、自分の言うことは何も聞こえず、早すぎでも遅すぎでもなく、曲解しながら、最小限しか理解しないのだ。危うく落胆が感づかれそうになる厄介なときには思い出させてやる、愚かな、赤い、下唇の厚い、しまりのない大きな口のイメージ、それが密かに、洗濯や、粗野な口づけの音であくことなく自分を空にし、言葉がそれを塞ぐ。いっぺんに、お決まりの劫罰に類するものといっしょに、始まりと終わりのあらゆる観念を遠ざけること。当然ながら、表現しようとする不吉な傾向を克服すること。ためらいもごまかしもなく、なんらかの仕方で、どんな仕方であろうと、存在するものと私をみなすこと、入念な仕上げはいらない、こんな話だって、一瞬存在する誰かの話であろうとするのだ。もっといいのは私に一つの身体を貸してやることだ。さらにいいのは、私に一つの精神をでっちあげてやることだ。私に属する一つの世界について話すこと、それは内面的とも呼ばれるが、私を窒息させることはない。もう何も疑うことはない。何も探すことはない。魂、その厚みを満喫すること、ピカピカの新しいやつ、放棄のただ一つの可能性として、内側に放棄するためだ。結局、要するに、これらの決断を下して、さらに別の決断も下して、過去と同じように平穏に続けること。それでも変化したことがある。マフードについて、ワームについて何も言うことはない、あれからは、ああそうだ、忘れていた、時間について話すこと、身じろぎもせず、そして私は自然な連想によって考える、同じように気まぐれに空間を用いること、まるでそれがどこも塞がってはいないかのように、ほんのすぐ近くで、これでもいいほうだ、ほんのすぐ近くなら、私に空気が通うこと、要するに私に空気が通い、そこで舌を出して見せる、出して見せた、まだ出している。それを思うとき、つまり、いや、何も言っていない、それを思うとき、あのおがくずの入れ物とともに失った時間を思うとき、彼が最初ではなかったがマーフィーから始めて、ところが私は、手元に、わが家に自分をもっていて、自分自身の皮膚と骨、ほんものの皮膚と骨の下で崩壊しそうになり、孤独と忘却にへこたれそうになっていた、自分の実在を疑うところまで来ていた、そして今日だって、まだ一秒も信じられない、だから私が話すとき私は言わなければならない、誰が話しているのか、そして私が探しているときは、誰が探しているのか探さなければならない、そして探すこと、そして以下同様に続けること、私に起きる他のあらゆる出来事のために、その出来事のために誰かを見つけなくてはならない、なにしろ生起する出来事は誰かを必要とし、それが誰かに起きるには、誰かが出来事を捕まえなくてはならない。しかしマーフィーと他の連中、最後にわれらの二人の快男児たちは、出来事を捕まえることができなかった、私に起きた出来事のことだ。彼らにだって何も起きないことはありえた、私に起きたようなことは何も、他の何も、他には何もない、もう言葉に酔うのはやめよう、私に起きること以外はありえない、たとえば聞くこと、話すこと、探すこと、私には起きないこと、私のまわりを徘徊するモノ、まるで苦しむ身体、自分を固定しようとして、中止しようとして、苦しむ身体、いやハイエナのように吠え、笑い、それもちがう、お生憎様《あいにく》、私は彼らを避けて閉じこもった、これはどうしようもない、私のドアは彼らが入らないように閉じられる、それはたぶん沈黙、それは平和、ドアを開けること、そして貪り食われること、ハイエナたちは吠えるのをやめ、彼らは食べ始めるだろう、吠える口、開けなさい、開けなさい、悪いことはない、わかるはずだ。後戻りすること、なんていい気分なんだ、潜水のあいまには、遮るものもない水平線を一望すること、こんな状況で溺れずにすむとは何という喜び。そう、このとおり、私はドアからも壁からも離れているので、牢番を起こさなくちゃならない、確かひとりいるはずだ、私は自分の話題からもそれてしまった、本題に戻ろう、彼はもうそこにいない、そこにいると思ったがもうそこにいない、この固体と液体の混合は珍妙だ、もう同じじゃない、または私が場所をまちがえたのだ、いや、同じだ、あいかわらずそこ、残念ながら同じ場所だ、それを見失い、私を見失ってしまえばよかった、以前のように自分を見失ってしまいたいものだ、その頃私には想像力があった、目を閉じて、森のなか、あるいは海辺、あるいは誰も見知らぬ町、夜だ、みんなが帰ってしまい、私は道路を歩く、道から道へと忍び込む、これはわが青春の町だ、私はわが母を探す、殺すためだ、もっと早く、生まれる前にこのことを考えておくべきだった、雨が降る、私は幸福だ、車道の真ん中を歩く、しょっちゅう進路を変えながら、いまはもう終わりだ、目を閉じて、私は目を開けているのと同じものを見る、つまり、待ってくれ、それを言おう、言ってみよう、それが何でありうるか知ることに興味があるのだ、私が見ているもの、開けた目で、閉じた目で、何も、私にはもう何も見えない、こりゃあ大変、がっかりだ、これよりましなのを期待していた、自分を見失うことができないとはこのこと、私は自問する、それはもう私を見失うことなどできない、何も見ないことなどできない、どこを藪睨みしようと、盲目であろうと、この小さな被造物は二十面相で、行ったり来たり、陰から光へと移り、可能なかぎりのことをし、生けるもののあいだに留まり、あいだを通り抜ける手段を探し、あるいは閉じこもって、常に変化する空を窓越しに見つめる、そうなんだ、もう自分を見失うなんてできないこと、わからない、かつて私は何を見ていたのか、私が危うく一瞥しかけたとき、わからない、思い出せない。とにかく私にはいまこのとおり目がついていて、開けたり閉じたりし、二つのたぶん青い目があり、それが役立たずだとわかっている、なにしろいま私には頭もあり、そのなかであらゆるものが自分をわきまえ、私が話しているのは自分のことか、それは可能なことか、もちろん否で、これまた私がわかっていることで、もはや喋ることがなくなったら、私は自分について喋るだろう。そもそも大事なのは私について話すことではなく、話すことであり、もはや話さないことであり、こういうちょっとした混乱は、私には吉兆と感じられる。この最後の代理人にやはり名前をつけてやらなくてはならない。あさましい確信で頭がはちきれそうになっている、それに人形みたいな目、あとにしよう、あとにしよう、まずもっと長々と彼を描写しなくてはならない、彼にできることは何か、どこの出か、とても大事なことだ、どこに戻るのか、調べなくてはならない、もちろん自分の頭のなかに戻るのだ、私たちは悪漢小説の類にのめりこみはしない、マフードと、別のワームたちとはいろんな経験をしてきたあとだ。いま喋りまくるのは私で、私を取り囲んでいた連中は去ってしまった、私が船長で、鼠たちが消えた後で、私はもう腰掛のあいだを這いまわったりはしない、月光の下、棍棒の陰で、この固体と液体の混合は珍妙だ、いまに少し風がそよげば、もろもろの要素が全部そろったことになる、いや、火を忘れた、それにしても奇妙な地獄だ、もしかしたら天国かもしれない、もしかしたら大地、もしかしたら地下の湖の岸辺だ、息が詰まる、それでも息をしている、確かじゃない、何も見えない、何も聞こえない、たまり水と泥の長い接吻の音が聞こえる、五、六メートルの高さを人々が往来する、それを夢想する、その長い夢想には、覚醒したものの場所もある、こんな情報をどこで仕入れて来るのか訝しがる、草まで目に入ってくる、夜明けの草、夜露のせいで少し青緑色、私の目はそれほどだめになっちゃいない、これは私の目ではない、私の目は終わった、もう泣くこともない、習慣の力で開いては閉じるだけだ、十五分開いて、十五分閉じる、バッターシー公園[19]の金網で覆われた洞窟のミミズクの目みたいだ、バッターシー公園、何か思い出した、ああ葬式だ、どうやら私は、自分のための一生を、あいかわらず欲しがっている。いや、いや、頭でもない、頭なんかではない、彼は頭のなかでも、どこにも行きはしない、私は試してみたのだ。柱に縛られ、目隠しされ、喉まで猿轡《さるぐつわ》をされ、新鮮な大気を吸い、当然楡の下で、シェリーの詩句を歌いながら、飛んでくる矢には無感覚だ。そう頭は大丈夫、骨も大丈夫、そこに隠れる、岩石のなかの化石のように。結局それはたぶん私なのだ。いずれにしても私は続けられないだろう。しかし続けなくてはならない。私は続けるだろう。空気、空気、私は空気を探すだろう、時間のなかの空気、時間の空気、空間のなかの、頭のなかの、こんなふうに私は続けることができるだろう。同じことだ、声が低くなる、はじめてだ、いやこれは知っている、それは沈黙することさえあった、たびたびだ、こんなふうに声はまた終わるだろう、空気がないので、私は沈黙するだろう、それから空気が戻ってくるだろう、そして私はまた始めるだろう。私の声、声というもの。そう、前ほどよく聞こえない。この声を知っている。これはやむだろう。もう聞こえないだろう。私は沈黙するだろう。あの声がもう聞こえない、それを私は沈黙すると呼ぶ。つまりよく聞けば、それはまだ聞こえるだろう。私はよく聞くだろう。よく聞くこと、それを私は沈黙すると呼ぶ。打ち砕かれ、衰弱しても、一生懸命に聞くならば、意味不明でもそれは聞こえるだろう。それが何を言っているかは理解できないが、あいかわらずそれが聞こえる、それを私は沈黙すると呼ぶ。そして声は大きくなる、炎が上がるように、炎が消えるように、マフードは私にそれを説明した、そして私は沈黙から出現する。話そうとしても、あまりにも聞こえない。これが私の沈黙だ。つまり私はあいかわらず喋っている、しかしときにはあまりにも小さい声で、私の話を聞こうとしても、私からあまりに遠く、私のなかであまりに遠く、いや、私は理解しようとして聞く。かといって何も理解することはない。声は遠ざかり、戻り、ドアの後ろにいる。私は沈黙するだろう。それは沈黙だろう、私は聞くだろう、話すよりも悪い、もっと苦しいということだ、いやもっとではなく、同じくらいだ。こんどはほんとうの沈黙ではないとすれば別だ、もはや私が中断してはならない沈黙、そのとき私はもはや聞く必要がなく、私の居場所で涎をたらしていればいい、そんな沈黙だ、狂った頭、死んだ舌で、私が手に入れようとした沈黙、手に入れられると思った沈黙だ。あてにはならない。やめてしまおう、つまり手に入れたふりをしよう、他も同じことだ。まるで誰かが私をのぞいているみたいに！　まるでそれが私であるかのように！　それはあいかわらず同じ沈黙で、哀れなつぶやき、息切れ、わけのわからない不平に引き裂かれ、笑いと、少々の沈黙と区別がつかない、早々と埋められてしまった誰かのように。それは続くかぎり続くだろう。それから私は再開するだろう、私は復活するだろう。さんざん苦労したあげくに私が手に入れるのはこんなことだ。こんどこそはついにほんとうの沈黙ではないとすれば。言わねばならなかったことを、たぶん私は言ったのだ。だから私は沈黙していいし、もう聞かなくてもよく、聞こえなくてもよく、知らなくてもいいはずだ。もう私は聞いている、もう私は少し沈黙している。この次は、こんなに苦労はしないで、マフードの昔話をすることにしよう。どれでもいい、どれもみんな同じだ、骨を折るには及ばないし、もう自分のことにかかずらうのはやめだ、私が何を言おうと、結果は同じことだろうし、私は決して黙らないし、私に平和は訪れないことはわかっている。もう一度最後に、私について、言うべきことを言おうと試してみないかぎりは、それは私についてであると感じるが、たぶんこれこそ私の過ちで、死んでしまう前に、もはや何も言うことはないし、何も聞くことはない。過ちは繰り返す。私は嬉しい。すぐ試してみよう。何を試すって。わからない。続けることだ。いまはもう誰もいない。まさに最良の持続というものだ。誰もいないとは、困ったことだ。もし私に記憶があるなら、たぶん私は知るだろう、誰も相手がいない、話題にしようにも誰もいない、誰もあんたに話しかけるものはいない、言うべきこともない、これは終わりの、たぶん良好な、最後の中断のしるしで、私にこんな人生をでっちあげるのは私で、私について私に話すのも私なのだ。そこで息絶え絶えになり、終わりが始まり、人は黙り、それは終わりで、仮の終わりではなく、人は再開し、忘れてしまい、そこに誰かがいて、誰かがあんたに話しかけ、あんたについて、彼について、それから二番目、三番目がいて、誰かがさらにまた二番目が現れ、それから三人いっしょに登場し、これらの数字は参考になるだけで、みんないっしょに、あんたに話しかけ、あんたについて彼らについて話し、私はただ聞くだけで、それから彼らは一人ずつ立ち去り、彼らは一人ずつ沈黙し、声は持続し、それは彼らの声ではなく、彼らはそこにいたことがなく、誰もいたことがなく、あんた以外には誰も、あんたしかいたことがなく、あんたについてあんたに話し、息も絶え絶え、ほとんど終わり、息は止まり、終わりで、それは仮の終わりではなく、私は呼ばれるのを聞き、それは再開され、こんなふうに経過するにちがいない、もし私に記憶があるならば。まだ物たちが存在するなら、どこかに一つでも物が、自然のかけらがあるなら、それについて語れるなら、たぶん理由も成り立つだろう、もう誰も相手がいないということの理由、話す存在であるということの理由が、もしどこかに一つでも物があり、それについて語れるなら、たとえそれが目に見えなくても、それが何かわからなくても、どこかに自分といっしょに、そこにそれを感じるだけでいい、たぶん沈黙しない勇気ももてるかもしれない、いや、勇気がいるのは沈黙するためだ、なにしろ罰を受けるだろう、沈黙した罰だ、それでも沈黙するしかない、沈黙した罰を受けるしかない、罰を受けた罰を受けるしかない、なぜならまた始めるからだ、息が詰まる、もし一つでも物があるなら、しかしこのとおり、一つもない、彼らは立ち去るとき、物をもって行ってしまった、自然をもって行ってしまった、誰もいたことはないし、何もなかった、私以外には誰も、私以外には何も、私について私に話しながら、私はやめることができず、続けることができず、それでも続けなければならず、だから続けるだろう、私以外に誰もいないし、何もなく、私自身の声しかなく、つまり私はやめるだろう、終わるだろう、もう終わりだ、終わりの始まりだ、仮の終わりではなく、それは何だ、ちっぽけな穴、そこに降りる、それは沈黙、雑音より悪い、耳を傾ける、話すより悪い、いやそれほど悪くない、同じ程度だ、心配して待つ、彼らは私を忘れてしまったのか、そうだ、ちがう、誰かが呼ぶ、私を呼ぶ、私はまた出て行く、これは何だ、砂漠のなかのちっぽけな穴。終わりこそ最悪だ、いや始まりこそ最悪だ、それから中間、それから終わり、最終的には終わりこそ最悪だ、この声、それは、それぞれの瞬間が最悪だ、それは時間のなかで起きる、毎秒が過ぎていく、次々に、途切れ途切れに、それは流れない、毎秒が過ぎない、毎秒がやってくる、パン、パフ、パン、パフ、あんたのなかに入ってくる、跳ね返り、もう動かず、どう言っていいかわからないとき人は時間について、毎秒について語る、秒を秒と合わせて、一つの人生について語ろうとするものがいる、私にはできない、毎秒が最初で、いや二番目、三番目で、私には三秒あって、それでもこれは毎日のことではない。私は他のところにいて、他のことをし、穴のなかにいて、ちょっとのあいだそこから出て、たぶん沈黙した、いや、私がこう言うのは、何か言うためで、もうちょっと続けられるように、もうちょっと続けなくてはならない、まだ長く続けなくてはならない、まだずっと続けなくてはならない、前に言ったことを覚えていたら、それを繰り返すこともできるだろうに、何か暗唱することができたら、私は救われるだろうに、私はいつも同じことを言わねばならず、そのたびに骨を折り、毎秒が同じにちがいなく、毎秒が不吉で、いま私は何を言っているのか自問しているところだ。それなのに、私には思い出があり、私はワームを思い出し、つまり名前を覚えていて、それにあのもうひとり、何という名前だっけ、何という名前だったっけ、あの甕のなかにいた、あいつがはっきり目に見える、私よりはっきり見える、彼がどんなふうに生きたかわかっている、いまになって私は思い出す、私にだけ彼が見える、しかし私は誰にも見えない、彼にも見えない、もう私には彼が見えない、マフードだ、彼の名前はマフードだった、もう私には彼が見えない、どんなふうに彼が生きていたのかもうわからない、彼はもうそこにいない、彼は甕のなかにいたことなんかない、彼を見たことはない、ところが彼のことを覚えている、そのことを話したのだから、そのことを話したにちがいない、同じ言葉が蘇ってくる、これは私の回想なのだ。それをでっちあげたのは私だ、彼と他のたくさんの連中、彼らが通過した場所、彼らが留まった場所、みんなお喋りのためだ、というのも喋らなければならなかったからだ、私については喋ることがなく、私について喋ることはできなかった、私について喋らなくてはならないと言われたわけではない、私は自分の思い出をでっちあげた、自分が何をしているかわからないままに、どの思い出もどれ一つ私に関するものではなかった。彼らについて話すように私に頼んだのは彼らなのだ、彼らは自分らがどんなふうか、どんなふうに生きているか、知りたがった、私にとっては好都合だった、好都合だと思った、なぜなら私には何も言うことがなく、しかも何か言わなくてはならなかったからだ、沈黙しないからには何を言っても自分は自由だと思っていた。それからつぶやいた、結局私が言っていたこと、それは必ずしもでたらめではなく、それは人がまさに私に要求していたことだったかもしれないのだ、人が何か私に要求していたとすれば。いや、私は何も考えず、自分に対して何も言わず、できるだけのこと、私の力に余ることをしていただけだ、そしてしばしば力尽きて、そうするのをやめ、それでも声は生まれ続け、声は聞こえ続けた、私のではありえない声だ、なにしろ私にはもう声がなかったし、それなのにそれは私の声にちがいなく、なにしろ私は黙ることができず、私はあらゆる声の届く範囲の外でひとりだったからだ。そう、わが人生には、なにしろ人生と呼ぶしかないわけで、三つのことがあった、話すことの不可能性、黙ることの不可能性、そして孤独、もちろん肉体的孤独だ、これは何とかしのいできた。そう、いまはわが人生について語ることができる、繊細でありたいが、くたびれすぎている、しかし私は生きていたのかどうかわからない、これについてはほんとうに何の判断も下せない。いずれにしてもそのうちすっかり沈黙するだろうと思う、私に沈黙は禁じられているとしても。それで、そう、こんなふうに、生ける存在として、進もう、私は死んでいるはず、もうすぐ死んでいるだろう、そうして私は変わりたいものだ。その前に沈黙したかったのに、ときどき私は信じたのだ、あんなに大胆に喋ったあとで、まだ生きながら沈黙に入り、それを享楽することができるとは、これは私への報酬かもしれないと。いや、なぜかわからない、沈黙した私を感じるためには、あれからずっと私だけがかき回すこの空気全体に結ばれて、いやこれはほんものの空気ではない、ほんものだと私には言えない、死ぬ前に沈黙したいと願ったのはなぜか言えない、いつもそれだったのに、決してそれであることができなかったもの、ついに少しだけ、それになるために、もっと悪い事態を恐れずに、穏やかに、いつもそこにいたのに決してくつろぐことができなかったところで、いや、わからない、もっと単純だ、私は自分を望み、自分の故郷を望み、ちょっとのあいだ、故郷にいる自分を望んでいるし、異邦で、異邦人のあいだで、自分のところで、異邦人として侵略者たちに囲まれたまま死にたくはない、いや、私が何を望んでいたのかわからない、何を信じていたのかわからない、望みのものはたくさんあったはずだ、たくさん狂気を想像したはずだ、喋りながら、正確には何かわからずに、欲望にも視覚にも無分別になるまで、あれこれ混ぜ返しながら、自分の言っていたことにもっと注意を向けるべきだった。それに、あれはこんなふうに起きたことではない、いまこの瞬間に起きているように起きたことではない、つまり、わからない、私の言うことを信じちゃいけない、自分の言っていることがわからない、いつもしてきたようにするだけだ、できることを続けるだけだ。私がもうすぐすっかり黙ってしまうだろうと信じることについて言えば、私はことさらそれを信じているわけではない、いつもそれを信じてきた、私は決して黙らないだろうといつも信じてきたように。それを信じると呼ぶことはできない、これが私の壁なのだ。しかしあの頃からほんとうに何も変わらなかったのか。もし話さなければならないかわりに、私に手を使って、または足を使って、何かするべきことがあったら、たとえば選別の作業、または単なる整理、物たちの場所を私が変えなければならなかったと仮定すれば、私がどんな状況にあるかわかるだろう、いや、必ずしもそうではない、ここからそれが見えるのだ、彼らは私が二つの容器の存在を疑うことできないように、手はずを整えるだろう、空にすべき容器と、いっぱいにすべき容器があること、それらを一つにまとめてみれば、かんじんなのは水だろう、水でしかない、私はサイコロをもって、貯水槽に汲みに行き、別の貯水槽に流しいれる、または貯水槽は四つ、あるいは百あって、その半分は空に、半分はいっぱいにすべきで、番号がふってあり、偶数は空に、奇数はいっぱいにすべき、いやもっと複雑だ、そんなふうに対称的ではない、どうでもいい、空にしようと、いっぱいにしようと、どうにかして、決まった順番で、ある種の調和をめざして考えざるをえないように、貯水槽はつながっている、つながっている、床の下に隠されたパイプが通じている、ここからそれが見える、いつも同じ高さでつながっているのは明らかだ、いやそれではうまくいかないだろう、希望がないだろう、彼らは私が希望に胸を膨らませるように手はずを整えるだろう、いや、いや、平穏はない、しかし私は、自分は平穏だと言おうとしたのだ、そう、彼らは手はずを整えるだろう、鉛管に蛇口、ここからそれが見える、ときどき私が物事を想像できるように、私があれのかわりにこれ、このちょっとした移し替えの作業をすべきだとすれば、それは同じ器ということにすぎず、私の思いどおりで、私にとってはとにかく好都合だ、いや不平を言いたくはない、私は一つの体を手に入れるだろう、何も言うことはないはずだ、自分の足音が聞こえるだろう、ほとんどたえまなく、そして水の音、鉛管に閉じ込められた空気の叫び、わけがわからない、ときに私は熱狂するかもしれない、ひとりつぶやく、私が素早く実行すればするほど、素早く作業は終わる、何を理解すればいいのか、これこそ希望というものだろう、真っ暗闇ではない、闇のなかでこんな仕事をすることは不可能だ、場合によるが、そう、ほんとうに私には窓が見えない、ここからは見えない、ここでそれは、窓が見えないことは、大したことではないが、幸い私には行ったり来たりする必要がない、私にはできないことだし、それほど器用なはずもない、なにしろ水はもちろん大変貴重なものだし、流れる途中で、あるいは水を汲むとき、あるいは器を満たすとき、一滴でも漏れたら、それは私の大失敗で、それに闇のなかでは、どうやって見分けるのか、一滴が、何の話なんだ、これは作り話だ、このとおり私はまたも、どうでもいい話をしてしまった、私について、私の話かもしれない何も変化のない人生について、たぶん私の話だった、ここを通るに値する前に私はたぶんあちらを通ってしまった、私がどんなに気高い運命に向かっているか誰が知ろう、そんな運命からやってきているのではないとしたら。それでもやっぱり肝心なのは誰か他の人物にちがいない、私にはそいつがはっきり見える、自分の樽のあいだを行ったり来たりして、手が震えるのを防ぎ、サイコロを投げ、それが跳ね返り転がるのを聞き、足で円を描き、跪き、腹ばいになり、這いまわりながら、そこで行き止まりだ、それは私だったにちがいない、しかし私には自分が全然見えなかった、だから、それは私ではない、何もわかるもんか、どうやって自分を見分けるのか、なぜなら私は自分に出会ったことがない、そこで立ち往生だ、それだけのことだ、私にはもう彼が見えない、もう見えないだろう、いや、いま彼はそこに他の連中といっしょにいる、私は彼らを名づけはしないだろう、人はこう言う、人は全部言う、あるものはこれをし、別のものはあれをし、彼は私が言ったようにし、もう私は思い出せない、彼は戻ってくるだろう、私に付き添うために、孤独なのは邪な人間だけだ、私は彼に再会するだろう、彼がそれを望むだろう、彼は自分がどんなふうか知りたいと望んだ、どんなふうに生きているか、でなければ彼はもう戻ってこないだろう、二つのうちひとつだ、あらゆるものが戻ってくるわけではない、私が言いたいのは、いままでに私が一度しか会ったことがない誰かがそこにいるにちがいないということだ、厳密に言って、それは始まりにすぎない、私は終わりが近いと感じる、そして始まりも同じことで、誰にも自分なりに行く道がある、明白なことだ、しかし私は自分の任務に戻る、あのときからほんとうに何も変化はなかったのか、ずっとあのままで、いま私は自分について語っている、そう、これからはもう自分についてしか語るまい、決心した、それが達成できなければ別だ、達成できるという理由がない、だから取りかかることはできる。何も変わらない、それにしても私は老いつつあるはずだ、なんというか、私はいつだって老人だったし、いつだって老いつつあり、それに老いたところで何も変化などありはしない、問題は私ではないということは無視するとして、畜生、話が途切れてしまった、どうってことはない、何のことを喋っているのかわからないからには、それを考えようとしてもやめることはできないからには、頭を休ませ、幸いにも、幸いにも、やめてしまうことは大賛成だ、しかし無条件に、なんというか私は口を開く、なんというか、わかるだろう、誰かが、彼が、ああ、こんなことはみんな放っておこう、これであり、そしてあれであるからには、わかった、もうそのことを話すのはよそう、私は危うく落ち着いてしまうところだった。私に、私自身に対し、もしこの場所を描写して見せることができるなら、私は場所を描写することにかけてはいつも巧みだったのだから、壁とか、天井とか、床とか、そんなものは熟知している、ドアとか、窓とか、あの頃から窓と言えば私は何を想像できたのか、海に面している窓があり、海と空しか見えず、もし私がある部屋に入ったなら、言葉探しは終わりで、ドアがなくても、窓がなくても、四つの面、六つの面しかなくても、私が閉じこもれるならそれは炭鉱かもしれないし、真っ暗かもしれず、そこに落ち着いて何とか切り抜け、そこを探検してみるだろう、こだまを聞くかもしれず、炭鉱を知り、思い出し、想像するかもしれない、私はわが家にいて、わが家というものがどんなふうか、何だっていいわけではなくこの場所だ、もし私がこの場所を描写し表現できるとして、私はやってみた、私は場所を感じない、私のまわりに場所なんか感じない、私はやめない、それが何だかわからない、それは肉体ではない、きりがない、空気みたいなものだ、やっぱり、こんどは私だ、そう誰かが言う、続きはしないだろう、ガスみたいなもの、駄弁ばかり、場所、場所、後で私たちは気づくだろう、まず場所だ、あとで私はそこにいるだろう、そこに入り込むだろう、しっかり安定して、真ん中に、あるいは片隅に、しっかり三面に支えられて、場所、少しでも私に場所が感じられたら、私は試してみた、試してみるだろう、それは決して私の場所ではなかった、私の窓の下のこの海、その窓よりも高いところだ、そしてボート、おまえはボートを覚えているかい、そして河、そして湾、私に思い出があるということはよくわかっていた、それらが私に関係ないのは残念だ、そして星々、そして標識灯、そしてブイの明かり、そして炎に包まれた山、それは私が何も拒まなかった時代のことだ、みんながそれにあやかろうとした、彼らは蝿のように死んでいった、あるいは森、結局私には屋根なんか、屋内なんかいらない、私が森に、藪のなかの藪に棲み、あるいは堂々巡りしているのを想像するなら、このでたらめな話は終わるだろう、私は葉っぱを一枚ずつ描写するだろう、それが生い茂るとき、影に包まれるとき、枯れて落ちるとき、腐って土に戻るとき、これは何も言うべきことがない輩《やから》にはお誂え向きの瞬間だ、だけどそれは私じゃない、私ではない、このあいだ私はどこにいるのか、私は何をしているのか、まるでそれが一大事であるかのように、しかしこのとおり、自分がそんな遠くにいると感じるなんて興ざめだ、そこにもう心はない、心はそこに茨のあいだにあって影に揺すられていたのに、海を試してみる、街を試してみる、山や平地のなかに自分を探す、何が望みだ、望むのは自分の居場所を見出すこと、それは愛ではなく、好奇心でもなく、ただ気がかりなのだ、くたびれているのだ、ここらでやめたいのだ、もう旅することも、もう探すことも、もう嘘をつくことも、もう語ることもなく、目を閉じること、しかし彼の仲間たち、なんに手をつけようと言うのか、後はもう続くまい。私はあることに気づく、他の連中はすっかり消えてしまった。いかがわしい。そもそも私はなんにも気づきはしない、自分にできることを続けるだけだ、それが何か意味をもつとしても私のせいじゃない、私はここを通り、ここが私の前を過ぎていった、何千回も、こんどは彼の番だ、彼は立ち去るだろう、そしてこれは別のことだろう、私の昔の瞬間のうち別の瞬間だ、このとおり、この古臭い意味を自分に与えるだろう、そんなものは与えられないだろう、地獄落ちの人間にも神が存在する、最初の日のように、今日がその最初の日だ、彼が始める、彼のことはよく知っている、だんだん思い出すだろう、そのあいだに私はそこで生まれるだろう、何にもならない数々の誕生、そして私は存在したこともないまま闇にたどりつくだろう。このチュニスの薔薇色を見たまえ、夜明けだ。もし閉じこもれるものならすぐにも閉じこもるだろう、それは私ではないだろう、私はすぐに一つの場所をつくるだろう、それは私のではないだろう、それが理由になるか、私は自分の場所など感じない、それはたぶん向こうからやってくるだろう、私は自分の場所をでっちあげるだろう、私はそこに落ち着き、誰かをそこに落ち着かせ、そこに誰かを見出し、私は彼のなかに落ち着き、私はそれが自分だと言うだろう、たぶん彼は私を受け入れ、たぶんその場所はたがいのなかにある私たちを受け入れ、彼は私を取り囲み、それで終わり、私はもう動く必要はなく、目を閉じるだろう、もう話すだけでいいだろう、簡単なことだ、私には言うことがあるだろう、私について私の人生について語るだろう、私はそれを立派なものにしたてあげるだろう、私は誰がなんについて語っているか知るだろう、自分がどこにいるか知るだろう、たぶん私は黙ることができるだろう、たぶん彼らが期待しているのはそれだけだ、このとおり彼らはまたそこにいる、私がわが家に戻って恩赦をうける、そんなことは嘘で彼らはやめようとしない、私は目を閉じるだろう、口を閉じるだろう、ついに極楽だ、今朝はそんな気持だ。それを私は朝と呼ぶ、そうなんだ、まだ少しぐずぐずしながらそれを朝と呼ぶ、私にはあまり語彙がない、あまり選択の余地がない、私は選ばない、単語のほうでやってきた、この明るい染みを避けるべきだったのに、それは早朝のことだ、しかし時はすぐに過ぎる、私にはわかっている、それがあんたらに見えるなら、私はそれを早朝と呼ぶ。このとおり私は冒険しているのだ、連中は承知しまい、これはたぶん私の最後の疾走なのだ、私はいつも馬小屋の臭いがしていた、私は馬小屋の臭いを放っている、私にとって私以外に他に馬小屋はない。いやそんなことはしないだろう、何をしないって、まるでそれを私が決められるかのように、私はもう自分の居所を探しはしない、いって、自分が何をするかわからない、居所といってもすでにふさがっているだろう、誰かがそこにいるだろう、まったくくだらない輩だ、彼は私なんか望まないし、私にはよくわかる、彼の邪魔をするだろうし、自分がいま何を言うことができるのか私は自問するだろう、自分に問いかけるだろう、それはちょうどいい暇つぶしで、かといって私が黙ってしまうわけもなく、それならなぜこれほどの物語、そのとおり、質問なら私は何百万でも知っている、いくらでも知っているはずだ、それに数々の計画がある、質問がなくても計画がある、言うはずのこと、そして言わないはずのことを言う、それは何も決定しないし、不都合な瞬間は過ぎ、死んで硬直し、突然人は自分がわけのわからないことを喋っているのを聞きつける、まるでこれ以外のことは決してしなかったかのように、そして実際に他のことは話さなかったかのように、人は遠くから戻ってくる、そこにいればいい、そこにいるのだ、ここから遠く、すべてから遠くに、そこに行くことができたら、それを描写することができたら、地形図を描くことに関しては私はずいぶん有能なのだ、それなんだ、計画がなくても数々の熱望がある、これこそ重視すべきだ、じっくり話さなくてはならない、なんとか私にそれができたら、あんたらに時間の余裕ができて、喉の奥に小さな願望が沸き上がってこないなんて、そんなことはありえない、その願望を満たそうとするふりをするしかない、思いがけないことが起きるかもしれない、踏み固められた道で思いどおりに、私たちはたびたびすれちがい、誰かがそこですれちがう、少しでもそれがわかっていたら、まさにそれが熱望というもの、誰かがふりかえり他の誰かもふりかえり、泣かせ泣かされ、悲劇の極み、笑いよりはましだ。他にはなんだ、もろもろの判断、比較、笑いよりもましだ、みんな助けになる、助けることしかできない、不運を乗り越えるために、何を聞くべきか、なんという不運、話しているのは私ではない、聞いているのは私なのか、どうでもいい、世界に私ひとりしかいないようにふるまおう、ところが世界でただひとり不在なのが私なのだ、または他人たちといっしょに、それで何が変わるのか、他の現前するものたち、他の不在のものたち、彼らは姿を見せる必要もなく言葉から言葉へとさまよい、そしてさまよわせているだけでいい、あの果てしないゆるやかな渦巻きであるだけでいい、そしてその粉塵のひとつひとつ、不可能だ。誰かが話す、誰かが聞く、それ以上遠くに行く必要はない、それは彼ではなく私、あるいはひとりの他人、あるいは数々の他人、それがなんだと言うのか、原因はわかっている、それは彼ではない、彼とは私のことだとわかっている、これが唯一わかっていることだ、私が自分に言えないこと、何も言えない、私は試してみた、試している、彼は何もわかっていない、何も知らない、話すということは何かも、聞くということは何かも、何もわからないということ、何もできないということ、そして試してみなければならないということも、もう試したりはしない、試す必要はない、物事はひとりでに進む、ひとりでに引き延ばされる、言葉から言葉へ、もがきながら曲がりくねる私たちはどこかで、どこでもそのなかに巻き込まれる、彼はそうじゃない、もし私が彼のことを忘れられるなら、一瞬でもいい、私を追い払うこの騒音の一瞬、言うべきことはなく、私はそれを言わず、その時間もない、それは私ではない、結局私は彼なのだ、どうしてそれではいけない、どうしてそれを言わない、私はそれを言うべきだった、それも他のことも、それは私ではない、それは私ではない、私にはできない、それはこんなふうにやってきた、こんなふうにやってくる、それは私ではない、もしそれが彼について話せるならば、もしそれが彼のもとにやってくるかもしれないならば、私はきっと彼を認めないだろうに、もしそれが助けになるなら、もし誰かが私の言うことを聞けるならば、それは私だ、ここにいるのは私だ、彼について話しておくれ、彼について話させておくれ、私はいままで何もせがんだことはない、彼についで話させておくれ、なんというごたごた、もう誰もいない、それがまだ続くとして。とどのつまりがこれだ、ただそれが生きのびるだけ、そして言葉が戻ってくる、誰かが私と言う、ろくに考えもせずに。もし私に努力が、注意の努力が可能ならば、それは何が起きているのか知るための努力だが、そのとき私に何が起きるのか、わからない、私は仮定しておきながら帰結を忘れてしまった、とにかく私にはできない、もう聞こえさえしない、私は眠る、彼らはそれを眠ると呼ぶ、また彼らの登場だ、また彼らを殺し始めなくてはならない、あのおぞましい騒音が聞こえる、元に戻るのは煩わしい、どこからかわからない、私はほとんどそこにいたのだ、私はほとんど眠っていた、私はそれを眠ると呼ぶ、そこには私しかいない、私しかいたためしがない、ここでは、ということだ、他のところでとは言っていない、他のところにいたためしはない、ここが私にとって唯一の他所なのだ、このことをしているのは私で、それを被るのは私で、これ以外にはありえない、そんなことはありえない、私の過ちではない、ただ私に言えることとは、それが私の過ちではないということ、誰の過ちでもないということ、誰もいないのだから、それは誰の過ちでもありえない、私しかいないのだから私の過ちではありえない、ときには誰かが言うだろう、私は推論していると、望むところだ、誰かが私に推論することを教えたにちがいない、私にそれを教え始めたにちがいない、私を見棄てる前のことだ、この時期のことは覚えていない、しかし何かたたきこまれたにちがいない、見棄てられたことは覚えていない、たぶん私は衝撃を受けたのだ。奇妙だ、これらの死にゆく文句たち、なぜかわからない、奇妙だ、どこが奇妙なのか、ここではすべてが奇妙だ、ここの状態を考えてみるとすべてが奇妙だ、いや、奇妙なのはそれを考えることだ、私は何かにとりつかれていると仮定すべきなのか、私には何も仮定することなどできない、続けるしかない、現に私がしていることだ、もろもろの仮定は他人に任せておく、どこか他の他所に他人たちがいるはずだ、自分のちっぽけな他所にそれぞれの人間がいて、戻ってくるものの内部にはこの言葉、それぞれがつぶやく、その瞬間がやってくるとき、それを言う瞬間が、もろもろの仮定は他人に任せておく、そして以下同様、以下同様、他人たちにはこれ、他人たちにはあれ、そんなものがあるとして、それで続けられる、人が何を言おうとそれで続けられる、それで進める、私は進歩を信じる、信じることもできる、誰かが私に信じることも教えたにちがいない。いや誰も何も教えてくれなかった、学んだことなんかない、いつもここにいた、ここには私以外の誰もいたことがない、決して、いつだって、私、誰も、永遠にかき混ぜなくてはならない腐った泥沼、いまは泥沼で、さっきは粉塵だった、雨が降ったにちがいない。話している人物、彼は旅をしたにちがいない、何人かの人間、いくつかのことを見たにちがいない、彼は光に照らされてはるかな高みにいたにちがいない、あるいは誰かが彼に話を聞かせた、旅人たちが彼を見つけた、これで私は潔白だ、誰が言う、これで私は潔白だなんて、彼、それを言うのは彼だ、いやそれを言うのは彼らだ、そう彼ら、推論するのは彼ら、信じるのは彼ら、いや、ただ一人生きた人物、あるいは生きたものたちを見た人物、私について話すのは彼だ、まるで私が彼であるかのように、まるで私が彼でないかのように、二人とも、そしてまるで私が次々といろんな他人であるかのように、悩み果てているのは彼だ、私ははるか遠くにいる、わかってくれるね、彼は私が遠くにいると言う、まるで私が彼であるかのように、いやまるで私が彼ではないかのように、なにしろ彼は遠くにいるのではない、ここにいるのだ、話すのは彼、それは私だと彼は言う、それから彼はそうじゃないと言う、私は遠くにいて、あんたら聞いてるかい、彼は私を探し、私はなぜかわからず、彼はなぜかわからず、彼は私を呼び、彼は私が外に出るのを望み、私が外に出られると信じ、彼は私が彼であるかまたは他人であることを望み、正確をめざそう、彼は私が上昇すること、彼のなか、または他人のなかで上昇することを望み、彼はそれでよしと信じ、自分のなかに私を感じ、そのとき彼は私と言う、まるで私が彼であるかのように、あるいは他人のなかで、そのとき彼はマーフィーまたはモロイと言い、もうわからない、まるで私がマロウンであるかのように、しかし他の連中のことはもう終わりだ、彼は私のかわりにもう彼自身しか望まない、これが最後の機会だと思っている、そう信じている、誰かが彼にあれこれ信じることを教えた、話すのはいつも彼だ、メルシエは話したことがない、モランは話したことがない、私は話したことがない、私は話しているように見える、それは彼がまるで私であるかのように私と言うからで、私だってそれを信じそうになった、わかってくれるね、まるで彼が私であるかのように、私は遠くにいて動くことができず、誰にも見つからないが、彼だってそうで、彼にできるのは話すことだけ、そしてさらにたぶんそれは彼ではなく、それはたぶん次々現れる一族郎党で、それはでたらめで、誰かがでたらめについて話しているが、それは誤謬なのか、ここではすべてが誤謬で、なぜかはわからず、誰のせいかもわからず、誰に向かっているのかもわからない、誰かが人は、と言う、要するに代名詞の誤りなのだ、私には名前がない、私には代名詞がない、すべてはこのことが原因だ、人はそう言う、それは一種の代名詞だ、これはそれでもない、私はそれでもない、こんなことはみんな放っておこう、みんな忘れよう、難しいことではない、肝心なのは誰か、あるいは何か、結局このとおり、ここにはおらず遠くにいて、あるいはどこにもおらず、あるいはあそこに、ここにいる、いいだろう、結局のところ、肝心なのはそれについて話すこと、これなんだ、なぜかわからない、なぜそのことを話さなくてはいけないのか、なりゆきだ、どうしようもない、誰もそれについて話すことはできない、人は自分について話す、誰かが自分について話す、このとおり単数形で、ただ一人、当事者、彼、私、なんだっていい、当事者が自分について話す、そうじゃない、他人についてだ、やっぱりちがう、彼は何もわかっていない、どうして彼にそのことがわかるのか、彼がそのことを喋ったのかどうか、自分について話しながら、他人について話しながら、事物について話しながら、どんな他人か、どんな事物か、当事者は自分について話しながら、それは私だ、私について話しながら、どうしてわかる、私にはわからない、私が彼について話したかどうか、私は彼について話さなければならない、私は私についてしか話せない、それもできない、私が話せることなど何もない、それなのに私は話す、たぶん彼のことを、私は決して彼を知ることはないだろう、どうやって知るのか、誰が彼のことを知ることができようか、誰が彼のことを知っていてそれを私に教えられるのか、誰のことが問題なのか私にはわからない、わかっているのはそれだけだ、いや、私は他のことも知っているはずだ、誰かが私にいろんなことを教えたはずだ、何も知らず何も望まず何もできない彼こそが問題だ、もし何も望まず、何もできることがないなら、彼は話すことも聞くこともできず、彼は私であり、私ではありえず、彼について私は話すことができず、話さねばならず、これはみんな仮説にすぎない、私は何も言わなかった、人は何も言わなかった、問題は仮説をでっちあげることではない、問題は続けることで、それは続くのだ、仮説とはその他のことと同じで、続けるのを助けるのだ、まるで助けが必要であるかのように、そうなんだ、非人称のまま、やめられないことを続けるためにはまるで助けが必要であるかのように、それでも、いや、それは停止するだろう、聞こえるね、それは停止するだろう、いつか、と声が言う、それは決して停止しないだろうと声は言い、そしてそれは停止するだろうと言う、私に意見などない、どうやって私に意見がもてようか、たぶん私の口を使って、もしそれが私の口ならば、私には口の感覚がない、それは何も意味しない、もし私に口の感覚があるならば、もし私に何かの感覚があるならば、私はやってみるだろう、もしできるなら、それは私じゃないとわかっている、それしかわかっていない、それは私じゃないと知りながら私は私と言う、私は遠くにいる、それしかわかっていない、なんて遠いのだ、遠くにいる必要はない、彼はたぶんここ私の腕のなかにいる、私の腕、私には腕の感覚がない、もし私に何かの感覚があうるならば、それは出発点になるだろう、出発点、ああもし私に笑うことができたら、私はそれが何かわかっている、人はそれが何か私に言うべきだった、しかし私にはそれができない、どうすればいいか人は私に説明すべきではなかった、これは教えられるようなことではないはずだ。沈黙、沈黙に包まれ沈黙について一言、これは最悪だ、沈黙について語るなんて、それから閉じこもり、誰かを閉じこめ、つまり何と言うべきか、静寂、私は静かだ、私は閉じ込められた、私は何かのなかにいる、私のなかではない、それだけはわかっている、それを放っておこう、つまり、一つの場所を作ること、ちっぽけな一世界、ちっぽけな一世界を作ること、そこはまん丸だろう、こんどはまん丸だろう、確かではない、天井は低く、壁は厚く、どうして低いのか、どうして厚いのかわからない、確かじゃない、見てみよう、これらをみんな見てみよう、ちっぽけな一世界、それがどんなふうか調べること、見分けようとすること、そこに誰かを配置すること、そこに誰かを探すこと、そして彼がどんなふうか、彼がどんなふうにするのか、それは私ではないだろう、どうでもいい、たぶんそれは私だろう、たぶんそれは私の世界だろう、そんな一致はありうる、窓はないだろう、窓は終わりだ、海は私を拒んだし、空は私を見なかった、そこに私は不在で瞼の上に大気、夏、夕べがのしかかり、瞼が必要で、目の玉が必要で、彼らは私に説明したはずだ、誰かが私に説明したはずだ、それがどんなふうか、窓際の、海に面した、大地に面した、空に面した、窓際の、空、夏、夕べに向かった眼、開いては閉じ、灰色、黒、灰色、黒、私は理解したはずだ、それが欲しかったはずだ、自分のために眼を欲しがること、私は試したはずだ、私は試した、人が私に語ったすべてのことを、私が試したすべてのこと、それはまだ私の役に立つ、まだ通用する、それを考えるときには、そのこともまたやはり考えておくべきだ、あいかわらず昔なつかしい考え、彼らはそれを考えると呼ぶ、それは幻影、幻影の滓《かす》であり、そんなものしか見えない、いくつかの昔なつかしいイメージ、一つの窓、どうして彼らは私に窓を見せる必要があるのか、と自分に言いながら、私にはわからない、思い出せない、はっきりしない、一つの窓、自分にこう言いながら、他にも窓はある、もっときれいなのが、そして残りのもの、壁、空の部分、人びと、マフードに似て、少々の自然、繰り返すのはまだるっこい、すっかり忘れた、全然忘れていない、それは必要なのか、しかしそれはこんなふうに起きたことなんだ、誰がここにたどりつけたのか、たぶん悪魔だ、他には思いつかない、彼が私にすべてを見せつけた、ここ暗闇のなかで、そしてどんなふうに話すのか、そして何を言うのか、そして少々の自然、そしていくらかの名前、そして人々の外側、私のイメージどおりの人々、私に似ているかもしれない人々、そして彼らの生きざま、部屋のなか、物置のなか、洞窟のなか、林のなか、あるいは行ったり来たり、もうわからない、そして私を放っておいた、私がそそのかされ、私が途方にくれているのを知りながら、私が降参しようがしまいが、降参したことがあろうがなかろうが、わからない、それはもう私ではない、これだけはわかっている、あの頃からそれはもう私ではなく、あの頃から誰も不在で、私はくたばってしまったはずだ。これらはみんな仮説であり前進させてくれる、私は進歩を信じる、沈黙を信じる、ああそのとおり、沈黙について、それからちっぽけな世界について少々の言葉、それで永遠に足りるだろう、まるでそれが私であるみたいに、話す私、聞く私、あれこれたくらむ私、定刻までに、永遠のために、ところが私は遠くにいる、あるいはどこかで私の腕のなかに、あるいはどこかの片隅に、壁の向こうに、沈黙について少々の言葉、それからただ一つのこと、ただ一つの空間、そしてそのなかの誰か、そのなかの何か、たぶん最後まで私はそれを信ずる、もう夕暮れだ、私はそれを夕暮れと呼ぶ、この夕暮れを信じる、それはもう告げられたこと、誰かが告げる、そして諦める、このとおり、続けさせる、終わりにする、終わりのある数々の夕暮れ、私は夕暮れについて話す、誰かが夕暮れについて話す、それはまだたぶん朝なのだ、それはたぶんまだ夜なのだ、たぶんまだ夜なのだ、私に意見なんかない。彼らは愛しあい、もっと愛しあうために、もっとくつろげるように結婚する、彼は戦争に行き、戦争で死に、彼女は彼を愛したので、彼を失ったので、感極まって泣き、ほら再婚し、また愛し、またもっとくつろぎ、彼らは愛しあい、必要な回数だけ愛し、これは幸福になるためには必要で、彼が戻ってきて、もう一人が戻ってきて、結局彼は戦争で死んだのではなく、彼女は駅に行く、彼女に再会できると思って感極まり、彼は汽車のなかで死んでしまう、彼女はまた彼を失って、また感極まってまた泣きに泣く、ほら家に戻る、彼は死んだ、もう一人も死んだ、義理の母が彼を降ろしてやる、彼は彼女を失うと思って感極まり首を括った、彼女は感極まって泣く、もっと激しく泣く、彼を愛したので、彼を失ったので、これで一つの物語ができあがり、これで感動とは何か私はわかるようになった、それは感動と呼ばれる、感動に可能なこと、好都合な条件がそろっているとき、愛情に可能なこと、つまり感動とはそういうものだ、汽車、進行方向、列車の機関士たち、駅、駅という駅、プラットフォーム、戦争、愛、悲痛な叫び、あれは義理の母にちがいない、彼女は悲痛な叫びをあげる、息子あるいは婿を降ろしながら、わからない、あれは彼女の息子にちがいない、なぜなら彼女は叫ぶから、そしてドア、家のドアは閉じられている、駅から戻って彼女は閉じたドアに気がつく、彼女が閉じたドアだ、それは彼が首尾よく首を吊るため、または義理の母が首尾よく彼を降ろしてやるため、あるいは息子の妻が家に戻るのを阻むため、これで一つの物語だ、それは息子の嫁にちがいない、それは婿と娘ではなく、息子と嫁なのだ、今夜はなんと私は上手に推理することか、これは私が推理を学ぶためだった、それは私がそこに行くきっかけになるはずだった、やっと終わりにできるかもしれない、私は優秀な生徒だったはずだ、ある程度は、私はある程度を超えることができなかった、彼らが私を恨んだのはよくわかる、今夜私は理解し始めている、意地悪したわけではない、私ではない、それは私ではなかった、ドアだ、私の興味を引くのはドアなのだ、それは木でできている、誰がドアを閉めたんだ、そして何のためか、私は決してそれを知ることがないだろう、これで一つの物語ができた、みんな終わって忘却されたと思っていた、たぶんそれは新しい物語、できたてほやほやの、これは架空の世界への回帰なのか、いや単なる警告だ、私が失ったものを惜しがるため、私が追放されたあの場所に再び憧れるため、残念ながら何も思い出せない。沈黙、そこに戻る前に沈黙について語ること、私はすでにそこにいたことがあるのかわからない、一瞬一瞬そこにいるし、一瞬一瞬そこから出る、ほら私はそのことを喋っている、それがやって来るのはわかっていた、私は喋るためにそこから出る、喋りながらもそこにいる、そう喋っているのは私だ、そして私ではない、あたかもそれが私であるかのようにふるまっている、しばしばそれが私であるかのようにふるまっている、しかし長いこと、私は長いことそこにいたのか、長い滞在、持続については何もわからない、それについて語ることはできない、それについて私は上手に語る、決してとか、いつもとか言う、もろもろの季節と、昼と夜の部分について語る、夜には部分というものがない、眠っているからだ、どの季節も同じようなものにちがいない、たぶんいまは春だ、私は単語を教わったが、意味はよく教えてもらえずに、そのまま推論することを教わった、私は全部使ってみる、人が私に見せてくれたあらゆる単語、それは数々の一覧表だった、ああ突然なんと奇妙な熱中、向かいあわせのイメージといっしょに一覧表に載っていた、私はそれを忘れてしまったにちがいない、まぜこぜにしたにちがいない、私がもっているこれらの名前のないイメージ、イメージのない名前、たぶんドアと呼んだほうがいいこれらの窓、とにかく別の単語がいい、そしてこの人間という言葉は、それを聞きつつ私が見ているものにはたぶんふさわしくない、しかし一瞬、一時間、そしてこれに続くもの、どうやってそれらを思い浮かべるのか、一つの人生、ここの暗闇でどうやってそれが見えるようになるのか、私はそれを暗闇と呼ぶ、それはたぶん紺青なのだ、それはうつろな言葉なのだ、それでも私はそれを使う、言葉たちがやって来る、人が私に見せてくれたあらゆるもの、私が思い出すあらゆること、なんとか続けるために、私にはそれらが全部必要だ、ちがう、二十あれば十分だ、まったく忠実で、深く根づいて実に多様なのがあれば、パレットの上で私はそれらを混ぜあわせ、変化させ、そこに階調が現れるだろう、私にできるなら、私が望むなら、私はあらゆるものを作って見せる、しかもあっちのほうからやってくる、それはこんなふうにして終わるだろう、悲痛な叫び、言葉にならないつぶやきで、徐々に工夫すればいい、呻きながら即興でやればいい、私は笑うだろう、それはこんなふうに終わるだろう、くつくつという笑い声、ごぼごぼ、やれやれ、はあ、ふー、練習してみよう、にゃー、ううっ、ぽん、ぷしゅぅ、感極まっただけだ、ぱん、ぱちん、突撃、やーい、やったー、それからなんだ、ああ、おお、抱きあっているのか、もうたくさん、くたびれるだけ、ひぃひぃ、それはデモクリトスが生まれた沿岸地帯だ、いや別の人間が、結局終わりだ、言い訳の終わり、それは沈黙、沈黙の上のわずかなごぼごぼ、ほんとうの沈黙ではなく、私が口まで耳まで浸かる沈黙ではない、私を包み、私をはぎ取り、私といっしょに呼吸する沈黙ではない、ほんとうの沈黙、溺死者の沈黙、私は何度か溺れた、それは私ではなかった、私は窒息した、私は自分に火をつけた、木切れや鉄棒で頭をたたいた、それは私ではなかった、頭なんかなかった、鉄棒はなかった、私は自分に何もしなかった、誰にも何もしなかった、誰も私に何もしなかった、誰もいない、林なんかない、私は探した、私しかいない、それもない、私もいない、私はいたるところを探した、誰かいるにちがいない、この声は誰かのものにちがいない、そうであってほしい、声が望むものを私は望む、私はその声だ、私はそう言った、声はそう言う、ときどき声はそう言う、それからちがうと言う、望むところだ、声には黙ってほしい、声は黙りたい、それができない、一瞬黙る、そしてまた始める、ほんとうの沈黙ではない、声は言う、これはほんとうの沈黙じゃないと、ほんとうの沈黙についてなんと言おうか、わからない、声は言う、私は知らないと、そんなものは存在しないと、たぶん存在すると、そう、たぶんそれは存在すると、どこかに、私がそれを知ることは決してないだろう、しかし声が弱まるとき、そして停止するとき、しかし声は一瞬一瞬弱まり、一瞬一瞬停止する、そう、しかしそれがしばらく停止するとき、しばらく、しばらくとはいったい何か、つぶやきがある、つぶやきがあるにちがいない、そしてそれを聞く、それを聞く誰か、耳はいらない、口はいらない、自分を聞く声、それが話しているときと同じように、自分が黙るのを聞く声、それは一つの叫びとなる、それは一つの声となる、かすかな声、同じかすかな声、それは喉のなかに残る、ほらまた喉だ、ほらまた口だ、声が耳を満たす、そして私は吐く、誰かが吐く、誰かが吐き始める、こんなふうに進行するにちがいない、説明を与えることも頼むことも私にはできない、私がすっかり溺れてしまうところにコンマがやってくる、沈黙が訪れるだろう、今夜、それは今夜だと思う、まだ夜だ、それは持続しているから、望むところだ、たぶんいまは春なんだ、すみれが咲いている、いやこれは秋なんだ、何かが見ごろだ、移り行く物事、終わり行く物事、誰も私に説明できなかった、うごめき、消え去り、戻るものたち、変化する光、誰も私に見せることができなかった、そしてそれとともに死、死にゆく一つの声、じつにいい声だ、ついに沈黙、つぶやきはない、空気がない、誰も聞くものはいない、私のような出来損ないのためではない、それでいい、先に進もう。巨大な監獄、十万の大聖堂のような、もう決してそれ以外のものはない、これからは、そしてそのなかに、どこかに、たぶん、釘付けになったちっぽけな囚人、どうやって彼をみつけるのか、この空間はなんていかがわしいのか、たちまちなんというかがわしさ、そこで関係を結ぼうとすること、そこに一つの存在をおいてやろうとすること、独房で十分だろう、もし私が諦めるなら、もし私に諦めがつくなら、始める前に、再開する前に、なんて息が詰まるんだ、まさに絶叫だ、それが持続させる、それが期限を遅らせる、いや反対だ、わからない、この巨大なもの、この暗闇のなかで再開すること、再開の運動をすること、私たちは動けないのに、私たちは決して出発したことなんかないのに、なんてまぬけなんだ、運動をするって、どんな運動だ、私たちは動くことができない、声を放つ、声は穹窿のなかに失われる、声はそれを穹窿と呼ぶ、それはたぶん天空なのだ、それはたぶん深淵なのだ、言葉にすぎない、声は監獄について語る、結局望むところだ、一つの民衆全体が入れるほど大きい、私一人、または私を待つものにとっても十分だ、私はそこに行くことにしよう、そこに行ってみよう、私は動けない、もうそこにいる、もうそこにいるにちがいない、もし私が一人でないなら、もし民衆の全部がそこにいるのなら、そしてあの声、彼の声は途切れ途切れに私に到達し、私たちは生きたかもしれず、しばらくは自由だったかもしれない、いまそのことを喋っている、おのおのが自分のために、おのおのが自分の前で、そして聞いている、民衆全員が同時に喋り、そして聞いている、それは以前の私、いや私は一人だ、たぶん最初のもの、あるいはたぶん最後のもの、私だけが話し、私だけが聞く、私だけが一人、他の連中は出発した、彼らは出発したみたいだ、彼らは黙った、話すから黙った、聞くから黙った、一人もう一人と、到着するにつれて、またもう一人がやってくるだろう、私はもう最後のものではないだろう、私は他の連中といっしょだろう、私が出発したみたいだろう、沈黙のなかで、それは私ではないだろう、私ではない、私はまだそこにいない、そこに行くだろう、そこに行こうと努めるだろう、努めるには及ばない、私は自分の番を待つ、そこに行く番を、そこで話す番を、そこで聞く番を、私が出発する順をそこで待つ番を、すでに出発したことになる順番を、そこで、長くかかる、長くかかるだろう、どこへ出発した、そこからどこに行くのか、他のところに行かなくてはならない、他のところで待たなくてはならない、さらに出発する番を待つこと、そして以下同様、一人もう一人と、一つの民衆全員が、または私一人が、他の民衆はいらない、以下同様、私一人だけ、そしてここに戻ってくる、そして再開する、いや続ける、それは回路になっている、長い回路だ、私はそれをよく知っている、知っているにちがいない、ちがう、私は動けない、動いたことがない、私は声を出す、声を聞く、ここしかない、場所は二つとない、監獄は二つとない、これは私の面会室、それは一つの面会室、そこで私は何も待ってはいない、それがどこかわからない、どんな様子かわからない、私には関係ない、それが大きいか、小さいか、閉じているか、または開いているか、わからない、そのとおり、繰り返すんだ、そうすれば続けられる、何に対して開いているのか、それがあるだけ、空虚に開かれ、無に開かれ、望むところだ、言葉にすぎない、沈黙に開かれ、沈黙に向かい、沈黙と地続きで、それでなぜいけないか、そのあいだじゅう沈黙の淵で、私はわかっていた、岩場の上で、岩場にくくりつけられ、沈黙の真っただなかで、その大きなうねりが私のほうまでのぼってくる、私はびっしょり濡れる、これは一つのイメージ、これは言葉、これは一つの体、これは私ではない、私ではないだろうとわかっていた、私は外部にいるのではなく、内部にいる、何かのなかに、私は閉じ込められ、沈黙は外部に、外部に、内部に、存在するのはここだけ、そして沈黙は外部に、この声しかなく、沈黙がそれをとりまく、壁はいらない、いや、壁がいる、私には壁が必要だ、分厚いのが、私には監獄が必要だ、私は正しかった、私一人だけのために、私はそこに行くだろう、そこに入るだろう、もうそこにいる、私はそこに自分を探すだろう、私はそこのどこかにいる、それは私ではないだろう、どうでもいい、それは私だと私は言うだろう、それはたぶん私だろう、それこそはたぶん彼らが待っているものだ、また彼らの登場だ、私を赦免するためだ、自分は誰かだと私が言うこと、自分がどこかにいると言うこと、私を外部に、沈黙のなかに追いやるためだ、そこに私は何も見ない、つまり何も、つまりそこには何もない、あるいは要するに私には目がない、あるいは二つとも可能、これで三つの可能性がある、選べばいい、しかしほんとうに私には何も見えないのか、嘘を言っている場合ではない、どうすれば嘘をつかないですむか、一つ考えがわいた、こんな一つの声、それなら制御できる、それはすべてを試してみる、それは盲目だ、それは私を闇のなかに探し、それはそこに入ろうとして一つの口を探し、それは声を無力にしかねない、それしかない、頭が必要だろう、いろんなものが必要だろう、わからない、私はわかっているように見えすぎる、声のせいだ、声が知ったかぶりをする、それで私は自分が物知りだと思いこむ、それが自分の声だと思いこむ、両目はそれにひかれはしない、私には目がないと声は言う、または目があっても何の役にも立たないと、それから声は涙について語り、そして薄明かりについて語る、ほんとうにそれは暗中模索する、薄明かり、そう、遠くの、あるいは近くの薄明かり、距離があり、周知のように尺度があり、黙れ、薄明かりがあり、明け方のようで、それから夕暮れのように死に絶える、あるいは膨れ上がる、そんなこともある、雪よりも白く燃え上がることも、ほんの一瞬、短すぎる、そしてやっぱり消えていく、お望みなら忘れるがいい、私は忘れる、何も見えないと私は言う、あるいは頭のなかのことと言う、まるで私が頭を感じているかのように、これはみんな仮説だ、嘘にすぎない、あの薄明かりも、それが私を救ってくれるはずだった、それが私を貪り食うはずだった、何ももたらさなかった、私には何も見えない、あれもこれも、それにあの数々のイメージで、砂漠を前にしたラクダのような私の渇きを彼らは癒してくれた、わからない、やっぱり嘘だ、見るためだ、それは見られ、すっかり見られた、嘘ばっかり、それは素早く言われた、素早く言わねばならない、それが規則だ。場所、それでも私は場所をでっちあげるだろう、頭のなかででっちあげるだろう、私の記憶からそれを引き出すだろう、私のほうにそれを引っ張って来るだろう、私は自分の頭をでっちあげ、自分の記憶をでっちあげ、耳を傾けるだけでいい、声が私にすべてを告げるだろう、私に必要なすべてのことを声はすでに私に告げた、声は私にまた告げるだろう、私が必要とするもののすべてをほんの少しずつ、喘ぎながら、それはまるで告白のよう、最後の告白、それが最後の告白と信じそうになる、そして声は復活する、まちがいだらけだった、記憶はでたらめで言葉はもう浮かばず、言葉は稀になり息は途切れ、いやそれは別のもの、それは求刑、誰かを弾劾する瀕死の声、それが弾劾するのは私、誰かを弾劾しなくてはならない、誰かを見つけなくてはならない、犯人が必要だ、声が私の悪行について語り、私の頭について語り、私の声と自称し、私が後悔していると、処罰を望んでいると、もっと善良でありたいと、外に出たがっていると、降参したがっていると告げる、犠牲者が必要だ、私は聞いていればいい、声は私の隠れ家を教えるだろう、私に教えてくれるだろう、それがどんな様子か、扉があるとすれば、どこにあるのか、そして私がどこにいるのか、私たちのあいだはどうなっているのか、それはどんな土地か、それは海か、あるいは山なのか、それに続く道、私が立ち去り、逃亡し、投降し、まったく訴訟もなしに斧でめった打ちにされる場所にたどり着くために、ここからやってくるものはみんな斧で打たれる、私が最初じゃない、私が最初ではないだろう、それが私を仕留めるだろう、別の人間たちも仕留めてきた、どうするか斧が私に教えてくれるだろう、立ち上がり、動き、絶望にめぐまれた体に見えるように、そんなふうに私は推理する、私の推理を聞きつける、これはみんな嘘っぱちだ、人が召喚するのは私ではなく、人が語っているのは私についてではなく、まだ私の番ではなく、他人の番で、だから私は動けず、一つの体を自分の体と感ずることがなく、まだ十分苦しむことがなく、まだ私の番ではなく、動けるには、頭といっしょに体をもつには、理解するには、道を照らし出すために二つの目をもつには、不十分で、私は理解することなく、聞きつけたことを役立てることもできず、ただ聞くしかない、立ち去ろうにも、もう聞くことを必要としないためにも、私はすべてを聞くことがなく、きっとそうにちがいないが、肝心なことを私は聞くことがなく、私の番ではなく、地形学的かつ、とりわけ解剖学的な指示は私のところまでは届かない、いや、私はすべてを聞く、私にはすべてが聞こえるはずだった、それがなんになろうか、私の番ではなく、私が理解する番、私が生きる番、私の生の番ではないからには、声はそれを生きると呼ぶ、ここから扉までのあいだ、すべてがそこに、私が聞いているもののなかに、どこかにある、もしあのときからすべてが言われているなら、すべてが言われたはずで、しかし私がそれを知る番ではない、私が誰か、どこにいるか知る番ではない、そしてもはや存在しないためには、もはやそこに存在しないためにはどうするか、他人であるためにはそれでいい、いや同一人物なんだ、わからない、人生へと立ち去ること、前進すること、扉を見出すこと、斧を見出すこと、それはたぶん首に、喉にかける綱、綱のため、あるいは指、指のため、私には目があるだろう、指が見えるだろう、沈黙が訪れるだろう、たぶん墜落、扉を見出すこと、扉を開け沈黙のなかに落ちること、それは私ではない、私はここに、でなければあそこに留まるだろう、それは決して私ではない、これらはみんな実行され、言われ、そして繰り返された、出発、起き上がる体、色彩にあふれた道、たどりついた、開いては閉じる扉、それは決して私ではなかった、私は動かなかった、私は聞いた、喋ったにちがいない、どうして否定したいのか、結局私は何も望まない、私に何が聞こえるか言い、私が何を言っているか聞き、わからない、どちらかだ、あるいは両方同時に、これで可能性は三つある、これらの旅人たちの物語すべて、立ち枯れたものたちの物語、これらは私の物語だ、私はずいぶん年寄りにちがいない、または記憶がまちがっているのだ、私が生きたか、生きているか、生きるであろうか、もしわかっているなら、すべてが単純になるのに、それを知るのは不可能だ、それこそ秘訣というものだ、私は動かなかった、これだけはわかっている、いやわかっているのは他のことだ、それは私ではない、私はいつもそれを忘れてしまう、私はやりなおす、やりなおさなければならない、ここから動かなかった、自分に数々の物語を語るのをやめなかった、ほとんどそれらを聞かずに他のことを聞きながら、他のことを待ち伏せながら、ときどきどこからそれを受けとっているのか自問しながら、私は生者たちのあいだにいたのか、それとも彼らが私のもとにやってきたのか、そしてどこで私は彼らを受けいれるのか、私の頭のなかでか、私には頭の感覚がない、それに何でもって私はそれらを言うのか、私の口でもって、同じ指摘、それになんでもって私はそれらを聞くのか、そしてべらべら、そしてべらべら、それは私ではありえない、または私の注意が足りなかった、私はそれほど慣れっこになっている、別段注意もせずにそれをやってしまう、または他所にいるみたいで、私は遠くにいて、私は欠席者でこんどは彼の番だ、話すことも聞くこともない誰か、体も魂ももたぬ誰か、彼がもっているのは他のものだ、彼は何かもっているにちがいない、どこかにいるにちがいない、彼は沈黙そのものだ、これは立派な分析だ、彼は沈黙のなかにいて、探すべきは彼で、存在すべきは彼で、彼で、彼のことを話さなくてはならない、しかし彼は話すことができない、それなら私は中止してもいいだろう、私は彼だろう、私は沈黙だろう、私は沈黙のなかにいるだろう、私たちはいっしょになるだろう、語るべきなのは彼の物語なのだ、しかし彼には物語がない、彼は物語のなかにはいなかった、これは確かではない、彼は彼自身の、想像もできない、言葉に表せない物語のなかにいる、どうでもいい、やってみなければならない、どこからきたのかわからない私の古臭い物語のなかに、彼の物語を見出すこと、そこに彼の物語があるにちがいない、それは彼の物語である前に私のものであったにちがいない、私はそれを見分けるだろう、最後にはそれを見分けるだろう、彼が決して捨てたことのない沈黙の物語、私が決して捨ててはならなかった、たぶん私が決して再び見出すことがない、たぶん私が見出すだろう沈黙の物語、それならこれは彼だろう、これは私だろう、これは場所であり、沈黙、終わり、始まり、再開だろう、なんというか、言葉にすぎない、私にはこれしかない、そしてさらに言葉は稀になり、折をみて彼は変質し、私にはわかっている、わかっているにちがいない、これは沈黙で、言葉を欠き、つぶやきで、はるかな叫びでいっぱいだ、予期されていた沈黙、聞くことの沈黙、待つことの沈黙、声を待つこと、叫びは、あらゆる叫びと同じく静まり、つまり黙りこみ、つぶやきは止まり、つぶやきは諦め、声はまた始まる、またもがき始める、声がやむのを、もはやつぶやきの芯しか、はるかな叫びしか残らなくなるのを待ってはならない、すみやかに試さなくてはならない、残りの言葉で、何を試すって、もうわからない、どうでもいい、それがわかったことなんてない、言葉が私を私の物語のなかに連れていこうとするのを試す、残りの言葉、忘れてしまった私の古臭い物語、ここから遠くに、騒音を通過して、扉を通過して、沈黙のなかで、そうにちがいない、もう遅すぎる、たぶんもう遅すぎる、たぶんもう終わった、どうしてそれを知るのか、私には決してわからないだろう、沈黙のなかではわからない、それはたぶん扉で、私はたぶん扉の前にいる、ありえない、たぶんそれは私で、私だった、どこかでそれは私だった、私は出発できる、このあいだずっと私は、そうとは知らずに旅をしていたのだ、扉の前にいたのは私で、どんな扉なのか、それはもはや他人ではない、ここで扉が何の役に立つのか、これは最後の言葉、ほんとうに最後の最後だ、またはつぶやきだ、つぶやきだろう、それなら知っている、知ってさえいない、誰かがつぶやきについて、遠くの叫びについて語る、話すことができるかぎり、話すのは以前で、話すのは以後で、みんな嘘っぱちだ、それは沈黙だろう、しかし続きはしない、そのなかで耳を傾け、そのなかで待つ、それが途切れるのを、声がそれを途切れさせるのを、それはたぶん孤独で、わからない、なんの価値もない、それだけはわかっている、それは私ではない、それだけはわかっている、それは私のものではない、私が手に入れたのはそれだけ、ちがう、別の沈黙を手に入れたはずだ、持続する沈黙だ、しかしそれは持続しなかった、理解できない、要するに、いや、それはずっと持続している、私はずっとそのなかにあり、それに自分を委ね、それを予感し、いや、人は予感なんかしない、そこで聞いたりはしない、わからない、それは夢だ、たぶん夢だ、ありえない、沈黙のなかで私は目覚めるだろう、もう眠り込まない、それは私だろう、またはあいかわらず夢に見る、沈黙を夢に見る、つぶやきでいっぱいの夢の沈黙を、わからない、言葉にすぎない、もう決して目を覚まさない、言葉にすぎない、それしかない、続けなければならない、それだけはわかっている、彼らはやめるだろう、それなら知っている、彼らが私を放り出すのを感じる、それは沈黙だろう、ちょっとのあいだ、しばらくのあいだ、でなければそれは私の沈黙だろう、持続し、持続したことがなく、ずっと持続するこの沈黙、それは私だろう、続けなくてはならない、私には続けられない、続けなくてはならない、だから私は続けるだろう、言葉があるかぎりそれを言わなくてはならない、それを言わなくてはならない、言葉が私をみつけるまで、言葉が私にこう言うまで、奇妙な罰、奇妙な過失、続けなくてはならない、たぶんそれはもうすんだことだ、たぶんそれはもう言われたことだ、言葉は私をたぶん私の物語の限界まで連れて行った、私の物語に向けて開く扉の前に、ありえない、もしそれが開いたら、それは私だろう、それは沈黙だろう、そのなかに私はいる、わからない、決してそれはわからないだろう、沈黙のなかではわからない、続けなくてはならない、私には続けられない、私は続けるだろう[20]。

一九四九年

訳註

01 「どこなのか、いまは？ いつなのか、いまは？ 誰なのか、いまは？」（Où maintenant? Quand maintenant? Qui maintenant?） ベケット自身による英訳版では「どこなのか、いまは？ 誰なのか、いまは？ いつなのか、いまは？」（Where now? Who now? When now?）と順序が変わっている。

02 これ以降も、マロウンの他、マーフィー、ワット、メルシエ、カミエ、モロイ、モランなど、ベケットの以前の創作に登場した人物名が繰り返し出てくる。

03 ゲテ通り（rue de la Gaîté）は、パリ市一四区モンパルナス地区にある通り。

04 ルシフェル（Lucifer） 英語からの音訳ではルシファー。もともと「明けの明星」を示すラテン語であったが、神に反逆した堕天使の長の名となり、サタン・悪魔を意味するようになった。

05 バリーは『モロイ』に出てくる地名で、モロイの住む都市とされている。

06 カウカーソス山 ギリシア神話では、人類に火をもたらしたプロメテウスは罰として、カウカーソス山に磔になり、毎日臓腑をワシについばまれるという拷問を受ける。その刑期は三万年と言われるが、他の説もある。

07 ラフレシア 腐臭に似た臭いで蝿を誘って受粉をおこなう巨大な花を咲かせる「寄生植物」。東南アジア島嶼部やマレー半島に分布する。

08 “De nobis ipsis silemus”（ラテン語）は、「我々はみずからについては語らぬ」という意味。フランシス・ベーコン『ノヴム・オルガヌム――新機関』に現れ、カントがモットーとして『純粋理性批判』の冒頭に掲げた言葉である。

09 頓呼法（apostrophe）　その場に存在しない人物や、抽象的な属性や概念などに語りかける修辞技法。

10 ヘラクレスの柱　ジブラルタル海峡の二つの岬につけられた名前。ギリシア神話によれば、ヘラクレスが怪力によって地中海と大西洋を隔てる山を砕いたあとが、海峡になった。

11 三つまたの矛　ギリシア神話のなかでポセイドーンは、三つまたの矛を武器として、大海と大陸を支配したと言われる。

12 マルグリット　食堂の女主人の名前だが、九六ページ以下でマドレーヌと、マルグリットが混在する。英訳でも、このとおりになっている。

13 ブランシオン通り（rue Brancion）は、パリ市一五区の通り。

14 トゥーサン・ルヴェルチュール（Toussaint Louverture 1743-1803）　フランス革命直後にハイチの黒人奴隷解放運動を指揮し、独立に導いた人物。

15 「ボタルの穴」は「卵円孔」とも呼ばれ、胎児期の心臓の右心房と左心房をつなぐ孔のこと。出生後には「卵円窩」として痕跡を残す。ボタル（Botal）、イタリア語でボタロー（Botallo）は、これを発見した一六世紀イタリアの解剖学者・外科医の名前である。

16 キラーニー（Killarney）　アイルランド南西部の観光地、同名の国立公園がある。

17 イキ（stet）は校正用語で、修正を取りやめてもとにもどすことを指示する。

18 ピガール広場（Place Pigalle）はパリ九区、モンマルトルの丘のふもとにあって付近は歓楽街として知られる。

19 バッターシー公園（Battersea Park）は、ロンドン市内にある主要な公園のひとつ。

20 「続けなくてはならない、私には続けられない、私は続けるだろう」一九五三年の初版では、「私には続けられない、」の部分がなかった。五八年英訳版にはこれが加筆され、七一年に再版された仏語版にも追加された。この再版における他の変更は、つづりの訂正など、おおむね軽微なものである。Dirk Van Hulle, Shane Weller, *The Making of Samuel Beckett's* L'Innommable / The Unnamable, Bloomsbury / University Press Antwerp, 2014, p. 76-79 に変更箇所の詳細なリストがある。

訳者あとがき

宇野邦一

『モロイ』、『マロウン死す』に続いてベケットが書いた作品『名づけられないもの』（仏語 *L'Innommable*、英語 *The Unnamable*）は、前の二作にもまして法外な作品である。もはや「あらすじ」を言うことなどほとんど不可能、無意味であり、どういう作品なのか、はたして小説であるのか、それだって明言することは難しい。「もうあなたに言ったとおり、私は進退窮まっていますが、この最後の仕事にいちばんこだわっています。ここからぬけ出ようとしても、出られないでいます」。ベケットはそんなふうに手紙に書いている（一九五一年九月一〇日、ジェローム・ランドン宛）。彼自身にとっても、きわめて重要で厄介な、そして例外的な「作品」であったにちがいないのだ。

いまどこにいるのか、いまはいつなのか、わからない。わからないが問うことはしない。そう言う「私」とは誰なのか。誰に向けて語っているのか。それもわからない。わからないことばかりで、問いはただ、かぎりなく増殖していくことになる。「私は母の部屋にいる」(『モロイ』)。少なくともまず「どこか」わかって、落ち着くことができた。「私はもうすぐ死んでしまうはずだ」(『マロウン死す』)などと、はじめに書いてあるだけでも、なんとか時間を想定する手がかりにはなった。しかし「名づけられないもの」はどこにもいない。始めたけれど、何も始まっていないようで、語るべき過去などないようで、実にあやふやな現在がうつろっていくだけ、語れないことについて語っているだけだ。「私は喋ってるみたいに見えるが、喋っているのは私じゃないし、私のことじゃない」(五ページ)。何一つ確かではなく、定まらず、代名詞も固有名も、誰をさすのか、たえず変動している。モロイ、モラン、マロウンの思考も、どこにも行きつかず、考えてはたちまち打ち消すことを繰り返していたが、それはまだ輪郭をもつ出来事の枠におさまっていた。そういう思考がいよいよ出来事の記述も浸食し、みずからもぼろぼろに食い尽くしていくようだ。

どうやら「支配者」とその手先たちがいて、「私」というものをでっちあげ、あやつり、私の中身も次々入れ変えている。その「支配者」も何人いるのかわからない。ただ「声」だけが持続している。少なくとも頁のうえでは、途切れることなく、ますます段落もピリオドもわずかになって、停止しないことだけが目的であるかのように続いている。「私」は存在し、考え、喋っている(そして書いている)ようだが、それは私ではなく、私のことではない、と声が言う。それはいつも同じ「私」なのか、

「私」には記憶があるのか。はたして同じ記憶が保存されているのか。それも疑わしい。ナンセンスで不可能な言述だけが、とりとめもなく、ナンセンスと不可能を持続していくようだ。

光の具合さえも奇妙なのだ（「光の乱調」一三ページ）。ここでは光が変質し、時間の形も歪んで、不連続になってしまう。現代の物理学などを参照する必要もないが、認識、知覚、思考の座標が、そして時空の構成が固定されないまま、浮動状態に投げ込まれている。「たぶん脳味噌が溶け出した」（一〇ページ）。

もちろんそういう法外な状況を設けて進行するこの「作品」も、確かにひとりの「著者」によって書かれ、それが誰かも、いつどこで書かれたかもほぼ知られていて、別段そこに謎は含まれていない。

確かなゲームの規則はないが、どうやらゲームらしいことが続いていく。いわゆる「言語ゲーム」というものだろうか。この作品は、小説そして物語の暗黙の規則らしいことを次々転覆していく。なにしろ、小説の言語ゲームでは、どんな嘘も虚構も真に受けて、語られたことをたどり続け、確かに言葉だけのことにすぎなくても、それをたよりに想像し、体験し、思案し、推理し、いっしょに悲しみ、怖れ、途惑い、喜び、感動するというゲームにつきあうことが、ほぼ〈常道〉である。場合によっては、作者の深遠な思想的追求といったものにも読者は同伴することになる（人間とは何か、いかに生きるべきか、この時代はどんな時代か、書くこと、語ることとは何か、そうするとき実は何が起きているのか……）

『名づけられないもの』も、全編がひとつの「言語ゲーム」であるにはちがいない。むしろ「言語破壊ゲーム」というものだろうか。「私は語れないことについて語らなければならないだろうし……」（六ページ）。あのヴィトゲンシュタインの言語哲学は、「語れないことについて語る」ことを禁止していたが、さしあたってそれとは関係がない。この作品を、本格的、独創的な「言語哲学的」探求として読むことは、もちろん可能に違いないが、それも一つの読み方にすぎない。この「あとがき」も決して真に受けてほしくはない。

「名づけられないもの」は人間だけでなく、物でもあろう。もちろんこの「作品」には、固有名も、名詞も次々出てくるし、フランス語の文法（ゲームの規則）はおおむね尊重されている。しかし話者はどうやらかんじんの「名づけられないもの」について、名づけることなく語ろうとする。

あてどのない（ように見える）お喋りは、もちろん名前や単語、もろもろの品詞からなっている。物の名称までが、たえず揺れたり、無意味になったりするわけではないが、どこか、いつか、誰かは、たえず揺れ、滑り、変化していて、名称と時間・空間、名称と人間のあいだにはたえずずれが生じ、そこに奇妙な空隙が開け、空隙の連鎖が、意味の荒野を広げていく（「固有名のないところに救済はない」八九ページ）。何が起きたか、何を意味しているか、と問うても、答えらしいものはない。

手っ取り早いのは、こんなふうに語り、こんなふうに考える話者を、一つの特殊な病（症例）として説明することにちがいない。モロイにもマロウンにも、なんらかの症例に似た特徴はあった。しかしラスコーリニコフ、ボヴァリー夫人、スワン……それぞれ症例的な特徴をそなえているにしても、そもそも「小説」の人物は症例の記述や分析にはおさまらないし、おさまってはならないようだ。〈小説とは何か〉を定義してかからなければこの議論もおさまりがつかないが、そもそも記述も分析も、すべてフィクション、仮説だと考えるだけでいい。特に「仮説」という言葉をベケットは繰り返している、「珍妙な仮説」、「突飛な仮説」、「みんな仮説にすぎない」……。「名づけられないもの」の荒野を、症例に収拾することはできない。症例に似ているとしても、小説のなかの症例は、現実にはありえないような症例であり、むしろ小説は新しい、分類不可能な病を作り出すのではないか。ヴェルテル、新しい恋の病。

それがある異様な言語ゲームだとしても、そこにゲームの規則はないかのようだ。まして、これをどう読むかの規則など書いてないので、ひとりひとりが読み方を見つけるしかない。これを物語のある小説のように読むことはできないと考えはじめる

〈かろうじて物語として浮かんでくる挿話の一つは、レストランの広告塔になっている大きな甕を住処にする、手足を失った男の話だ。あくまでも仮にその男は、マフードと呼ばれた〉。そこで本を閉じるのでなければ、とにかく読む姿勢を立て直す読者も多いだろう。いや、実はこれはでたらめなカオスに見えて、最後まで厳密な構築と論理によって書かれた作品で、それを解き明かしてやろうという知的野心に燃える読者がいても、おかしくはない。ましてベケットは、ときにひどく几帳面に図式的な文章や場面を書くことがある。

いまゲームの規則はない、むしろ規則などないと言おうとしながら、それでも、ベケットがつくり出した厳密な方針のようなものはあると、私は考えはじめたのだ。しかしそれではベケットのこの全面的に型破り、規則破りな作品の「方向」を決定してしまうことになる。解説・批評は、そのような方向付けを試みるのが課題にちがいないが、「課題」などと言う言葉が、このような作品を前に、あまり意味をもつとも思えない。しかし気をつけなければ。いつのまにかベケットの口調がのりうつっている。ますます書くのが難しくなるだけだ。

ベケットのこの作品の草稿研究01は、繰り返し、epanorthosis〈換言法、仏語ではépanorthose〉について触れている。それは前の言葉にもどって、言い換えたり、ニュアンスを付け加えたり、主張を強めたり、弱めたりする〈修辞〉のことにすぎないが、ベケットの「エパノーソーシス」は頻繁に用いられて、語りの線をもつれさせる。修正や加筆が、どんどん付加されて、むしろ意味の線が屈曲し、かすんでいくようだ。ベケットは「イキ」(stet)という校正用語さえも本文にイキさせてしまうので、ますます迷路がひろがっていく。確かに文章を彫琢し凝縮していくのとは、まったく逆の方向で、言葉を乱雑に増殖させるかのようにベケットは書いている。にもかかわらず、このカオスのようなエクリチュールを、ベケットはやはり細心に推敲し、調律し、英訳の過程でもそれを反復したことは、草稿研究からも明らかである。

物語を疑い、批判するようになった現代文学の作家たちも、だからといって必ずしも言語自体の批判にまでいたるわけではない。しかしベケットの思考と批判は、言語自体にまで及ぶしかなかった。「私たちは言語を一時に無くしてしまうことはできないので、少なくともその信用失墜に寄与できるものは何も無視してはなりません。言語に次々と穴をあけること、その背後に潜んでいるものが、何であれ、無であれ、滲み出てくるまで[02]」。一九三七年のドイツ語で書かれた手紙に彼は、これほど決然と、無謀にみえるほどの言語批判を表明していた。〈言語批判〉は、ベケット文学の深い動機のひとつだったと言わざるをえない。

ベケット自身が英訳を進めたノートの二冊目の表紙には、「名づけられないもの」

（The Unnamable）の傍らに、“Beyond words”と、これがもうひとつの仮題のように記してあった。「言葉を越えて」あるいは「言葉の彼方に」。それは採用されなかった。言葉の彼方にあるものとは、名前の彼方、つまり「名づけられないもの」であり、結局このタイトルで十分だったのか。

名づけられないもの＝「言葉の彼方」は、言葉と意味のあいだ、言葉と物のあいだ、あるいはそれらの外部にいつも臨在しているのではないか。それを「荒野」と呼んだり、「砂漠」と名づけたりすることは誤りかもしれない。それでは「名づけられないもの」を、またもひとつの情景や、想像のようなものに収斂してしまいかねないからだ。しかし、innommableというフランス語の単語には、口に出せないほどひどい、とか、おぞましいとかというニュアンスもある。この作品には、監禁や監視、処刑や虐殺、非情な独裁や陰謀をうかがわせるような切れ切れの場面もあって、現代史の様々な災厄の記憶も挿入されていることがうかがわれる。この「おぞましい」ニュアンスを払拭することは難しい。

それでもやはり「名づけられないもの」をめぐる言葉は、たえず意味を滑らせて、あくまでも軽い。耐え難いほど軽くて喜劇的でもある。あえて言うならば、この作品においても、あらゆる記述は仮説的であり、喜劇的である。もはや言語そのものが喜劇なのだ。その言葉からは、軽い意味も重い意味もたえず剝げ落ちて、渦を巻き、散乱するようである。延々と続くこの仮説の喜劇こそが「おぞましい」ものでもある。『マロウン死す』に続いて、ここでも〈臨死〉の時間がたびたび登場するようで、それゆえに、どこなのか、いつなのか、誰なのかと問われ続けるようである。死とはまさに「名づけられないもの」の仮の名前であったかもしれない。死はどこで、いつ、誰に生起するのか。死んでいく者にとって、どこかも、いつかも、誰が死んだのかも確かめられない。死んでいくのは名づけられないものでしかない。そして「生起するものとは言葉である」（二〇四ページ）。「死」という言葉も、やはり言葉に送り返されるしかない。

「ときどき忘れているが、忘れてはならないのは、すべてが声の問題だということだ」（二〇四ページ）。「しかしこれはただ声の問題で、他のイメージはどれも無視すべきだ。声が最後には私を貫いていく、いい声、最後の声、声をもたないものの声で、自分自身の告白の声だ」（二〇七ページ）。

それなら言葉ではなく、声こそが問題だというのか。言葉はあまりに頼りなくて、名づけられないものを取り逃がしてばかり、声だけが確か、かすかなつぶやきでも、叫び声でも、言葉よりは、意味よりは、確かではないか。声そのものは何も意味しない。

そして問うのはやめて、ただ耳を傾ける。声にどうしようもなく付着する響き、リズム、意味、イメージ、それだけに知覚を集中する。確かにこの作品は、ただ難問に思考を軋ませているだけではない。無調の音とノイズ、散乱するイメージと意味は、ひとつのカオス、無数の流れの交錯として、それでも未知の音楽や図像を与えているのではないか。「作品」という観念の終末のようなこの「散文」のこころみのあとも、「想像は死んだ、想像せよ」などとつぶやきながら、ベケットはとりわけ舞台作品を書き、作り続けることができた。三作の至るところに『ゴドーを待ちながら』をはじめとする演劇のモチーフが豊かに含まれている。『名づけられないもの』の後半の、「声」と「私」を執拗に問う語りは、闇のなかで語り続ける女優の唇だけにスポットライトをあてる舞台作品『私じゃない』に変形されて凝縮される。実はこれらの作品が生み出したのは、決して無でも荒野でも砂漠でもなかったのだ。

ベケットは一九三〇年代に、オーストリアの作家で、言語について考察する書物（『言語批判論考』）も書いたフリッツ・マウトナー（Fritz Mauthner 1849–1923）をかなり熱心に読んでノートをとっている。先に触れた『名づけられないもの』の草稿研究の著者たちも、マウトナーの言語批判の思想からの影響をかなり重視して、『名づけられないもの』の〈言語批判〉を読解している。マウトナーは、中世に遡る「唯名論」の問題提起を真剣に受け取り、言語に先行して存在するイデア（プラトン）のようなものを、あくまで言語の効果にすぎないものとして片づけている。言語も、それに対応する観念も、ただ人間どうしが反復するコミュニケーションを通じて経験的に形成されるもので、その外部にはなんら先験的なものも普遍的なものもない、という立場を鮮明にうちだしている。[03]

マウトナーの考え方はかなり尖鋭で、カント、ヘーゲルにいたる観念論的思索を、すべて言語の効果を見誤った錯覚として退けた。もちろん彼の批判にとって、言語によって救われたり、高みにたったりすることなど、狂気の沙汰である。言語を物神化すること、言語の「圧政」、ファシズムにいたるような言語の扇動的な使用法に対して、徹底的な批判をむけたマウトナーの本を、ベケットはかなり熱心に読んだようなのである。人類の言語は、巨大な排泄物、廃棄物として堆積し、言語の糞尿はバベルの塔のように天まで届いてしまいそうだ。そういう喜劇的なヴィジョンさえもマウトナーは提出している。

言語の根底的批判を言語で語り続けることとは、もちろん逆説をはらみ、作家や哲学者にとっては自殺的でもある。そういう言語批判はどこにいきつくのだろうか。マウトナーもベケットも、言語を棄ててただ沈黙してしまったわけではない。作家でもあったマウトナーは、死を前にしたブッダにこう語らせている。「わたしは沈黙したい。それでもかつて語られたことのなかったことを語りたい。わたしはいつも人々に語ってきた、人間の言葉で、人間の惑わす言葉で。星や木々の沈黙する言葉で、まだ語りえるものをわたしは語りたい」（山田貞三訳）。

マウトナーの「言語批判」は、とりわけ『ワット』に反映されていると言われる。しかしベケット独自の哲学的な思索の時期は、やがて本格的な小説と演劇の創作によって終息してしまったかに見える。特に『名づけられないもの』では、名前は、そして言語は、何を意味するのか、何を指示するのか、誰が誰にそれを伝達するのか、と問いながら、ベケットは言語の成立条件を犀利に解体するようにしながら、言語の自己否定を重ねる語りを果てしなく続けている。やがて言語を声に還元するようにして、その砂漠に似た場所に、沈黙やささやき、乏しいイメージ、わずかな知覚の対象をさらに呼び戻すようにして、果てしない仮説のゲームを続けている。もちろんベケットの執拗な言語批判に、つまり「名づけられないもの」の追求に、哲学的結論などはなかった。

それにしても「名づけられないもの」とは何か。言語の彼方に実在する〈対象〉や〈真実〉か、物自体というようなモノか。それとも「無」か。一九三〇年代のベケットは絵画についても真剣な思索を続けていた。同時代の抽象絵画（カンディンスキー）を彼は、「対象から解放された絵画」として敬遠するかのように語っている。しかし対象の本質は、いつも表象からのがれる。表象は対象と決して一致しないどころか、本質的に対象の外にある。名づけられたものとは表象でしかなく、対象ではないという問題でもある。

ベケットは、それゆえ画家が追求するものとは、モノではなくモノ性（choseïté）であり、対象ではなく「存在の条件」であると書いている。対象を描くことは妨げられるのだから、この「妨げ」（empêchement）自体を描かなくてはならない、などと書く[04]。そんなことができるのか。ベケットの鋭利で無謀な問いは、ますます迷宮に入って行くように見える。事物の不可視性そのものがモノとなることを強制する、そのような言い方もしている。誰もが知る巨匠たちよりも、ベケットは目立たない身近な画家たちについて熱心に考察している。それでもセザンヌを高く評価し、その風景は「擬人的」ではなく、人間の感情を投影したものではなく、「それは生気論のかけらも寄せつけない原子からなる風景であり」、「風景は定義上異質で近寄りがたく理解不能な原子の配列だということ」を強調しているのだ[05]。

ベケットの考察は、現代の絵画理論を参照すれば、もう少し明快な語彙に整理できるかもしれない。しかしこれらの考察のわかりにくいところには、ベケット独自のこだわりと問題がひそんでいる。おそらくそれは『名づけられないもの』を書くモチーフの深みにもつながっている。

対象は名づけられない。対象を表象することはできない。それゆえ対象を描くことはできないが、感情移入を排して対象を観察し、「モノ性」を探求することを諦めてはならない。もしこの不可能性そのもの（またはその条件）を対象と化すことができたら、芸術家の勝利だとも言えよう。もちろんそれは敗北を認めることでもある。

若いベケットはジョイスの最後の賭けのような「進行中の作品」（フィネガンズ・ウェイク）の創作過程にも間近で立ち会っている。『名づけられないもの』はそれとまったく異質な作品であり、もちろんベケットは異質な作品をめざしたが、これもやはり作品たりうるか、はたして読みうる言葉か、ぎりぎりの賭けとして書かれた作品にちがいない。そして「私は続けるだろう」と、あくまで完結を拒む言葉を最後に記すのだ。

*

この訳書『名づけられないもの』のフランス語原文は、Samuel Beckett, *L'Innommable*, Les Editions de Minuit, 1953／2004によっている。ベケット自身による英訳 *The Unnamable* は、初めに一九五八年にNew York, Grove Pressから刊行されていたが、これを *Molloy*, *Malone Dies* とともにおさめたEveryman's Library（1997／2015）の一冊を参照した。この作品の日本語訳は、安藤元雄訳『名づけえぬもの』（白水社、一九七〇年一月）および中央公論社『新集・世界の文学43　クノー／ベケット』

に収められた『名づけられぬもの』岩崎力訳（一九七〇年一二月）があり、参照させていただいた。

『名づけられないもの』の原作は、一九四九年三月二九日から一九五〇年一月（日付不明）にわたって、二冊のノートに書かれた。ベケット自身による英訳のノートの日付けは、一九五七年二月–一九五八年二月二三日となっていた。ベケットは、『マロウン死す』と『名づけられないもの』のあいだに、『ゴドーを待ちながら』を書いたのだから、一九四七年から一九五〇年までのあいだに〈代表作〉といってよい目覚ましい作品を集中的に書いたことになる。目覚ましい、と言っても、目覚ましく見えることは何も書いてない。異様に慎ましい作品でもあるが、ベケットはこれらによって確かに前代未聞の地平を〈文学〉に切り開いたのだ。それは〈文学〉という言葉の意味さえも一から問うような問いを含む作品だった。

　訳者は決してベケットを研究対象としてきたものではない。一九九〇、九一年にずっと気にかかる特別な印象を与えられていた晩年の小品『伴侶』と『見ちがい言いちがい』の翻訳を刊行することになった。実に訳しがたいこの二作を読み解くことから私のベケット体験は始まり、ついでベケットが特にテレビのために書いた作品を読解したジル・ドゥルーズのエッセー『消尽したもの』を訳したので、さらにベケットの深みに降りていくことになった。『モロイ』、『マロウン死す』、『名づけられないもの』

の三〔部〕作（ベケットが三部作という言葉を嫌ったことはすでに述べた）を新たに翻訳することは夢にも思わないことだったが、ある日河出書房新社のお二人からこれを提案いただき、蛮勇をふるう覚悟でお引き受けすることになった。

何よりもまず思い浮かべたのは、この三作においてベケットが果てまで歩んだ崩壊と混沌の過程であった。にもかかわらずベケットは彼独自の強靭な明晰さを決して失うことがなかった。三作にわたるその過程をつぶさに読み解き、日本語に転写しながら、見とどけ、聞きとどけたいと思った。この作品の書き手は、老練で慎ましいように見えても、実は恐ろしく精力的な冒険家でもあった。したがって、もちろん共感も理解も要求するが、そのうえに強靭な体力も必要とするこの翻訳は、ひとつの得難い試練であった。

すでに読まれてきたベケットの主要な作品の日本語訳は、すぐれた訳者たちが困難を乗り越えて実現したもので、参照するたびに、しばしば感心させられてきた。三作のほとんどの訳はいまから約半世紀前に刊行されている。もはやベケットが文学と演劇にもたらした静かな〈革命〉は、〈革命〉とは感じられなくなっている。だからこそ、ベケットが大胆に壊したものではなく、むしろ崩壊の過程をつぶさに見つめながら細心に作り出したものが何だったかに、おのずから注意が向かう。往時とはまったく異なるパースペクティヴに立たざるをえないいまの地点から見えてくることは多いはずだ。

この新訳によって何が実現されたか、それに言及するのは私の役ではない。現代風の日本語に移し替えて近づきやすい訳文にすることは、私のめざしたことではなかった。ベケットが書いたフランス語（そしてできれば英語）の、言葉の〈肉〉に触れるようにして、日本語でそれを再生させること、私はだんだんそんなことをめざすようになったが、実現できているかどうか判断は難しい。

この『名づけられないもの』にいたる三作の翻訳を企画・編集していただいた河出書房新社の吉住唯さんと阿部晴政さん、いっしょにベケットのテクストを解読するようにして装画となる数々の作品を制作してくれた三井田盛一郎さん、この装画をもとに刺激的な造本を設計してくれた小池俊起さんに、また栞の文章をよせて下さったばかりか『マロウン死す』の訳稿を細かく読んで貴重な指摘をいただいた高橋悠治さんに感謝します。

註

01 Dirk Van Hulle, Shane Weller, *The Making of Samuel Beckett's* L'Innommable / The Unnamable, Bloomsbury / University Press Antwerp, 2014.

02 Samuel Beckett, *Disjecta*, Grove Press, 1984, p. 172.

03 マウトナーの思想については、山田貞三「神は言の葉にすぎなかった：マウトナーの言語批判、ホーフマンスタールとヴィトゲンシュタインをめぐって」（北海道大学「独語独文学研究年報」、vol. 44 : p. 1-27、二〇一八年三月）および嶋崎隆「『オーストリア哲学』の独自性とフリッツ・マウトナーの言語批判」（一橋大学「人文・自然研究」、vol. 6 : p. 121-179、二〇一二年三月）を参照した。

04 "Peintres de l'Empêchement", in *Disjecta*.

05 ジェイムズ・ノウルソン『ベケット伝』上、高橋康也／井上善幸／岡室美奈子／田尻芳樹／堀真理子／森尚也訳、白水社、二四〇ページ。

サミュエル・ベケット｜Samuel Beckett
1906–1989

アイルランド出身の小説家・劇作家。1927年、ダブリン・トリニティ・カレッジを首席で卒業。28年、パリ高等師範学校に英語教師として赴任し、ジェイムズ・ジョイスと知り合う。30年、トリニティ・カレッジの講師職を得てアイルランドに戻るも翌年末に職を離れ、その後パリに舞い戻る。33年末から35年末にかけて鬱病の治療を受けにロンドンで暮らし、一時は精神分析を受ける。その後ダブリンやドイツ各地を経て37年末に再びパリへ。38年、路上で見知らぬポン引きに刺される。39年夏に一時ダブリンに戻るも、フランスがドイツと交戦状態に入ってまもなくパリへ戻る。戦中はフランスのレジスタンス運動に参加。秘密警察を逃れ、南仏ヴォークリューズ県ルシヨン村に潜伏、終戦を迎えた。46年頃から本格的にフランス語で小説を書きはじめる。小説三部作『モロイ』『マロウン死す』『名づけられないもの』は47–50年に執筆、51–53年にミニュイ社より刊行された。52年『ゴドーを待ちながら』を刊行、53年1月にパリ・バビロン座にて上演。これらの作品は20世紀後半の世界文学の新たな創造を先導することになる。69年、ノーベル文学賞を受賞。映像作品を含む劇作や短い散文の執筆を、フランス語と英語で晩年まで続けた。

宇野邦一｜うの・くにいち

1948年生まれ。哲学・フランス文学。著書に『土方巽――衰弱体の思想』、『〈兆候〉の哲学』、『ドゥルーズ――群れと結晶』、『政治的省察』など。訳書にベケット『伴侶』、『見ちがい言いちがい』、アルトー『タラウマラ』、ジュネ『薔薇の奇跡』、ドゥルーズ『フランシス・ベーコン』など。

Samuel Beckett

L' INNOMMABLE, 1953

名づけられないもの

2019年11月20日　初版印刷
2019年11月30日　初版発行

著者　サミュエル・ベケット
訳者　宇野邦一
発行者　小野寺優
発行所　株式会社河出書房新社
〒151-0051
東京都渋谷区千駄ヶ谷2-32-2
電話03-3404-8611（編集）
03-3404-1201（営業）
http://www.kawade.co.jp/
印刷　株式会社亨有堂印刷所
製本　加藤製本株式会社

Printed in Japan
ISBN978-4-309-20787-2

宇野邦一 個人訳
サミュエル・ベケット
小説三部作

モロイ
マロウン死す
名づけられないもの